OLIVIA ANDERSON

Neuanfang in Maple Creek

Unter dem Pseudonym Olivia Anderson vereint die deutsch-österreichische Bestsellerautorin Gerlinde Friewald ihre Passion für Geschichten über Liebe und Freundschaft sowie ferne Länder, die ihr durch einen besonderen Bezug ans Herz gewachsen sind. Gerlinde Friewald ist in verschiedenen Genres der Unterhaltungsliteratur beheimatet und fasziniert mit spannungsgeladenen Inhalten, facettenreichen Figuren und einer fein gezeichneten Sprache. Ihre Leidenschaft und ihr Wissen gibt sie als Dozentin für Kreatives Schreiben weiter. Mit ihrer Familie lebt sie im Süden Wiens in Österreich.
Bei More liegt bereits ihr Roman »Wiedersehen in Maple Creek« vor.

Aller Anfang ist schwer: Molly möchte ihr geerbtes und neu renoviertes Hotel »Maple Lake Inn« verkaufen und erhält ein lukratives Angebot der Aria-Hotelkette. Aber bei den Bedingungen, die der große Konzern stellt, steht sie vor einer schweren Entscheidung: Ist ihr Tante Gynnies Andenken wichtiger oder ein großartiges Angebot, das Molly von allen finanziellen Sorgen befreit? Da macht Nats Schwester Pamela, die erst vor kurzem nach Maple Creek zurückgekehrt ist, Molly einen Vorschlag, der alle Probleme zu lösen scheint. Aber Pamela ist nicht ohne Grund vor Jahren aus Maple Creek weggezogen. Jetzt, da sie für immer bleiben will, belastet sie ihr lang gehütetes Geheimnis mehr und mehr. Nat hat Bedenken gegenüber seiner Schwester, die es bisher nie lange an einem Ort ausgehalten hat. Zudem nehmen Mollys und Nats Jobs und die Sorgen um das Hotel immer mehr Raum in ihrem Leben ein, und für die Liebe bleibt kaum noch Zeit. Dunkle Wolken ziehen über Maple Creek und seinen Bewohnern auf …

OLIVIA
ANDERSON

Neuanfang in Maple Creek

ROMAN

more
Immer mit Liebe

MIX
Papier | Fördert
gute Waldnutzung
FSC® C083411
FSC
www.fsc.org

ISBN 978-3-98751-006-9

More ist eine Marke der Aufbau Verlage GmbH & Co. KG

1. Auflage 2022

Umschlaggestaltung Grit Bomhauer
graphische Adaption www.buerosued.de, München
unter Verwendung von Motiven von © Jacobs Stock Photography Ltd.
Satz Greiner & Reichel, Köln
Druck und Binden CPI books GmbH, Leck, Germany
Printed in Germany

www.aufbau-verlage.de

Kapitel 1

Versonnen blickte Molly auf den See hinaus. Die Morgensonne ließ die Wasseroberfläche funkeln. Es sah aus, als würden Tausende von kleinen Diamanten auf dem Wasser tanzen. Noch zeigte sich der See in einem dunklen Blau, aber schon bald würde seine Farbe zu dem intensiven Blaugrün wechseln, das sie so liebte.

Es erinnerte sie an Nats Augen.

Als hätte er geahnt, dass sie an ihn dachte, erschien Nat mit zwei Kaffeetassen in der Hand auf der Terrasse.

Er setzte sich zu ihr. »Seit wann bist du wach?«

Molly nahm eine Tasse entgegen und nippte an dem Kaffee. »Ich habe nicht auf die Uhr gesehen. Vielleicht seit einer Stunde oder so.«

»Vermisst du New York?«

Molly hörte die leise Unruhe in seiner Stimme. Seit sie sich entschlossen hatte, ihr Leben in den USA aufzugeben und nach Maple Creek zu ziehen, hatte Nat ihr diese Frage bereits einige Male gestellt. Noch standen sie am Anfang ihrer Beziehung, und Molly wertete seine Erkundigungen als Sorge, dass sie doch nicht restlos überzeugt war. Aber Molly trug keine Zweifel in sich. Sie hatte aus Überzeugung und einem tiefen Gefühl heraus gehandelt.

»Ich bin genau da, wo ich sein will und wo ich hingehöre.« Sie lächelte. »Bei dir und in Maple Creek. Ich bin überglücklich.«

Nat setzte zu einer Antwort an, wurde jedoch von Pamelas fröhlichem »Guten Morgen, meine Lieben« daran gehindert.

Er drehte sich seiner Schwester zu. »Sind die Frauen in meinem Haus plötzlich allesamt Frühaufsteherinnen? Normalerweise tauchst du doch nicht vor neun Uhr auf.«

»Ich habe ein Bewerbungsgespräch. In einem Hotel in Sankt Myersville suchen sie einen stellvertretenden Direktor. Als Hausdame bin ich zwar nicht hundertprozentig dafür qualifiziert, aber ich möchte es zumindest versuchen. Das Haus ist nicht allzu groß, also habe ich eine reelle Chance. Und danach sehe ich mir dort in der Nähe eine kleine Wohnung an. So schön du das Haus unserer Eltern renoviert und umgebaut hast, kann ich doch nicht ewig bei dir wohnen bleiben.« Pamelas Blick schwenkte zu Molly. »Ich muss dir mal Fotos von früher zeigen. Nat hat wirklich ein Wunder vollbracht. Allein der Wintergarten und die Terrasse sind ein Traum, finde ich.«

Molly nickte. Nats Haus und Garten zählten zu den schönsten Anwesen in Maple Creek. Sie erinnerte sich genau, wie überwältigt sie gewesen war, als er sie zum ersten Mal hier hergebracht hatte.

»Du bist so still? Ist alles okay?«, fragte Pamela.

»Ja, entschuldige«, antwortete Molly. »Ich bin in Gedanken nur gerade bei meinem Termin mit Morris. In einer Stunde muss ich in seinem Büro sein. Das liegt mir ein wenig im Magen.«

»Du wirst schon den richtigen Mieter für das Maple Lake Inn finden. Morris ist ein erfahrener Immobilienmakler und unterstützt dich, wo er kann. Sei froh, dass laufend Anfragen hereinkommen«, entgegnete Pamela. »So, ich muss jetzt los. Habt einen schönen Tag.« Sie drehte sich um und verließ die Terrasse.

»Ich teile selten eine Meinung mit meiner Schwester, aber was sie sagt, stimmt«, bemerkte Nat.

Molly seufzte. »Es fällt mir nur so schwer, Tante Gynnies Hotel in fremde Hände zu geben. Wenn jemand käme, der nicht alles verändern will, wäre es einfacher für mich.«

»Du wünschst dir einen Mieter, der das Hotel in Gynnies Andenken weiterführt. Das verstehe ich, du wirst gewisse Umgestaltungen jedoch akzeptieren müssen.«

»Tante Gynnie war wie eine Mutter für dich, würdest du denn damit leben können?« Nat hatte eine viel engere und vor allem dauerhafte Beziehung zu ihrer Tante gehabt. Sie selbst konnte nur auf Kindheits- und Jugenderinnerungen zurückschauen.

»Auch wenn du es mir nicht glaubst, haben mich die vergangenen Monate einiges gelehrt. Wir unterliegen einer ständigen Wandlung, und manche Dinge darf man durchaus zulassen. Außerdem muss man hin und wieder über seinen Schatten springen. Ich habe es getan – in so mancher Hinsicht.« Nat zwinkerte ihr zu.

Molly schmunzelte. »Wie lange werde ich noch von dir hören, dass du derjenige warst, der nach unserer Auseinandersetzung den ersten Schritt gemacht hat?«

»Bis in alle Ewigkeit, denn genauso lang werde ich dich festhalten.« Er warf einen Blick auf seine Armbanduhr und stand auf. »Ich muss in die Zimmerei. Sagst du mir dann Bescheid, wie der Termin bei Morris verlaufen ist?«

Molly erhob sich ebenfalls. »Ich sollte auch los. Keinesfalls möchte ich als Letzte in die Besprechung platzen. Sobald alles vorbei ist, rufe ich dich an.«

Nat trat einen Schritt auf Molly zu und zog sie in seine Arme. »Du hast nicht vergessen, dass ich heute erst später mit der Arbeit fertig sein werde?«

»Um achtzehn Uhr hast du ein Treffen mit dem Bauunternehmer.« Sie sah zu ihm hoch. »Je nachdem, wie flott ich mit dem Schreiben vorankomme, gehe ich abends eventuell in die Tavern.«

»Du *gehst?*«

Molly zuckte mit den Schultern. »Ich mag mein neues Auto, aber von Tante Gynnies Häuschen mit dem Wagen zur Tavern zu fahren, fände ich bei dem wunderbaren Wetter wirklich übertrieben. Obendrein laufe ich gern, wie du weißt.«

Augenblicklich machte sich ein wehmütiges Ziehen in ihr breit. Tante Gynnies Häuschen, in dem sie seit ihrem Umzug nach Kanada wohnte, gehörte zum Maple Lake Inn. Sie würde es mit der Vermietung des Hotels verlieren.

Als sie nach Maple Creek zurückgekehrt war, um für einen Monat die Renovierungsarbeiten am Maple Lake Inn zu überwachen, hatte sie in diesem Haus zum ersten Mal, seit sie erwachsen war, das wahre Gefühl von Geborgenheit verspürt. Sie erinnerte sich an all die Kleinigkeiten, die ihr wie von selbst in Fleisch und Blut übergegangen waren: ihr persönlicher Stuhl in der Küche, der feste Platz der Kaffeetasse auf der Tischplatte, ihre Spaziergänge, die sie immer weiter ausgedehnt hatte.

Erst da hatte sie gelernt, die Natur wirklich zu betrachten – sowohl in ihrer Gesamtheit als auch einzelne Elemente. Voller Staunen hatte sie am Waldrand gestanden, hochgeblickt und die riesigen Bäume wahrgenommen. Die Weite der naturbelassenen Wiesen war ihr so kraftschöpfend erschienen, und der Blick auf den See hatte ihr eine innere Ruhe beschert, wie sie sie kaum in Worte zu fassen vermochte.

Unwillkürlich musste sie lächeln. Vielleicht konnte sie nicht weiter in Tante Gynnies Häuschen wohnen, aber alles andere durfte sie jeden Tag hautnah erleben und in ihrem Herzen festhalten.

Kapitel 2

Molly parkte vor Morris' Immobilienmaklerbüro und stieg aus. Mittlerweile war sie eins mit dem Wagen, anfangs hatte es sie einige Überwindung gekostet, überhaupt mit ihm zu fahren. In New York hatte sie kein Auto gebraucht und war dementsprechend ungeübt gewesen. Außerdem hatte sie sich ein ganz anderes Modell vorgestellt.

Fast war sie schon so weit gewesen, sich einen Mini Cooper in der Cabrio-Ausführung zuzulegen, als Nat eingegriffen hatte. Sein knappes Argument – »Du lebst nicht in Kalifornien, sondern in Kanada« – war stichhaltig gewesen, und nun saß sie in einem fünf Jahre alten Jeep Wrangler, der zwar bestimmt den Schneemengen und dem Eis im Winter trotzte, aber mit einigen Macken aufwartete.

Bevor Molly die Eingangstür öffnen konnte, zog Morris sie bereits von innen auf. »Komm herein. Jim ist auch schon da. Und der Interessent wird jeden Moment eintreffen.«

Jim saß an dem kleinen Besprechungstisch und hatte einige Unterlagen ausgebreitet. Cicero lag zu seinen Füßen.

Molly beugte sich vor und streichelte Jims Hund. Mindestens einmal in der Woche begleitete sie die beiden auf ihren ausgedehnten Spaziergängen. Sie genoss die Gespräche mit Jim, und in Ciceros Augen war sie inzwischen zum Familienmitglied aufgestiegen. Als untrügliches Zeichen dafür apportierte er freudig jedes Stöckchen, das sie ihm warf. Normalerweise rührte er nur Gegenstände an, die Jim ihm vorgab.

Molly setzte sich neben Jim. »Ich bin schon richtig nervös. Danke dir, dass du mich nicht allein lässt.«

Er tätschelte ihre Hand und lächelte. »Ich bin immerhin dein Anwalt.«

Morris, der über seinen Schreibtisch gebeugt stand, drehte sich ihnen zu. »Und ich bin auch noch da. Vergiss mich nicht.«

Molly zwinkerte ihm zu. »Du musst …«

Er lachte und nahm ebenfalls Platz. »Danke für den kleinen Seitenhieb. Das höre ich von Elisabeth seit zwei Wochen ständig, sofern ihre Stimmbänder es zulassen: Du *musst* nachfragen, du *musst* besser zuhören, du *musst*, du *musst* …«

»Wie geht es Elisabeth eigentlich? Erholt sie sich langsam?«, erkundigte sich Jim. Der Hauch von Sarkasmus in seiner Stimme war nicht zu überhören.

Morris hob die Hände. »Meine Frau ist *der* Gerüchteumschlagplatz von Maple Creek. Was denkt ihr, wie sich eine handfeste Kehlkopfentzündung auf ihr Gemüt ausgewirkt hat? Ich halte ihre ständige Leidensmiene und das Gekrächze kaum noch aus. Bald werde ich irgendwelche Geschichten erfinden, nur, um sie zufriedenzustellen.«

Molly sagte nichts dazu. Morris' Frau gehörte zur Gemeinschaft, und im Grunde konnte sie Elisabeth auch gut leiden. Aber sie würde ihr nie verzeihen, dass sie durch ihre Neugierde und ihr Geschwätz daran beteiligt gewesen war, dass Nat und sie beinahe kein Paar geworden wären.

Abrupt wurde das Gespräch durch die sich öffnende Tür unterbrochen. Zwei Männer traten ein.

Unwillkürlich lief Molly ein Schauer über den Rücken. Sie wünschte sich so sehr, dass jemand das Hotel übernehmen würde, der zumindest einen Funken Liebe und Herz für das Haus und seine Vergangenheit mitbrachte. Sie stellte sich vor, wie der neue Mieter mehr über Tante Gynnie erfahren wollte und daraufhin in ihrem Gedenken die Geschicke des Maple Lake Inn lenkte. Natürlich war ein solcher Wunsch illusorisch, aber zumindest sollte der Pächter zum Hotel und zu Maple Creek passen.

Diese beiden Männer jedoch verhandelten im Namen der Aria-Hotelkette. Nicht sie mussten zum Haus passen, sondern das Haus zu ihnen.

Molly dachte an Nats Worte. Er hatte recht, das Leben veränderte sich ständig, und sie musste diesen Traum loslassen, andernfalls würde sie nur enttäuscht werden. Das Maple Lake Inn so gewinnbringend wie möglich zu vermieten, hatte oberste Priorität – egal, wie sie es drehte und wendete.

Mit ihrem Umzug hatte sie auch ihre Festanstellung bei der *NY Woman* aufgeben müssen. Zwar schrieb sie für die New Yorker Frauenzeitschrift nach wie vor eine monatliche Kolumne, aber diese war zeitbegrenzt und brachte weitaus weniger Geld ein als ihr früherer Fulltime-Job.

Es galt, ihre Gefühle im Zaum zu halten und den wirtschaftlichen Aspekt in den Vordergrund zu rücken. Und hierfür war das Angebot der Aria Hotels von unschätzbarem Wert.

Seit der Erstbegehung des Hotels, die Morris mit den beiden Männern allein durchgeführt hatte, waren sie überaus interessiert. Diese Chance durfte sie wegen ihrer Empfindungen nicht in den Sand setzen.

Molly lächelte gezwungen und begrüßte Mister Rowling und Mister Greenwood mit aller gebührenden Höflichkeit.

Nachdem sie Platz genommen hatten, leitete Rowling sofort das Gespräch ein. Er beugte sich etwas vor und fixierte Molly. »Miss Jensen, wie wir Mister Morris bereits mitgeteilt haben, können wir uns das Maple Lake Inn sehr gut in unserem Programm vorstellen. Für unser neues Konzept Small Finest Arias suchen wir kleinere Hotels mit kanadischem Charme in der richtigen Umgebung, die dem Gast Komfort auf höchstem Niveau bieten.«

Molly neigte den Kopf. Small Finest Arias – das klang doch nicht schlecht, versuchte sie sich einzureden. »Ich habe das Maple Lake Inn von meiner Tante geerbt, die es lange Zeit mit Umsicht und Liebe geführt hat. Eine Generalsanierung wurde kürzlich von der hiesigen Zimmerei Nat Adams durchgeführt. Mister Adams hat darauf geachtet, das besondere Flair des Hotels zu erhalten.«

»Ja, die Arbeiten wurden absolut zufriedenstellend durchgeführt. Mister Morris …« Myers nickte Morris knapp zu. »… war so freundlich, uns die diesbezüglichen Unterlagen zu übermitteln. Bei der Besichtigung hat uns im Übrigen die Veranda ausnehmend gut gefallen, sehr gediegene Atmosphäre.«

Mollys Lächeln wurde ehrlich. »Das freut mich. Es wäre schade, das Gesamtbild zu zerstören.«

Greenwood strich sich über das Kinn. »Dennoch müssten wir einige Modifikationen durchführen, vor allem im Innenbereich. Das Exterieur bliebe weitgehend unverändert.«

Wieder übernahm Rowling. »Die Zimmer benötigen eine komplett neue Einrichtung, die Aufenthaltsräume ebenfalls. Einige Zimmer müssen zusammengelegt werden, wir brauchen Suiten. Bei Küche und Rezeption ist auch ein Umbau erforderlich.«

Jim richtete sich in seinem Stuhl auf. »Ich möchte darauf hinweisen, dass Miss Jensen keine weiteren Änderungen auf ihre Kosten durchführen wird. Die Vermietung erfolgt gemäß den aktuellen Gegebenheiten.«

Rowling winkte ab. »Dafür tragen wir die Verantwortung. Wir planen im Falle einer Einigung darüber hinaus, den Steg auszubauen und am Ufer einen Liegeplatz einzurichten.«

Molly hörte den Ausführungen mit steigendem Interesse zu, und das bedrückende Gefühl in ihr schwand zusehends. Natürlich mussten die Zimmer und anderen Räume für das Vorhaben der Aria Hotels auf ein höheres Niveau gebracht werden. Tante Gynnie hatte das Hotel im Bereich der Mittelklasse gehalten.

»Das klingt sehr gut. Die Fläche vor dem Hotel eignet sich hervorragend für einen solchen Liegeplatz«, antwortete sie.

Greenwood setzte eine gewinnende Miene auf. »Das Hotel gefällt uns wirklich gut, und wir sehen großes Potenzial darin. Ich möchte hinzufügen, dass wir trotz der eben angesprochenen Investitionen auf eine Mietpreisreduktion verzichten.« Er faltete die Hände. »Dieses kleine Haus unweit des Hotels gehört zum Mietkomplex, wie Mister Morris uns erklärte und aus den Dokumenten ersichtlich ist.«

»Ja, meine Tante hat darin gelebt. Es ist für den Direktor sehr praktisch, nahe dem Hotel zu wohnen, und ich stelle es, wie angegeben, zur Verfügung.«

»Wir haben uns den Grundriss angesehen und sind zufrieden. Auf die Zimmeranzahl ausgerichtet reicht es hinlänglich für einen Massage- und Beautybereich. Umfassende bauliche Änderungen werden notwendig sein und ebenfalls von uns übernommen.«

Molly erstarrte. Es war Tante Gynnies Zuhause gewesen und jetzt ihres. Das Häuschen gehörte zum Hotel, und sie würde es aus diesem Grund bei Bedarf schweren Herzens für den neuen

Betreiber räumen – das war von Anfang an klar gewesen –, aber dort den Beauty-Bereich einzurichten, lag außerhalb ihrer Vorstellungskraft.

Was würde mit ihrem Lieblingsplatz in der Küche geschehen und mit der Kammer, in der sie schon als Kind während ihrer Besuche geschlafen hatte? Kein Raum in Tante Gynnies Haus könnte bestehen bleiben, wenn dieses Vorhaben durchgeführt werden würde. Alles wäre mit einem Schlag ausgelöscht.

Jim räusperte sich. »Ihr Angebot ist großzügig. Wir werden es prüfen und Ihnen unsere Entscheidung mitteilen.«

»Die Vorbereitung des Objekts wird eine gewisse Zeit in Anspruch nehmen. Wir benötigen einen baldigen Zuschlag. Small Finest Arias startet am ersten März des kommenden Jahres, zur Frühlingssaison«, erwiderte Rowling.

»Reicht Ihnen unsere Antwort bis Mittwoch nächste Woche?«, fragte Morris.

»Das ist für uns in Ordnung«, entgegnete Greenwood und lehnte sich sichtlich zufrieden zurück.

Jim nickte. »Dann wollen wir nun sämtliche Modalitäten in Ruhe durchsprechen und Miss Jensen näherbringen.«

Kapitel 3

Geistesabwesend zog Molly die Tür zur Sycamore Tavern auf. Seit sie Morris' Büro am Vormittag verlassen hatte, konnte sie keinen klaren Gedanken fassen. Genau genommen war sie schon während der Besprechung abgeglitten, und zwar genau zu dem Zeitpunkt, als Mister Greenwood die Umgestaltung von Tante Gynnies Häuschen zum Beauty-Center erwähnt hatte.

Das Angebot der Aria Hotels war mehr als großzügig, aber wenn sie darauf einging, würden Tante Gynnies Hotel und ihr Heim für immer und ewig verschwinden. Die Änderungen im Innenbereich des Maple Lake Inn hatte sie noch positiv aufgefasst, dann war ihr alles jedoch zu viel geworden. Selbst den Namen des Hotels wollten sie ändern: *Dreamlake Aria* sollte es heißen.

Das Hotel in der neuen Ausrichtung einer First-Class-Unterkunft würde für Maple Creek und viele Menschen hier auf jeden Fall einen gehörigen Aufschwung bedeuten. Sie brauchte nur an Laurie und Tom zu denken. Beide kamen ursprünglich aus der gehobenen Gastronomie und konnten es mit anspruchsvollen Gästen locker aufnehmen. Die Sycamore Tavern war stets gut besucht, aber zahlungsfreudige Hotelgäste brachten unweigerlich eine Konjunktur mit sich.

Durfte sie persönliche Gefühle über finanzielle Vorteile – sowohl ihre eigenen als auch die der anderen – stellen? Und würde sie überhaupt nochmals so ein Angebot bekommen?

Ihre Gedanken drehten sich im Kreis.

Bisherige Interessenten hatten ebenso ihre speziellen Vorstellungen und Forderungen gehabt bei einem weitaus schlechteren Angebot. Vielleicht musste sie sich einfach damit abfinden, dass das Maple Lake Inn der Geschichte angehörte.

Molly betrat die Tavern und entdeckte sogleich Jim, der wie beinahe jeden Abend an der Bar saß. Wo sollte er auch sonst seine Zeit verbringen? Seine Frau war vor vielen Jahren bei einem Verkehrsunfall ums Leben gekommen, und seine Arbeit als Anwalt hatte er bereits vor längerer Zeit auf die nähere Umgebung beschränkt.

Wie gewohnt steuerte sie auf ihn zu und erklomm den Barhocker neben ihm. »Hi, Jim.«

»Molly, meine Liebe …« Jim sah sich um. »Wo ist Nat?«

»Er hat noch eine Besprechung mit diesem Bauunternehmer, Friedrich.«

Jim nickte. »Langsam nimmt das Projekt endlich Gestalt an. Es wäre ein großer Schritt für Nat.«

»Denkst du, er wird ihn wagen, diesen großen Schritt?«

»Wenn Nat seine Zimmerei als eigenständiges Subunternehmen in die Baufirma integriert, ergeben sich für ihn viele Vorteile und Möglichkeiten. Es müssen nur die Bedingungen passen, und darum kümmere ich mich. Es kann also nichts schiefgehen.« Jim zwinkerte ihr zu. »Du brauchst dich um Nat nicht zu sorgen, er weiß genau, was er tut. Im Augenblick sollten wir uns eher Gedanken über das Maple Lake Inn machen.«

»Ich weiß.« Molly stöhnte auf. »Das Angebot ist toll, nicht wahr?«

»Sensationell, wenn du es genau wissen willst. Sie bringen das Hotel auf hohes Niveau und bezahlen den verlangten Mietpreis. Du erhältst sogar zusätzlich eine kleine Umsatzbeteiligung. Nachdem der befristete Pachtvertrag nach fünf Jahren abgelaufen ist, sichern sie sich das weitere Miet- sowie ein Vorkaufsrecht, das ist üblich. Besser geht es nicht.«

»Und Tante Gynnies Häuschen?«

»Ich habe deine Miene bei der Besprechung bemerkt, als das Thema aufgekommen ist. Hast du Angst, keine Wohnung zu finden? Eigentlich hatte ich gedacht, du würdest ohnehin früher oder später zu Nat ziehen. So wäre es möglicherweise ein wenig früher als geplant. Die Aria Hotels drängen auf eine rasche Entscheidung, wie du selbst gehört hast. Sobald sie deine Zusage auf dem Tisch haben, werden sie umgehend mit den Arbeiten beginnen.«

»Nat und ich haben noch nie über ein Zusammenleben gesprochen. An meiner Wohnsituation liegt es auch nicht …«

»Dann ist es wegen des Hauses selbst?«

»Ja. Dass aus Tante Gynnies Heim ein Beauty-Center werden soll, geht mir schlichtweg zu weit. Vom logischen Standpunkt aus ist es in Ordnung, es lässt sich nur nicht mit meinen Gefühlen und Wünschen vereinbaren.«

Jim tätschelte ihre Hand. »Ich weiß. Dir wäre es lieber, du würdest weniger Geld bekommen, dafür könnte alles beim Alten bleiben.«

Tom, der am anderen Ende der Bar mit einem Gast geplaudert hatte, kam zu Molly. »Entschuldige, das Schicksal eines jeden Barkeepers: die Seelenklempnerei. Ein Tom's Maple für dich?«

Beinahe hätte Molly automatisch Ja gesagt. Sie war schon so an Toms eigens für Maple Creek kreierten Cocktail gewöhnt, dass sie abends in der Tavern selten etwas anderes trank. Heute stand ihr allerdings nicht der Sinn danach. Zu sehr war der Tom's Maple in ihrem Empfinden mit Frohsinn verknüpft. »Zur Abwechslung bitte eine Cola light.«

Tom quittierte die Antwort mit einem Nicken. »Ich war angeln und habe einige wunderbare Exemplare aus dem Wasser gezogen. Es sind zu wenige für alle Gäste, deshalb informiere ich zuerst nur Freunde. Laurie hat pochiertes Gemüse und Rosmarinkartoffeln dazu vorbereitet. Hast du Lust darauf?«

»Klingt wunderbar. Sehr gern.« Wieder dachte Molly an die Vorteile für Maple Creek, wenn sie dem Mietvertrag zustimmte. Einem spontanen Impuls folgend fragte sie: »Tom, wäre es eigentlich ein großer Gewinn für die Tavern, würden auch Gäste dein Lokal besuchen, die nicht nur wie wir das einfache Abendmenü konsumieren, sondern mehrgängig speisen mit teuren Weinen und Champagner?«

»Man müsste sich darauf einstellen, aber natürlich. Außerdem könnte Laurie ihre Fähigkeiten in der Küche vollends entfalten. Das würde ihr sicherlich Spaß bereiten. Warum willst du das wissen?«

»Die Aria Hotels wollen das Maple Lake Inn mieten und ein exklusives Hotel daraus machen«, antwortete sie freimütig.

Als sie nach Maple Creek gekommen war, hatte sie darüber gestaunt, wie offenherzig die Menschen hier miteinander umgingen. Und obwohl sie es als höchst eigenartig empfunden hatte, war es einer der Gründe gewesen, warum sie sich in diesen Ort verliebt hatte. Nun gehörte sie selbst dazu.

Toms Mundwinkel zuckten. »Ich kenne deine Wünsche bezüglich des Maple Lake Inn, Molly, sei bloß vorsichtig. Große Hotelketten wollen Profit, ihnen sind persönliche Befindlichkeiten egal. Laurie und ich haben lang genug für solche Konzerne gearbeitet. Und auf keinen Fall darfst du an unsere möglichen Vorteile denken. Wir sind glücklich, wie es ist. Was meinst du dazu, Jim?«

»Das Angebot der Aria Hotels ist einwandfrei – ohne versteckte Fallen – und äußerst großzügig.« Er betrachtete Molly nachdenklich. »Ich wünschte, ich könnte dir die Entscheidung erleichtern, aber das ist leider nicht möglich. In diesem Punkt darf ich nur als dein Anwalt fungieren.«

»Und was rätst du mir in dieser Funktion?«

»Als dein Anwalt sage ich: Nimm das Angebot an. Ein besseres wirst du nicht kriegen.«

»Welches Angebot?« Pamela war unbemerkt in die Tavern gekommen und hatte sich hinter Molly und Jim gestellt.

»Der Interessent heute hat ein finanziell sehr reizvolles Angebot für Tante Gynnies Hotel abgegeben«, erklärte Molly und fügte hinzu: »Du siehst müde aus.«

»Nur demotiviert«, antwortete Pamela.

»Ist das Vorstellungsgespräch nicht gut gelaufen?«

»Ja und nein. Sie meinen, ich sei durch meine Tätigkeit im Fairmont für die freie Position überqualifiziert. Ich musste weniger mein Können unter Beweis stellen, als versuchen, sie zu überzeugen, dass ich den Job nicht nur als kurzen Zwischenstopp erachte.«

»Und die Wohnung?«

Pamela zuckte mit den Schultern. »Die war auch nicht die Offenbarung: klein, verwinkelt, dunkel. Es ist nicht so, dass ich irgendwo unterkriechen müsste. Ich habe gut verdient und einiges gespart. Morris sieht sich ebenfalls für mich um, vielleicht findet er ein geeignetes Apartment.«

»Wenn ich das Hotel mit dem Haus vermiete, brauche ich auch eine Unterkunft. Wir könnten eine WG gründen«, bemerkte Molly.

»Das wird wohl kaum notwendig sein. Wenn ich dich und meinen Bruder beobachte, läuft es eher darauf hinaus, dass du bei ihm einziehen wirst. Ihr seid ein Herz und eine Seele.«

»So lange sind Nat und ich noch nicht zusammen«, entgegnete Molly ausweichend.

Warum nahmen alle mit kategorischer Bestimmtheit an, sie würde bei Nat einziehen? Sie befanden sich am Anfang ihres gemeinsamen Lebensweges, und natürlich sah ihre Zukunft einen solchen Schritt vor, doch es sollte nicht aus einer Notwendigkeit heraus geschehen. Außerdem hatte Nat noch mit keinem Wort etwas erwähnt, das auch nur ansatzweise in diese Richtung ging. Sie verbrachten viel Zeit in seinem Haus, aber genauso nächtigte er bei ihr in Tante Gynnies Häuschen, und an manchen Tagen trafen sie sich gar nicht.

Auf jeden Fall würde sie Nat nicht darauf ansprechen. Sie wollte ihn weder in eine unangenehme Lage bringen noch unter Druck setzen. Der erste Anstoß musste von ihm kommen, immerhin handelte es sich um sein Haus. Wahrscheinlich dachte er überhaupt noch gar nicht über einen solchen Schritt nach.

Pamela schien Mollys unbestimmte Antwort richtig aufgefasst zu haben, denn sofort wechselte sie das Thema. »Nach der Wohnungsbesichtigung bin ich ein wenig herumgeschlendert und habe das neue Buch deiner Freundin Dorothy in der Auslage einer Buchhandlung gesehen, ein Plakat mit ihrem Foto hing auch dabei. Sie ist sehr hübsch. Wann kommt sie uns nun endlich besuchen? Ich freue mich darauf, sie kennenzulernen. Nach deinen Erzählungen muss sie eine tolle und spannende Frau sein.«

»Beides ist sie allemal. Wir sind schon dabei, ein Datum zu finden. Noch steckt sie aber in der Arbeit fest. Wegen der Veröffentlichung hat sie viele Termine.«

»Wollte deine Chefin von der *NY Woman* uns nicht ebenfalls beehren?«, fragte Jim wie beiläufig.

Molly verbiss sich ein Schmunzeln. Nora war etwa in Jims Alter und Single; in ihrer unverblümten Art hatte sie bereits angekündigt, Jim unter die Lupe nehmen zu wollen. Und natürlich hatte Molly ihn vorgewarnt. Seit er davon wusste, schien es jedoch, als wäre er durchaus angetan von dem Gedanken, Nora kennenzulernen.

»Das wird leider noch dauern. Nora arbeitet ohne Unterlass, so wie ich früher. Nur einmal im Jahr nimmt sie sich eine Auszeit und fährt in den Urlaub. Normalerweise lässt sie sich in einem Wellnesshotel rund um die Uhr verwöhnen. Dieses Mal allerdings will sie unbedingt nach Maple Creek reisen.«

»Hoffentlich wird sie nicht enttäuscht sein«, warf Jim ein.

Lag da ein Funken Verlegenheit in seiner Stimme? Gern hätte Molly ihm garantiert, dass er nicht unsicher zu sein bräuchte, falls er die Aussage auf sich bezog. Die zweiundfünfzig Jahre sah man ihm nicht an. Er war ein großer, stattlicher Mann mit sportlicher Figur und männlichen Gesichtszügen, die weich genug gezeichnet waren, um nicht derb zu wirken. Das allein machte seine angenehme Erscheinung aber nicht aus. Jim war ein sprühender Geist voller Herzlichkeit und einer guten Portion Humor.

»Bestimmt genau das Gegenteil: Nora und Sugar werden nicht wieder nach New York zurückwollen«, antwortete sie.

»Wer ist Sugar?«, fragte Pamela.

»Ein Yorkshireterrier«, gab Jim anstelle von Molly Auskunft. »Die kleine Dame soll wie ihre Besitzerin eine überaus toughe Person sein.«

Unmerklich zog Molly die Brauen hoch. Jim dürfte mehr über Nora nachdenken, als sie angenommen hatte. Er musste wirklich einsam sein. Aber es lag nicht in ihrer Hand, Nora einfach herbeizuzaubern. Von selbst glitten ihre Gedanken wieder zum Maple Lake Inn. Auch hier würde sie gern den Zauberstab schwingen.

Konnte nicht ein einziges Mal ein Wunder geschehen? Es verblieben nur wenige Tage, um über die Zukunft des Hotels zu entscheiden. Was sollte sie tun? Warten und auf einen geeigneteren Mieter hoffen oder das Angebot annehmen und die Konsequenzen tragen? Die logische Antwort darauf lag wie ein zentnerschwerer Stein auf ihren Schultern.

Reihum blickte Molly in die Gesichter ihrer Freunde – Pamela, Jim, Tom, dabei bezog sie gedanklich genauso Laurie, die in der Küche gerade den Fisch für sie zubereitete, Morris, Dorothy in New York und allen voran Nat mit ein. Er war ihr Freund und Geliebter, zugleich Vertrauter und der Fels in der Brandung.

Keiner von ihnen konnte ihr die Entscheidung abnehmen, aber sie alle waren für sie da und würden sie in jedem Fall unterstützen. Das machte alles ein wenig leichter.

Kapitel 4

Leise zog Pamela die Haustür hinter sich zu und stahl sich durch den Vorraum. Nachdem Nat in die Tavern gekommen war, hatten er und Molly sich bald verabschiedet. Bestimmt schliefen sie bereits, und auf keinen Fall wollte Pamela die beiden wecken. Sie selbst war noch länger in der Tavern geblieben und hatte mit Jim, später mit Laurie geplaudert.

Obwohl sie wusste, dass Nat ihre Anwesenheit nicht als störend empfand, fühlte sie sich in seinem Haus wie ein Eindringling. Früher hatte sie über so etwas nicht nachgedacht, aber sie war eine erwachsene Frau und wollte nicht mehr einfach in den Tag hineinleben. Sie wünschte sich ihre eigenen vier Wände und einen guten Job, der ihr Freude bereitete. Endlich musste sie zur Ruhe kommen und einen festen Platz für sich finden.

Auch wenn alle sie als rastlos sahen, war sie kein wankelmütiger Mensch. Sie hatte einen guten Grund gehabt, Maple Creek damals zu verlassen, und ihre häufigen Jobwechsel waren ebenfalls nicht aus purer Gedankenlosigkeit heraus geschehen. Manches Mal hatte sie in der Tat vorschnell gehandelt, das musste sie sich eingestehen, aber es hatte nie mit Langeweile zu tun gehabt, vielmehr war sie unsicher und oftmals zudem irritiert gewesen.

Ob sie jemals den Mut aufbringen würde, ihrem Bruder die ganze Wahrheit zu erzählen? Sie wusste es nicht, wünschte sich jedoch nichts sehnlicher, als dass Nat seine Meinung über sie ändern würde. Er liebte sie aufrichtig, genauso hatte er allerdings ein festes Bild von ihr erschaffen, und dieses war wenig schmeichelhaft. Wie oft hatte er ihr vorgeworfen, unbesonnen und sprunghaft zu sein?

Sie konnte ihn durchaus verstehen. Im Grunde war er noch ein Kind gewesen, als sie fortgegangen war. Erst die Mutter an einen Gehirntumor und dann die große Schwester an die weite Welt zu verlieren, war zu viel für ihn gewesen. Zwar war sie immer wieder zurückgekehrt, aber nur, um bald wieder einen neuen Zufluchtsort und eine neue Herausforderung zu suchen.

Als sie auf Zehenspitzen am Wohnbereich vorbeischlich, hörte sie Gemurmel. Molly und Nat mussten noch an der Küchenbar sitzen. Sie hielt in der Bewegung inne und lauschte. Ein weiteres Geräusch beirrte sie: Molly schluchzte.

O nein, Bruder, was hast du nun wieder angerichtet?, dachte Pamela. Vorsichtig riskierte sie einen Blick in die Küche.

Nichts lag ihr ferner, als zu spionieren, aber sie wollte erfahren, was mit Molly nicht stimmte. Schon in der Tavern hatte sie bedrückt gewirkt, zudem war ihr rascher Aufbruch seltsam gewesen.

Pamela kannte ihren Bruder in- und auswendig. Er verfügte über wunderbare Eigenschaften, doch hatte sein Verhalten bereits so manche Frau – sie selbst eingeschlossen – zum Verzweifeln gebracht. Sowohl seine Sturheit als auch seine Beharrlichkeit waren beispiellos.

Schon früher hatte Pamela das eine oder andere Mal eingegriffen und versucht, Nat eine alternative Sichtweise darzubringen. Zum Glück war sie auch in Maple Creek gewesen, als Molly und er ihre gemeinsame Zukunft beinahe verworfen hätten. Ihre Intervention war buchstäblich im letzten Augenblick erfolgt. Allein deswegen fühlte sie sich den beiden verpflichtet.

Molly saß nach vorn gebeugt mit dem Rücken zur Tür, Nat umarmte sie und sprach leise auf sie ein.

Das sieht nicht aus wie ein Streit. Er scheint sie vielmehr zu trösten, überlegte Pamela. Erleichtert atmete sie auf. Dennoch blieb sie stehen und spitzte die Ohren. Sie wollte sichergehen. Zudem war sie nun neugierig geworden, warum Molly weinte. Wenn sie erfuhr, worum es sich handelte, konnte sie vielleicht helfen.

Nat sprach leise, und Pamela vernahm nur Bruchstücke von dem, was er sagte: »Gynnie … wirst das richtige … Maple Lake Inn … ich bin selbst … wird für immer in unseren Herzen … schwere Last … nicht als Bürde …«

Nun doppelt bedacht darauf, kein Geräusch zu machen und damit die beiden zu stören, setzte sich Pamela wieder in Bewegung. Sie stieg die Treppe in den ersten Stock hoch und öffnete die Tür zum Gästezimmer, in dem sie schlief.

Es ging also um das Maple Lake Inn und die anstehende Vermietung. Pamela wusste, welchen Wunsch Molly in sich trug und wie sie sich die Fortführung des Hotels erträumte. Oft hatten sie in den vergangenen Wochen darüber gesprochen.

Pamela nahm an dem kleinen Tisch Platz, wo auch ihr Laptop stand, und rieb sich über die Augen. Während der Gespräche über das Hotel und der Suche nach einem Pächter war kurz eine Idee in ihr aufgeflammt, die sie allerdings sofort wieder verworfen hatte.

Gewissermaßen lag direkt vor ihrer Nase eine Aufgabe, die wie geschaffen für sie schien: die Leitung des Maple Lake Inn. Damit könnte sie einen Lebensinhalt und ihren Frieden finden, und für Molly würde ihr sehnlichster Wunsch in Erfüllung gehen. Das

Haus bliebe in Gedenken an Tante Gynnie in seiner Ausrichtung unverändert.

Beruflich war die Übernahme kein Problem. Auch würde sie nicht mehr davonlaufen, weil sie die Last ihres Lebens in Maple Creek erdrückte. An keinem Ort der Welt war es anders, und sie musste sich endlich den Tatsachen stellen.

Der einzige – und für Pamela ausschlaggebende – Hinderungsgrund, sich als Mieter anzubieten, war ihre finanzielle Lage. Sie hatte etwas gespart und lebte nicht von der Hand in den Mund, aber es reichte bei Weitem nicht, um Molly ein adäquates Angebot zu machen. Das verfügbare Geld würde nahezu komplett in die notwendigen Vorbereitungen fließen, und dann wäre sie nicht mehr in der Lage, eine monatliche, feste Miete zu bezahlen. Von Anfang an auf eine prozentuale Beteiligung zu gehen, bedeutete für Molly ein enormes Risiko. Es würde einige Zeit dauern, bis das Hotel einen Gewinn abwarf. Das konnte sie Molly nicht antun. Sie waren zu Freundinnen geworden, und mit Nat bestand dazu noch eine familiäre Komponente.

Pamela stieß einen Seufzer aus. Es war nicht richtig und wäre dennoch die beste Lösung für alle. Sie konnte es drehen und wenden, wie sie wollte, und kam doch auf keine zufriedenstellende Lösung.

Kurz entschlossen klappte sie ihren Laptop auf und aktivierte ihren Kontozugang. Wäre sie damals nur noch achtsamer mit ihrem Erbe umgegangen. Während Nat das Elternhaus bekommen hatte, war sie ausbezahlt worden.

Einen großen Teil davon hatte sie in ihre Ausbildung gesteckt, und danach war einiges in das tägliche Leben geflossen, vor allem zu Beginn ihres Berufslebens, als sie noch wenig verdient hatte.

Glücklicherweise hatte sich das Blatt damals schnell gewendet.

Ihre häufigen Jobwechsel waren dabei nicht von Nachteil gewesen. Mit jedem Mal war sie die Karriereleiter eine Stufe höher gestiegen und hatte es so rasch geschafft, weiterzukommen.

Pamela stand auf und ging zu dem Schrank, in dem in einer Schublade ein Schreibblock und Stifte lagen. Nachdem sie sich wieder gesetzt hatte, notierte sie eine Zahl – das ihr zur Verfügung stehende Kapital – und unterstrich sie.

Einen Moment lang verharrte sie, dann begann sie zu schreiben. Sie besaß mehr als genug Erfahrung, um eine solche Aufstellung in professioneller Weise anzufertigen. Erst musste sie alle notwendigen Ausgabenpunkte auflisten, um daran anknüpfend zu bewerten, wie viel Geld sie wofür benötigen würde. Daraufhin würde sie das Konzept detailliert erläutern.

Pamela spürte, wie sie innerlich zu vibrieren begann. Bevor sie die Idee endgültig ad acta legte, musste sie zumindest versuchen, das Projekt im Stillen durchzuplanen. So würde sie sich niemals vorwerfen können, etwas versäumt zu haben. Warum hatte sie es nicht längst probiert?

Sie kannte die Antwort: Es lag an ihrem Bruder. Auch wenn sie das beste Angebot abgab – was ohnehin nicht der Fall war –, würde er Molly davon abbringen wollen, und davor fürchtete sie sich. Danach müsste sie nämlich in den Spiegel blicken und sich eingestehen, dass sie sich Nats Einstellung ganz allein zuzuschreiben hatte.

Pamelas Kopf ruckte hoch, und ein Entschluss festigte sich in ihr. Es war Zeit, aus dem selbst erschaffenen Schatten herauszutreten und ihren Weg neu zu definieren. *Jeder Mensch ist seines Glückes Schmied,* heißt es – auch sie musste endlich das Feuer entfachen und das Eisen in die Hand nehmen.

Das war sie sich und Molly schuldig.

Kapitel 5

Molly saß auf ihrem angestammten Platz am Küchentisch in Tante Gynnies Häuschen und schrieb. Wenngleich es ihr schwerfiel, sich auf den Artikel für die *NY Woman* zu konzentrieren, arbeitete sie weiter. Sie durfte wegen der anstehenden Entscheidung über die Verpachtung des Hotels nicht alles rund um sich vernachlässigen.

Nora hatte ihr mit diesem Auftrag ein großes Geschenk gemacht, in mehrfacher Hinsicht. Sie verdiente weiterhin Geld, somit waren zumindest die Fixkosten der nächsten Monate abgesichert. Darüber hinaus hatte sie mit dieser Kolumne über das Leben in Maple Creek einen gewaltigen Schritt nach vorn geschafft. Es war nicht leicht, bei einem angesagten Magazin wie der *NY Woman* eine eigene Serie zu bekommen.

Und das überhaupt Schönste daran war, dass sie ohne Unterbrechung weiterschreiben konnte. Journalistin zu sein, war für sie nicht einfach nur ein Job, sondern eine Passion, und gehörte zu ihrem Leben.

Molly hatte noch kein endgültiges Feedback von Nora erhalten, wie ihre Maple-Creek-Reihe bei den Leserinnen ankam. Somit stand die Option auf eine Verlängerung noch im Raum. Inständig hoffte sie, dass sie die Serie über einen längeren Zeitraum behalten konnte.

Ihr Blick schwenkte zum Küchenfenster, und nachdenklich betrachtete sie das Hotel. Warum fiel es ihr so schwer, eine rein sachliche Entscheidung zu treffen? Schon ihr Ex-Freund Jackson hatte ihr mehrfach ein zu emotionales Verhalten vorgeworfen. So war sie nun einmal. Logik und Emotion gingen bei ihr Hand in Hand. Sie konnte nicht ohne Weiteres eines der beiden Elemente beiseiteschieben.

Zu überlegen, was Jackson ihr raten würde, brauchte sie nicht. Selbst ein leises Zögern, das Angebot der Aria Hotels anzunehmen, hätte er nicht verstanden. Als Broker zählte für ihn, was unter dem Strich herauskam. Und das sprach eindeutig für die Hotelkette.

Nat verhielt sich ganz anders. Sein Ansinnen war es, ihr die Entscheidung in jeder Hinsicht zu erleichtern. Er konnte ihre Gefühle nachvollziehen und sprach sich weder eindeutig für noch gegen die Vermietung an die Aria Hotels aus, obwohl sie ahnte, dass er tief in seinem Inneren durch seine enge Beziehung zu Tante Gynnie das Hotel ebenfalls erhalten wollte.

Von selbst erschien ein Lächeln auf Mollys Gesicht. Sosehr sie die anstehende Entscheidung belastete, hatte sie Nat als Stütze an ihrer Seite, und allein aus diesem Grund würde sie auch diese Hürde leichter überwinden.

Sie wollte sich schon wieder dem Artikel widmen, als ihr Handy klingelte.

Es war Dorothy.

Molly tippte auf den Annahme-Button. »Wie schaffst du es, immer zum richtigen Zeitpunkt anzurufen?«

Dorothy lachte. »Weil ich deine beste Freundin bin und immer weiß, wann du mich brauchst. Es könnte aber genauso daran liegen, dass wir jeden Tag telefonieren und die Trefferquote deshalb so hoch ist. Bist du noch immer durcheinander wegen der Vermietung des Hotels?«

»Leider ja. Ich kann mich nicht einmal richtig auf die Arbeit konzentrieren, also reden wir bitte von etwas anderem. Die Ablenkung tut mir gut. Wie ist deine gestrige Signierstunde gelaufen?«

Dorothy seufzte theatralisch auf. »Eigentlich sollte ich mich beim vierzehnten Buch längst daran gewöhnt haben, aber das Herumreichen meiner Person empfinde ich nach wie vor als äußerst lästig.«

»Du stehst doch gerne im Rampenlicht.«

»Ja, trotzdem gibt es Grenzen. Vielleicht sollte ich von Frauenratgebern auf Männerratgeber umschwenken, die lesen lieber heimlich im Kämmerchen und verhalten sich nach außen bestimmt zurückhaltender. Ich schwöre, jede Zweite wollte mir gestern ihre Geschichte aufdrängen und gleich eine Lösung ihrer Probleme von mir hören. Ich bin weder eine echte Therapeutin noch eine Zauberfee, nur eine Schriftstellerin.«

»Bald wird es wieder ruhiger. Es ist doch immer so, wenn ein Buch von dir auf dem Markt erscheint.«

»Das stimmt. Übrigens, eine gewisse Sandy Janelly von deiner *NY Woman* hat mich angerufen. Sie möchte mich interviewen. Kennst du sie?«

»Ja, sie ist nett, aber du musst aufpassen.«

»Inwiefern?«

»Sie stellt geschickte Fragen, und ehe du dich versiehst, erzählst du ihr zu viel von deinem Privatleben. Ihre Masche ist verdammt gut. Sie kommt mit Begeisterung und Herzlichkeit, wirft gern einige private, durchaus prekäre Details von sich ein und holt sich so die verborgenen Infos.«

»Danke für den Hinweis. Wobei, im Augenblick gibt es nichts, was ich ihr berichten könnte. Ich habe schlicht keine Zeit für einen neuen Mann.«

»Womöglich ist die Pause gar nicht schlecht für dich. Ein wenig Einkehr schadet nie.«

»Nach gefühlten Tausend in die Brüche gegangenen Kurzbeziehungen kann ich dir nur recht geben, dennoch fehlt mir etwas. Aber ich sage dir, irgendwann treffe ich mit Sicherheit auf *Mister Right*, das spüre ich. Dann wird alles anders.«

»Du musst ihn nur als solchen erkennen.«

»Denkst du, ich weiß nicht, dass es vorrangig an mir liegt?«

»Es war einfach noch nicht der passende ... Warte bitte einen Moment.« Molly sah aus dem Küchenfenster. Sie hatte sich nicht verhört: ein Motorengeräusch. Es wurde lauter, und Pamelas Wagen erschien in ihrem Blickfeld.

»Dorothy, kann ich dich zurückrufen? Pamela parkt gerade vor meinem Haus ein.«

»Ja, klar, ab dem späten Nachmittag bin ich nur nicht mehr erreichbar, ich habe eine Lesung.«

»Okay, ich melde mich rechtzeitig.« Molly legte das Handy auf den Tisch und stand auf. Pamela war noch nie ohne Vorankündigung bei ihr vorbeigekommen.

Sie lief zur Eingangstür und öffnete sie.

Pamela stand bereits davor, in der Hand hielt sie eine Mappe. »Ich wollte gerade klopfen, aber du warst schneller.«

Molly trat zur Seite. »Ich habe dich vom Fenster aus gesehen. Komm herein.«

Verstohlen musterte sie Pamela. Sie wirkte auf jene Weise erregt wie vor einer wichtigen Prüfung.

Die beiden gingen in die Küche, und Pamela setzte sich.

»Willst du einen Kaffee?«, fragte Molly.

Energisch schüttelte Pamela den Kopf. »Bank, Morris, Jim. Und überall habe ich Kaffee bekommen, bei Morris sogar zwei.«

Molly nahm ebenfalls Platz und fixierte Pamela nun unverhohlen. Das war kein Besuch, um nur zu plaudern. Etwas musste geschehen sein.

»Was ist denn los, Pam?«, erkundigte sie sich.

Pamela richtete sich auf. »Bevor ich beginne, muss ich unbedingt anmerken, dass du weder zu etwas verpflichtet bist noch der Angelegenheit den Vorzug geben sollst, nur weil wir Freundinnen sind und du mit Nat zusammen bist. Das ist mir überaus wichtig.«

Mollys Augen weiteten sich. Was meinte Pamela damit? »In Ordnung …«

»Gut.« Pamela legte ihre Handflächen auf die Mappe. »Als ich gestern nach Hause gekommen bin, habe ich dich und Nat in der Küche reden gehört. Ich habe nur gelauscht, weil ich wissen wollte, was los ist. Du hast immerhin geweint.« Sie zuckte mit den Schultern. »Ich dachte, Nat hätte schon wieder … ach, egal.«

»Zwischen Nat und mir ist alles wunderbar. Er hat mich nur getröstet, weil ich wegen dieses Angebots komplett durch den Wind bin. In Wirklichkeit müsste ich in die Luft springen vor Freude, aber tatsächlich fühlt es sich mehr wie ein Damoklesschwert an, das direkt über meinem Körper schwingt.«

Kurz presste Pamela die Lippen aufeinander, bevor sie weitersprach. »Letzte Nacht habe ich kaum geschlafen. Ich habe mich hingesetzt und alles durchgerechnet. Heute war ich bereits früh bei der Bank, dann bin ich zu Morris und daraufhin zu Jim gefahren. Ich wollte mit ihnen sprechen, bevor ich mit dir darüber rede. Bitte sei mir nicht böse, aber ich konnte doch nicht mit einem aus der Luft gegriffenen Hirngespinst bei dir auftauchen.«

Molly hob die Hände. »Pam, worum geht es eigentlich?«

»Ich kann dir ein Angebot für das Maple Lake Inn machen«, platzte sie heraus.

»Was?« Entgeistert starrte Molly Pamela an. Natürlich war ihr dieser Gedanke schon durch den Kopf gegangen, doch sie hatte ihn nicht weiter verfolgt. Sie war davon ausgegangen, dass Pamela es nicht in Betracht zog, weil sie lieber in einem größeren Hotel angestellt sein wollte. Außerdem benötigte man ein gewisses Startkapital. Sie hatte nicht angenommen, dass Pamela darüber verfügte.

»Ich habe die Befähigung und das notwendige Wissen, um ein Haus in der Größe des Maple Lake Inn zu führen. Ich muss dir auch gleich sagen, dass ich mit dem Angebot der Aria Hotels in keiner Weise mithalten kann; Morris und Jim haben es mir erzählt: neues Interieur, Liegeplatz und größerer Steg, Wellnessbereich. Bei mir müsste alles so bleiben, wie es ist.« Sie hob die Augenbrauen. »Aber ich habe etwas gespart, das ich für die notwendigen Ausgaben wie Werbung und so weiter einsetzen würde. Die Bank schießt mir sechs fixe Monatsmieten vor, die kann ich dir zur Überbrückung zusichern, bis der Hotelbetrieb angelaufen ist. Danach müssten wir auf eine Beteiligung umsteigen, selbstverständlich mit dem geforderten Prozentsatz. Ich will dich nicht ausnutzen, alles müsste ordentlich und korrekt ablaufen, als wäre ich eine fremde Person.« Ihr Blick wanderte durch die Küche. »Das Häuschen bräuchte ich nicht. Ich würde in das große Zimmer unter dem Dach des Hotels ziehen, wo Gynnie immer ihre Freunde und besonderen Gäste untergebracht hat. Damit kämst du in keine Zwangslage. Ich habe bemerkt, dass du das Thema ›zu Nat ziehen‹ noch nicht berühren willst.«

Molly starrte Pamela weiterhin wie gebannt an. »Ich … weiß überhaupt nicht, was … ich sagen soll.«

»Das Angebot der Aria Hotels ist höher, und du würdest sicher mehr verdienen. Du kannst sofort ablehnen, aber ich wollte die Möglichkeit einfach nicht verstreichen lassen, mit dir darüber zu sprechen.«

Molly schüttelte den Kopf. »Nein, du verstehst mich falsch. Ich habe nur nicht mit einem Angebot von dir gerechnet, weil du nie etwas erwähnt hast. Ich hatte ja schon selbst überlegt …«

Abrupt stand Pamela auf. »Ich möchte dich echt nicht in Verlegenheit bringen. Es ist mir unangenehm, dass ich so plötzlich aufgetaucht bin und dir nun alles zusätzlich schwerer mache. Denk darüber nach, sofern es für dich interessant ist, und gib mir Bescheid.«

»Bitte, bleib hier. Ich bin nur komplett verwirrt … und, ich glaube, total glücklich über deinen Vorschlag.« Molly griff sich an die Stirn. »Du hast ja keine Ahnung, Pam, wie ich innerlich leide. Das Angebot der Aria Hotels ist toll, keine Frage, aber du weißt, was ich eigentlich will. Das Maple Lake Inn soll bleiben, wie es ist. Als sie von dem Wellness-Bereich hier in Tante Gynnies Haus zu sprechen begannen, war ich wie paralysiert. Ich konnte kaum noch atmen vor Entsetzen. Es war, als würde mir jemand die Kehle zuschnüren.«

»Dann … gefällt dir mein Angebot?«

»Und wie!« Molly besann sich. »Du hast recht, wir müssen den offiziellen Weg einhalten und unsere Freundschaft von deinem Angebot strikt trennen. Es sind zwei komplett unterschiedliche Bereiche. Ich schlage vor, wir vereinbaren ein Meeting mit Morris und Jim. Sie sollen einen Vergleich der Angebote ausarbeiten, und auf Basis dessen treffe ich eine endgültige Entscheidung. Was meinst du dazu?«

»Genau so soll es ablaufen«, antwortete Pamela und seufzte. »Nur ein Problem gibt es noch: Nat wird toben. Er glaubt nach wie vor nicht daran, dass ich in Maple Creek bleiben werde. Du weißt, was er diesbezüglich von mir hält. Er wird versuchen, dich davon abzuhalten. Ich wünsche mir nur, dass du mein Angebot unabhängig von seinem Standpunkt sachlich betrachtest und dann abwägst.«

Mollys Augen verengten sich. »Pam, ich liebe deinen Bruder aufrichtig und schätze seine Meinung über alles. Aber ich glaube und vertraue dir – und es ist mein Hotel. Ich werde mich nicht beeinflussen lassen.«

Auf Pamelas Gesicht erschien ein Strahlen. Leise sagte sie: »Ich danke dir, Molly. Deine Worte bedeuten mir sehr viel. Ich werde dich nicht enttäuschen. Das schwöre ich dir.«

Ihrer momentanen Gefühlsregung folgend stand Molly auf und umarmte Pamela.

Kapitel 6

»Ich will bei der Besprechung mit Morris und Jim dabei sein.« Nat starrte abwechselnd Molly und Pamela mehrere Sekunden lang an. Dabei lief er unablässig vor ihnen auf und ab.

»Möchtest du dich nicht hinsetzen? Dein Gerenne macht mich nervös.« Pamela zeigte auf den freien Stuhl neben Molly.

»Das ist mein Haus und mein Esszimmertisch, ich kann sitzen, stehen oder herumlaufen, wie ich will«, fuhr er seine Schwester an. Sofort hob er entschuldigend die Hände. »Es war nicht so gemeint. Nichts für ungut.«

Molly zeigte auf den Stuhl neben sich. »Ja, bitte nimm Platz und beruhige dich. Ich würde mich freuen, wenn du morgen mitgehst. Pamela hat nichts Falsches getan. Sie hat sogar vorher Morris und Jim zurate gezogen, ob ihr Angebot überhaupt den Anforderungen entspricht. Erst danach hat sie mit mir gesprochen. Morris und Jim sind dabei, Pams Angebot mit dem der Aria Hotels zu vergleichen, damit ich die Unterschiede ganz genau kenne. Alles verläuft ordnungsgemäß.«

»Darum geht es nicht.« Nat zog die Augenbrauen zusammen.

Obwohl Molly bereits ahnte, was er als Nächstes vorbringen würde, fragte sie: »Worum dann?«

Nat unterbrach seinen Lauf. Endlich zog er einen Stuhl zurück und setzte sich. »Soll ich es wirklich auf den Punkt bringen?«

Pamela nickte. »Das ist eine ernsthafte und wichtige Angelegenheit. Wenn auch nur indirekt, bist du ebenfalls davon betroffen. Also sag, was du denkst.«

»Ich vertraue dir nicht, Pam.«

Kurz warf sie Molly einen bedeutungsvollen Blick zu. »Du hast es mir nie verziehen, dass ich dich und Daddy verlassen habe. Es tut mir unermesslich leid, nichtsdestoweniger musste ich diesen Schritt damals wagen. Ich habe am Beginn meines Lebens gestanden und hielt die Situation schlichtweg nicht mehr aus.«

»Das ist so viele Jahre her, und ihr habt doch schon oft darüber gesprochen«, bemerkte Molly.

Pamela hob den Zeigefinger. »Möglicherweise noch nie so deutlich. Aber das ist in Ordnung, einmal muss es richtig heraus.«

»Ich möchte nicht auf der Vergangenheit herumreiten. Das liegt so weit zurück.« Nat griff sich an die Schläfe. »Ich war damals noch ein Kind, ein paar Jahre davor war Mum gestorben ... Wie viele Male bist du danach zurückgekommen, wolltest für immer bleiben und bist dann wieder gegangen? Ein aufs andere Mal hast du bewiesen, dass du eine Sache nicht durchziehen kannst.«

»Auch das ist lange her. Aber ja, ich habe manchmal vorschnell gehandelt, allerdings nie grundlos.«

»Langeweile? Eintönigkeit? Sind das deine ach so besonderen Gründe? Oder vielleicht doch einfach nur Gedankenlosigkeit?«

Molly setzte bereits zu einer Erwiderung an, als sie in Pamelas Augen etwas aufblitzen sah, das sie zuvor noch nie an ihr bemerkt hatte. Sofort schloss sie wieder ihren Mund.

Jäh war sie sicher, dass keine von Nats Vermutungen zutraf. Pamelas Blick hatte Leid und Kummer ausgedrückt. Aber nicht jener Kummer, der durch ein einzelnes Ereignis ausgelöst wurde, sondern tiefer lag, wie ein fester Bestandteil ihres Lebens. Hinter ihrer unsteten Vergangenheit steckte keine Oberflächlichkeit. Barg Pamela ein Geheimnis?

Seit unzähligen Jahren ertrug sie die Vorwürfe ihres Bruders. Sie ließ ihn lieber in dem Glauben, ein unbesonnener und wankelmütiger Mensch zu sein, der auf den Gefühlen anderer herumtrampelte, als dass sie ihm sagte, was wirklich dahintersteckte.

Unmerklich schüttelte Molly den Kopf. Bestimmt spann sie sich nur etwas zusammen. Anhand eines kurzen Augenspiels konnte man auf kein Geheimnis schließen.

Nat hatte ohne Zweifel nichts bemerkt. »Gut, dann reden wir von der jüngsten Vergangenheit. Du warst begeistert, als du den Job als Executive Housekeeper im Fairmont bekommen hast. Es war ein Riesensprung auf der Karriereleiter. Und ja, ich war verdammt stolz auf dich. Aber nicht wegen des Jobs selbst, sondern weil du endlich durchgehalten hast und einmal nicht davongelaufen bist. Ich hatte mich zu früh gefreut.«

»Ich habe dir erklärt, warum ich das Fairmont verlassen habe«, entgegnete Pamela.

»Ach ja, deine immerwährenden Dispute mit dem neuen Hoteldirektor. Er hat die dir Unterstellten wie Sklaven behandelt, und du warst einem ständigen Kampf ausgesetzt. Grundsätzlich könnte ich das verstehen, gäbe es nicht eben deine spezielle Vergangenheit.«

Molly hatte Pamelas Wandlung bei der Erwähnung des Fairmont genau erfasst – dieses Mal irrte sie sich auf keinen Fall. Sie zeigte Widerstand und Kampfgeist, gepaart mit der Bitte um Verständnis.

Molly kannte die Geschichte in groben Zügen und verstand

Pamelas Beweggründe. Dass sie im Fairmont gekündigt hatte, war nicht mit ihren vorangegangenen Handlungen zu vergleichen. Aber im Gegensatz zu Nat vertraute sie Pamela, jetzt noch mehr als zuvor.

Um auf sich aufmerksam zu machen, hüstelte Molly. Es war Zeit, einzugreifen und wieder auf das eigentliche Thema zurückzukommen.

»Mir liegt es fern, mich in eure persönlichen Differenzen einzumischen. Ich muss euch jedoch bitten, diese jetzt außen vor zu lassen. Es geht um die Zukunft des Maple Lake Inn, und ich bin dafür verantwortlich. Helft mir und unterstützt mich, hackt nicht aufeinander herum.«

Sofort senkte Nat den Blick. »Ich möchte dich nur davor bewahren, einen Fehler zu begehen, Molly. Und du, Pam … Du bist meine Schwester, und ich liebe dich, aber du musst mein Misstrauen verstehen.«

Pamela richtete sich kerzengerade auf. »Ich habe Molly geschworen, sie nicht zu enttäuschen. Und ich stehe zu meinem Wort. Es soll keine Abmachungen unter der Hand geben, ich möchte Molly auch nicht beeinflussen. Ich will nichts anderes, als ernst genommen und fair behandelt zu werden.«

Nat verzog den Mund. »Warten wir das morgige Gespräch mit Jim und Morris ab, danach sehen wir weiter.« Er schaute auf die Uhr. »Es ist schon zu spät, um in die Tavern zu fahren. Ich habe noch Schinken, Käse und Eier im Kühlschrank.«

»Ich mache uns ein Omelett.« Pamela stand auf.

Nat ließ einen Moment verstreichen, dann legte er seinen Arm um Molly und zog sie zu sich. »Ich wünschte, wir könnten unbeschwerter in den Tag hineinleben und unsere Zweisamkeit mehr genießen«, flüsterte er und lächelte. »Am liebsten würde ich uns für zwei Wochen an einen Strand entführen. Nur wir beide in der Sonne. Wir würden nichts tun, außer uns zu lieben und zu entspannen. Es wäre wunderbar, all dem kurz zu entfliehen.«

Molly schmiegte sich an ihn. Das Gefühl von Wärme und Sicherheit durchdrang sie. Was auch kommen mochte, gemeinsam mit Nat würde sie alles schaffen. »Das ist eine wunderschöne Vorstellung, aber mit dir bin ich überall glücklich. Vielleicht schaffen wir es einmal, jetzt ist allerdings nicht die richtige Zeit dafür.«

»Ich weiß. Das Hotel, deine Arbeit, meine Firma und die anstehenden Änderungen … Es war nur so ein Gedanke, den ich unbedingt aussprechen wollte.«

»Wir stehen mitten im Leben, und es hält uns fest.«

Er nickte. »Und gegenwärtig ist es gezeichnet von Veränderungen. Aber seit du an meiner Seite bist, geht alles leichter vonstatten. Du gibst mir Zuversicht und Kraft.«

Versonnen blickte Molly zu ihm hoch. »Fast genau das Gleiche habe ich ebenfalls gerade gedacht.«

Sie registrierte das Zucken um seine Mundwinkel und wusste, gleich würde er sie küssen. Das reichte aus, um bei ihr unvermittelt von dieser ganz besonderen, prickelnden Erregung zu verursachen, die sie bei jeder seiner Berührungen empfand. In solchen Augenblicken vergaß sie alles rund um sich herum. Es gab nur noch sie beide und ihre Innigkeit.

Es handelte sich um ein Empfinden, das ihr zuvor fremd gewesen war. Als sie einmal versucht hatte, es Dorothy zu beschreiben, war sie auf keinen klaren Punkt gekommen – ein einziges Wort traf es wohl am besten: magisch.

Kapitel 7

Jim, Morris und Nat saßen um Mollys Esstisch versammelt. Pamela würde in einer halben Stunde zu ihnen stoßen. Es war ihre Idee gewesen, nicht von Anfang an dabei zu sein. Erst sollten sie sich allein über die beiden Angebote austauschen.

Molly konnte sie gut verstehen, Pamela hatte es auch mehrfach betont: Sie wollte trotz der engen Verbindung wie ein normaler Interessent behandelt werden und keinen Bonus erhalten. Nach der ersten Euphorie über Pamelas Angebot war sie gedanklich ebenfalls bewusst einen Schritt zurückgegangen. Die Angelegenheit war zu wichtig, um rein aus dem Bauch heraus zu entscheiden.

Während sie alle mit Kaffee versorgte, warf sie immer wieder einen abwägenden Blick auf Nat – seine Miene verriet ihr nichts. Dann schnitt sie den Kuchen an, den sie zuvor noch rasch für die Besprechung besorgt hatte, verteilte die Stücke auf Teller und stellte sie auf den Tisch.

Morris wehrte ab. »Ich habe in den vergangenen Monaten zugenommen. Bitte für mich kein Stück.« Er beäugte den für ihn vorgesehenen Teller. »Ist er aus Veronique's Cake Shop?«

Molly nickte. »Ich bin heute Morgen extra hinüber nach Eastwood Valley gefahren.«

»Veroniques Kuchen sind die besten weit und breit. Ich nenne sie Flauschkuchen, weil sie so flaumig sind. Ach, was soll's, Elisabeth wird mich wegen ein paar Kilos nicht verlassen. So wie sie sich momentan verhält, brauchen meine Nerven eine gute Polsterung.« Morris zog den Teller zu sich und begann sofort zu essen.

Molly quittierte seine Bemerkung mit einem verhaltenen Schmunzeln und setzte sich auf ihren Platz. »Danke, dass ihr gekommen seid. Ich dachte, Tante Gynnies Küche ist der geeignete Ort, um nun Nägel mit Köpfen zu machen.«

Obwohl sie ein selbstbewusstes Lächeln aufgesetzt hatte, fühlte sie sich in ihrem Inneren weit weniger sattelfest. Sie hatte sich vorgenommen, heute eine Entscheidung zu treffen. Die Aria Hotels wollten in Kürze eine Antwort, und es würde nur weiter ihre Gedanken beherrschen und sie durcheinanderbringen, wenn sie ihren Entschluss hinauszögerte.

Zwei seriöse Angebote lagen auf dem Tisch, und jedes von ihnen barg Vorteile wie Nachteile. Keiner der Anwesenden konnte ihr den letzten Schritt abnehmen, aber sie hoffte auf ehrliche Hinweise und Tipps, die ihr weiterhalfen.

Jim sah Morris an. »Du oder ich?«

Morris hielt sich die Hand vor den vollen Mund. »Du, ich werde mir noch ein zweites Stück gönnen. Darf ich, Molly?«

»Natürlich. Ich kann dir den Rest einpacken, wenn du möchtest.«

Morris schüttelte den Kopf und schluckte hinunter. »Um Himmels willen, nein! Ich müsste ihn heimlich im Wagen essen. Elisabeth darf wirklich nichts davon erfahren, sie würde mir *Völlerei* vorwerfen. Aber zurück zum Thema bitte …«

Jim rieb sich die Hände. »Nun gut. Ich denke, auf die Angebote im Einzelnen nochmals einzugehen, ist nicht notwendig. Was dich,

Molly, wohl vorrangig interessiert, sind die grundlegenden Unterschiede.«

»Ist Pamelas Angebot überhaupt mit dem anderen vergleichbar?«, fragte Nat. In seiner Stimme lag unverhohlene Skepsis.

»Wie du weißt, ist Pamela mit ihren Unterlagen vorher zu uns gekommen. Wäre ihr Angebot nicht ernst zu nehmen, hätten wir es ihr gesagt, und dann würde es jetzt nicht hier auf dem Tisch liegen«, antwortete Jim energisch. Nats ablehnende Haltung gegenüber seiner Schwester schien ihm nicht zu gefallen. Jim kannte natürlich Nats Meinung über Pamela und wollte offenbar verhindern, dass persönliche Befindlichkeiten die sachliche Prüfung überschatteten.

Molly beschloss, nicht einzugreifen und Jim machen zu lassen.

Auch Nat stellte keine weitere Frage, und Jim fuhr fort: »Beginnen wir bei der Miete, hier liegt der erste große Unterschied. Die Aria Hotels bezahlen über die vertraglich festgelegte Zeit von fünf Jahren eine Fixmiete. Nach einem Jahr schütten sie zusätzlich dazu bei Erreichen eines bestimmten Gewinns monatlich eine kleine Zusatzprämie aus. Pamela bezahlt dir sechs Monate lang den identischen festen Mietpreis, würde anschließend aber komplett auf eine prozentuale Beteiligung umsteigen. Morris und ich haben es ausgerechnet. Bei der kompletten Auslastung des Hotels erhältst du bei Pamela einen höheren Betrag als von den Aria Hotels, trotz der Fixmiete zuzüglich Prämie. Steht das Hotel allerdings halb leer, ist es naturgemäß weniger.« Er öffnete den Ordner, der vor ihm lag, entnahm ein Blatt Papier und überreichte es Molly. »Hier ist die Analyse dazu. Wie du siehst, ist sie leicht überschaubar.«

Eine Weile lang betrachtete Molly die Aufstellung. »Das heißt, einmal mit Risiko und einmal gänzlich ohne«, fasste sie schließlich zusammen.

»Auf den Punkt gebracht.«

Morris, der gerade ein weiteres Stück Kuchen auf seinen Teller hievte, hob die Gabel in die Höhe. »Bei den Aria Hotels bist du komplett außen vor und hast keinerlei Arbeit. Pamela könntest – oder besser: solltest – du mit allen Mitteln, die dir zur Verfügung stehen, unterstützen. Das sei nur nebenbei erwähnt.«

Jim nickte Morris zu. »Der zweite große Punkt liegt in der Ausrichtung des Hotels selbst. Die Aria Hotels würden inklusive dieses Hauses umfangreiche Änderungen durchführen. Pamela behält alles beim Alten und beansprucht Gynnies Wohnhaus nicht.«

»Wird im Vertrag festgehalten, was den Aria Hotels erlaubt ist und was nicht?«, erkundigte sich Molly.

Jim wiegte den Kopf. »Sie verlangen im Vertrag einen Passus, der besagt, dass sie alles im Sinne der Verkaufsförderung abändern und verbessern dürfen. Damit haben sie weitgehend freie Hand. Sie lassen, was diesen Punkt betrifft, auch nicht mit sich verhandeln.«

»Und bei Pam?«, fragte Nat.

»Ist dieser Absatz nicht enthalten, nur die üblichen und notwendigen Instandsetzungen sind vermerkt.«

Morris schluckte hinunter. »Die Aria Hotels planen, ein kleines hochpreisiges Haus aus dem Maple Lake Inn zu machen. Pamela kann bei der bestehenden Gestaltung des Hotels grundsätzlich nicht den Zimmerpreis der Aria Hotels verlangen. Dumm ist diese Hotelkette nicht. Deshalb bieten sie die Fixmiete plus einer kleinen Prämie an. Bei einer ausschließlichen prozentualen Beteiligung würdest du im vollen Auslastungsfall nämlich gehörig absahnen.«

»Das alles haben wir bei unseren Berechnungen natürlich ins Kalkül gezogen«, ergänzte Jim.

Molly atmete tief durch. »Was würdet ihr tun?« Ihr Bauchgefühl sagte längst, welches Angebot das richtige war, sie wollte trotzdem nicht vorschnell handeln. Es war eine bedeutungsvolle Entscheidung, und diese gehörte von allen Seiten durchleuchtet und gut überlegt.

Ihr Blick streifte Nat. Hatte er recht mit Pamela? Ihr Eindruck war ein ganz anderer, aber sie durfte auch seine Meinung nicht außer Acht lassen. Immerhin kannte sie Pamela erst seit wenigen Monaten.

Mollys Gedanken glitten zu dem Moment zurück, als sie zu dritt zusammengesessen hatten und sie kurz sicher gewesen war, etwas in Pamelas Augen entdeckt zu haben. Wenn sie nur wüsste, ob sie richtig lag und Pamela etwas verbarg.

Nat hatte Mollys Blick aufgefangen und senkte kaum merklich den Kopf. »Ich will den Teufel nicht an die Wand malen, aber was geschieht, wenn Pamela zum Beispiel nach zwei Jahren auf die Idee kommt, die Aufgabe gefällt ihr doch nicht so gut wie gedacht?«

Einen Augenblick lang betrachtete Jim Nat prüfend, dann erwiderte er: »Eine berechtigte Frage aufgrund deiner Erfahrungen, Nat.« Er schaute Molly an. »Pamela unterzeichnet einen rechtsgültigen Vertrag, der für sie genauso bindend ist wie für dich. Das ist ihr sehr wohl bewusst. Abgesehen von der Ausfallklausel hat sie sich im Fall der Nichteinhaltung zu verantworten. Ich spreche allein von der rechtlichen Seite, nicht von der familiären. Etwaige Einigungen auf privater Ebene sind immer möglich.«

Kaum hatte Jim ausgesprochen, als Mollys Handy klingelte. Erstaunt sah sie auf das Display. »Es ist Pamela.«

Sie stand auf, machte einen Schritt zur Seite und nahm das Gespräch an. Leise sagte sie: »Hi Pam, ist alles in Ordnung?«

Konnte es sein, dass Nats Befürchtungen schneller eintrafen, als selbst er es erwartet hatte? War Pamela einen Moment lang in Hochstimmung verfallen, die ihr nun, einen Atemzug vor der endgültigen Entscheidung, doch nicht mehr in dem strahlenden Licht der vergangenen Tage erschien? Molly spürte einen leichten Schwindel, und ein banges Gefühl kroch in ihr hoch.

»Ja, alles bestens. Ich wollte dir nur Bescheid geben, dass ich schon hier bin und im Auto warte, bis ihr mit der Vorbesprechung fertig seid.« Pamela hüstelte. »Ich mag nicht einfach hineinplatzen und euch stören.«

Molly fiel ein Stein vom Herzen. »Alles gut, komm rein.«

Sie setzte sich wieder.

»Was ist los? Will sie es doch nicht, oder überlegt sie noch?«, fragte Nat tonlos. Offensichtlich hatte er denselben Gedanken.

Molly sah, wie er die Hände zu Fäusten ballte, und beeilte sich, zu antworten: »Sie wartet im Auto, bis wir die interne Zusammenkunft abgeschlossen haben. Ich habe ihr gesagt, wir sind so weit.«

Augenblicklich entspannten sich Nats Züge. Molly meinte sogar, einen Hauch von schlechtem Gewissen zu bemerken. Auch hier erging es ihm wie ihr.

Wortlos stand Nat auf und verließ die Küche. Kurz darauf kehrte er mit Pamela zurück.

Entgegen ihrer sonst so lebhaften Art wirkte Pamela befangen. Zögerlich hob sie die Hand und deutete ein Winken an. »Hallo zusammen.«

Nat zeigte auf den leeren Stuhl an der Stirnseite des Tischs neben sich und lächelte seiner Schwester zu – sie nahm Platz.

Niemand sagte etwas.

Schließlich durchbrach Jim die Stille. »Nun, Molly, was meinst du? Noch hast du ein paar Tage, um zu überlegen, wenn du dir nicht sicher bist.«

Molly schüttelte den Kopf. Während des Gesprächs war immer klarer geworden, was sie zu tun hatte. Sie wollte und brauchte wirklich keine Zeit mehr, um abzuwägen. »Ihr wisst ja, dass es mein größter Wunsch ist, Tante Gynnies Hotel in ihrem Sinne fortzuführen. Das Angebot der Aria Hotels ist toll, und Tante Gynnie hätte bestimmt nichts dagegen, wenn ich zusage. Aber ich möchte es nicht. Es würde mich riesig freuen, wenn du das Hotel leitest, Pam. Und wie ich gerade gehört habe, soll ich dir dabei helfen, wo ich kann. Wir sind also ein Team, wenn du das willst.«

Einen Moment lang starrte Pamela Molly mit großen Augen an. Dann lachte sie auf, und ihr typisches Strahlen erschien. »Na und ob ich das will, und wie!« Sie streckte ihre Hand aus. »Vor den Männern umarmen wir uns nicht, sondern machen es, wie es sich gehört. Schlag ein.«

Molly ergriff Pamelas Hand und schüttelte sie. Auch sie strahlte.

Kapitel 8

Molly erwachte und drehte sich zur Seite, um nach Nat zu sehen. Sofort durchbohrte ein stechender Schmerz ihre Schläfen. Nat lag nicht mehr neben ihr. Eilig brachte sie ihren Kopf wieder in die ursprüngliche Position zurück und stöhnte leise auf.

Langsam kam die Erinnerung an den gestrigen Abend zurück.

Sie hatten sich in der Tavern zum Feiern getroffen: Pamela, Jim, Morris, Nat und sie. Molly hätte Laurie und Tom auch gern mit in der Runde gehabt, doch als Inhaber der Sycamore Tavern hatten sie natürlich – wie jeden Abend außer Sonntag – arbeiten müssen.

Anders als üblich hatten sie an einem Tisch gesessen und sich ein dreigängiges Menü mit Weinbegleitung gegönnt. Und naturgemäß waren die Gespräche während des Dinners ausschließlich mit dem Hotel und seiner Zukunft verknüpft gewesen.

Wenngleich Pamela nicht gewusst hatte, ob sie den Zuschlag erhalten würde, war sie in der kurzen Zeit nicht untätig gewesen. Sie hatte ein grobes Konzept erstellt, das von einer Auslastungsprognose über die Personalsuche bis zu notwendigen Werbemaßnahmen alles enthielt. Molly erinnerte sich an Nats erstaunten Gesichtsausdruck, als Pamela darüber berichtet hatte. Auch sie war überrascht gewesen, mit welcher Professionalität Pamela vorging und welches Wissen sie besaß.

Auf jeden Fall war bis dahin noch alles gesittet abgelaufen. Als sie dann aber mit dem Essen fertig gewesen waren, hatte Tom sie zu sich an die Bar gerufen, und ab da war es losgegangen. Innerhalb kurzer Zeit hatte die Neuigkeit die Runde gemacht, und im Endeffekt war aus der kleinen Feier ein richtiges Fest geworden. Anwesende Gäste hatten sich dazugesellt und die Nachricht verbreitet. Daraufhin waren sogar einige extra in die Tavern gekommen, um zu gratulieren und mitzufeiern.

Molly wusste nicht mehr, wie viele Hände sie geschüttelt hatte und wie oft sie umarmt worden war. Aber schmerzhaft war ihr bewusst, dass sie eindeutig zu oft auf den Vertrag mit Pamela angestoßen hatte.

Trotz der pochenden Schläfen musste sie lächeln. Sie hatte die richtige Entscheidung getroffen. Beinahe fühlte es sich wie ein Déjà-vu an. Als sie sich endgültig entschlossen hatte, New York zu verlassen und nach Maple Creek zu ziehen, war das Empfinden ähnlich gewesen.

Molly wagte einen neuerlichen Versuch, sich zu bewegen, indem sie sich aufsetzte, nach ihrem Handy griff und das Display aktivierte: zehn Minuten nach neun Uhr.

Sie hatte den Wecker doch auf sieben Uhr dreißig gestellt. Bestimmt war dank des Alkohols etwas dabei schiefgegangen. Kein Wunder, dass Nat nicht mehr neben ihr lag. Er war längst aufgestanden und bereits bei der Arbeit.

Nach der Feier hatten sie sein Auto bei der Tavern stehen gelassen und waren zu Fuß zum Häuschen gegangen, weil Nats Haus für einen nächtlichen Spaziergang zu weit von der Tavern entfernt lag. Wie sie den Weg in ihrem Zustand bewältigt hatte, wusste sie allerdings nicht mehr.

Ein weiteres Erinnerungsstück kam hoch, und Molly stöhnte auf: Pamela und sie wollten sich um zehn Uhr im Hotel treffen. Sie konnte doch nicht ihren ersten gemeinsamen Termin verpassen! Flott musste sie in die Gänge kommen.

Entschlossen schwang Molly ihre Beine über den Bettrand und stand auf, dann tappte sie ins Badezimmer und stieg in die Dusche. Das warme Wasser tat ihren Gliedern gut, aber noch war sie nicht ganz wach. Kurzerhand drehte sie die Wassertemperatur hinunter. Der kleine Schock würde sich rentieren, weil sie sich danach sicherlich besser fühlte. Und in der Tat kehrten mit dem kalten Wasser ihre Lebensgeister zurück.

Rasch erledigte sie die restliche Morgentoilette und stieg die Treppe hinab. Die Kopfschmerzen waren schon beinahe verflogen. Dennoch wollte sie zur Sicherheit eine Schmerztablette nehmen. Und sie brauchte dringend einen Kaffee.

In der Küche schaltete sie die Kaffeemaschine ein und suchte in Tante Gynnies Medizinfach nach einer geeigneten Tablette. Sie fand zwei verschiedene Medikamente, die jedoch beide abgelaufen waren, eines erst vor einem Monat – innerhalb von vier Wochen würde es seine Wirkung bestimmt noch nicht eingebüßt haben. Während sie den Kaffee zubereitete, schluckte sie die Medizin und aß danach eine trockene Toastscheibe, um den Magen zu beruhigen.

Der Kaffee vertrieb das letzte Unwohlsein und machte der restlosen Freude über die Entwicklung ihres Lebens Platz. Sie hatte eine turbulente Zeit durchlebt – von Tante Gynnies Todesnachricht bis heute – und einiges ertragen, aber nun war sie genau da angelangt, wo sie sein wollte.

Tante Gynnies Tod hatte sie schwer getroffen, und das schlechte Gewissen darüber, sie bedingt durch ihr stressiges Leben in New York über viele Jahre vergessen zu haben, war über eine lange Strecke ihr ständiger Begleiter gewesen. Mittlerweile hatte sie das verwunden.

Tatsächlich war der Umstand, das Maple Lake Inn zu erben, ein Segen gewesen. Sie war nach Maple Creek zurückgekehrt, hatte Freunde gefunden und sich beinahe auf Anhieb wie zu Hause gefühlt. Nat war ein zusätzliches Geschenk des Schicksals, und sie war sich sicher, dass Tante Gynnie zu alldem herzlich lachen würde und über alle Maßen stolz auf sie wäre.

Molly riss sich von ihren Gedanken los und blickte aus dem Fenster. Vor der Veranda des Hotels standen zwei Personen. Sie kniff die Augen zusammen, um sie erkennen zu können: Es waren Pamela und eine fremde Frau.

Hastig trank Molly den letzten Schluck ihres Kaffees und verließ das Haus.

Pamela winkte ihr schon von Weitem zu, und als Molly bei den beiden Frauen ankam, legte sie sofort los: »Das ist Lilly Summers. Jim hat mir doch gestern am Abend ihre Kontaktdaten gegeben. Ich habe gleich in der Früh angerufen, und Lilly wollte sich das Maple Lake Inn sofort ansehen.«

Molly reichte Lilly Summers die Hand. Hastig forschte sie in ihrem Gedächtnis. Noch während des Abendessens hatte Pamela erzählt, eine Werbeagentur engagieren zu wollen, die sich in der Tourismusbranche auskannte. Vorrangig ging es dabei um die Platzierung in geeigneten Magazinen, die Aufnahme in das Portfolio von Reisebüros sowie das Bestücken der Onlineplattformen. Außerdem war Pamela auf die Personalsuche näher eingegangen. Sie hatte vor, eine Annonce in der *Maple Creek News Time* zu schalten. Es handelte sich um eine Regionalzeitung, die weit über Maple Creek und die benachbarten Orte hinaus gelesen wurde.

Weiter fand Molly allerdings nichts und hatte somit keine Ahnung, wer die Frau genau war. Immerhin konnte sie tippen: Zeitung oder Werbeagentur. »Molly Jensen. Es freut mich. Ihr müsst mir nur bitte auf die Sprünge helfen, weil ich mich offen gestanden nicht mehr exakt an die gestrigen Geschehnisse erinnern kann. Sie müssen wissen, Miss Summers, wir haben unsere Vertragseinigung gefeiert.«

»Du bist noch nicht lange genug in Maple Creek, um solch einen Abend unbeschadet zu überstehen. Deshalb wollte ich dich auch nicht mit einem Anruf aus dem Schlaf reißen. Nebenbei bemerkt: Immer wieder ein Glas Wasser zwischen den Drinks bewirkt wahre Wunder.« Pamela schmunzelte. »Lilly ist Marketingfachfrau. Sie führt eine Werbeagentur in Northville und ist auf Touristik und Sport spezialisiert.«

»Im Bereich Sport hauptsächlich auf Unternehmen, die Trackingtouren, Abenteuercamps und Ähnliches anbieten, also im weiteren Sinn ebenfalls im Fremdenverkehrsbereich.« Lilly Summers lächelte gewinnend. »Damit bin ich ausgelastet, mehr oder weniger führe ich eine One-Woman-Show, eine Assistentin für das Office, das war's.«

»Lilly stammt wie du aus den USA«, bemerkte Pamela.

Molly zog die Brauen hoch und überlegte, welchen Bundesstaat sie ihr zuordnen würde. Automatisch tippte sie auf Kalifornien, aber das lag bestimmt nur an Lilly Summers blonden Locken und den hellblauen Augen. Der Name tat das seine dazu. »Woher kommen Sie?«

»Sunshine State.«

»Falsche Küste, aber grundsätzlich habe ich richtig getippt.«

»Und Sie?«, fragte Lilly Summers.

»Ursprünglich aus Washington D.C., dann habe ich einige Jahre in New York gelebt. Was hat Sie nach Kanada verschlagen?«

»Ich war auf Urlaub hier und habe mich unsterblich verliebt – in die Gegend, die Natur, die Menschen, einfach alles. Als ich wieder nach Florida zurückgeflogen bin, ist mir rasch klar geworden, wo ich eigentlich hingehöre, obwohl ich meine Heimat nach wie vor schätze.«

Molly nickte. »Das kann ich gut verstehen. Mir ist es ähnlich ergangen. Kennen Sie Jim schon lange?«

Lilly neigte den Kopf. »Seit einigen Jahren. Jim hilft mir bei zahlungsunwilligen Kunden und kleineren rechtlichen Angelegenheiten. Er ist ein unglaublich netter Mann, und ich verlasse mich völlig auf ihn, auf der Gegenseite möchte ich jedoch nicht sitzen, wenn er sich ins Zeug legt. Er ist ein Spitzenanwalt.«

Pamela trat von einem Bein auf das andere. »Möchtest du jetzt das Hotel von innen sehen, Lilly? Plaudern können wir auch während des Rundgangs.«

»Ja, gern. Ich bin schon sehr gespannt.« Lilly Summers schenkte Pamela ein funkelndes Lächeln, das Pamela mit einem eindeutig schelmischen Zwinkern erwiderte.

Erstaunt registrierte Molly das auffallend herzliche Verhalten der beiden. Sie gingen miteinander um, als würden sie sich seit vielen Jahren kennen und wären dicke Freundinnen.

Kapitel 9

Molly parkte vor dem Gebäude der *Maple Creek News Time* und stieg aus dem Wagen.

Pamela hatte am Morgen nicht nur mit Lilly Summers telefoniert, sondern obendrein mit Franklin Bauers, dem Chefredakteur der Zeitung. Es betraf die Bekanntmachung der Wiedereröffnung des Maple Lake Inn sowie die Schaltung der Personalannonce.

Molly hatte bereits einige Male mit Franklin Bauers in der Tavern geplaudert. Es waren immer kurze, jedoch sehr unterhaltsame Gespräche gewesen. Auf sie wirkte er wie der typische Zeitungsmacher aus einer früheren Ära, was er im Grunde wohl auch war. Selbst sein Äußeres entsprach diesem Bild. Er war schlank – fast schon als dünn zu bezeichnen – und blass, trug eine Brille mit dicken Gläsern und hielt sich immer etwas nach vorn gebeugt, egal, ob er saß oder stand. Molly schätzte Franklin auf bestimmt sechzig Jahre.

Eigentlich hätte Pamela den Termin wahrnehmen sollen, aber sie und Lilly Summers waren direkt vom Hotel in Lillys Büro gefahren, um sofort mit der Planung zu beginnen. Lilly schien ehrlich begeistert vom Maple Lake Inn und hatte noch in ihrer Anwesenheit erste Ideen präsentiert.

Molly zog die Tür des Eingangs auf und betrat einen kleinen Vorraum. Die rechte Wandseite war teilweise verglast und gestattete den Blick in ein Büro. Eine Frau saß an ihrem Schreibtisch.

Als sie Molly sah, kam sie zu der Glaswand und schob sie zur Seite. »Kann ich Ihnen helfen?«

»Ich habe einen Termin bei Mister Bauers. Mein Name ist Molly Jensen. Ich komme in Vertretung von Pamela Adams, sie ist verhindert.«

Ohne ein weiteres Wort zu sagen, ging die Frau zurück zu ihrem Schreibtisch und griff nach dem Telefonhörer. Als sie auflegte, nickte sie. »Nach der Tür da müssen Sie gerade durch die Redaktion. Der Korridor mündet direkt in sein Büro.« Sofort nahm sie wieder Platz und widmete sich ihrem Bildschirm.

Molly öffnete die Tür und betrat einen großen Raum. Sie schätzte ihn auf sicherlich hundert Quadratmeter. Auch bei der *NY Woman* wurde zum Teil in solchen Großraumbüros gearbeitet, damit endete jedoch die Gleichheit. Während bei der New Yorker Zeitschrift die Arbeitsplätze geschickt durch Raumteiler wie Regale und Pflanzen voneinander abgeschottet wurden, standen hier einfach nur einige Tische herum. Bis auf zwei, wo je eine Frau und ein Mann saßen, waren sie unbesetzt.

Nicht nur Franklin Bauers entstammt einer früheren Ära, sondern mit ihm die ganze Redaktion, dachte Molly und steuerte auf sein Büro zu. Die beiden Personen sahen nicht einmal auf, als sie an ihnen vorbeiging.

Die Tür zu Franklin Bauers Büro stand offen. Er saß hinter seinem Schreibtisch, der jenen in dem großen Raum glich: offensichtlich aus massivem Holz, eindeutig in die Jahre gekommen, überfüllt mit Papierstapeln.

Mit einem breiten Lächeln begrüßte er sie. »Hallo, Molly. Nehmen Sie doch Platz. Ich habe schon gehört, man darf Ihnen gratulieren.«

Molly setzte sich. »Ja. Bald kann das Maple Lake Inn eröffnen, und mit Pamela als Pächterin bin ich überglücklich.«

»Das kann ich mir vorstellen. Ich habe gehört, mit dieser Entscheidung wird das ursprüngliche Flair von Gynnies Hotel erhalten bleiben. Mir persönlich gefällt diese Ausrichtung sehr gut.«

Natürlich wusste Franklin darüber Bescheid. Nicht nur, dass Neuigkeiten in Maple Creek rasch die Runde machten, er war darüber hinaus der Chef der hiesigen Zeitung. Maßgebliches Element seines Berufes war es, zu wissen, was im Umfeld geschah.

»Mir ebenso. Die Aria Hotels hätten das Hotel sowie Tante Gynnies Haus komplett verändert.«

»Auch hierzu habe ich einiges aufgeschnappt. Ein Beauty-Center in Gynnies Haus?« Franklin schüttelte den Kopf, lehnte sich zurück und öffnete die Hände in einer einladenden Geste. »Was kann ich für Sie tun, Molly?«

»Zwei Dinge. Erstens möchte ich wegen eines redaktionellen Artikels über das Maple Lake Inn anfragen. Und dann benötigen wir eine Annonce zwecks Personalsuche für das Hotel.« Molly zog einen Zettel aus ihrer Tasche und überreichte ihn Franklin. »Der Text für die Anzeige.«

Er nahm das Blatt Papier an sich und las. »Haben Sie das geschrieben?«

»Nein, das war Pamela.«

Seine Mundwinkel zuckten. »Die Personalliste muss selbstverständlich belassen werden, sonst würde ich den Text geringfügig abändern. Sie nicht?«

Molly antwortete ehrlich. »Unbedingt. Es handelt sich um eine Annonce und keine Werbung. Aber ich wollte nicht …«

»Ich verstehe. Das übernehme ich und schicke Pamela einen Vorschlag per Mail.«

»Vielen Dank.«

»Und zu dem Artikel habe ich mir natürlich bereits etwas überlegt. Immerhin ist die Wiedereröffnung des Hotels eine wichtige Neuigkeit für die Umgebung. Ich möchte den Bericht splitten: Teil eins jetzt sofort mit der Ankündigung sowie einem Rückblick über die Entstehung des Hauses und Ihre Tante. Zur Eröffnung selbst den zweiten Teil. Darin geht es nur noch um das Heute und die Zukunft. Silvana Higgs wird sich diesbezüglich bei Ihnen beziehungsweise Pamela melden. Sie schreibt ordentliche Artikel. Wie gefällt Ihnen der Vorschlag?«

»Sehr gut.« Weil Molly von ihrer Arbeit die Verbindung von Redaktion und Anzeigenbereich kannte, fügte sie hinzu: »Pamela hat für die Werbung eine Marketingfachfrau engagiert. Wegen der diesbezüglichen Schaltungen wird sich Lilly Summers mit Ihrem Anzeigenbetreuer in Verbindung setzen, nehme ich an.«

»Lilly Summers aus Northville?«

»Ja. Kennen Sie sie?«

»Lilly arbeitet eng mit uns zusammen. Sie versteht ihr Handwerk. Pamela hat eine gute Wahl getroffen.«

»Pam ist gerade bei ihr. Deshalb bin auch ich in Vertretung hier.«

Franklin Bauers nickte bedächtig. »Dieser Umstand kommt mir übrigens sehr gelegen. Ich wollte ohnehin mit Ihnen sprechen, Molly.« Franklins Blick schwenkte zu einem Papierstapel auf seinem Schreibtisch. Ganz oben lag ein Hochglanzmagazin mit dem unverkennbaren Schriftzug der *NY Woman*.

Erstaunt hob Molly die Brauen. »Sie lesen die *NY Woman*?«

»Nur Ihretwegen. Die Kolumne über Maple Creek gefällt mir. Sie ist für eine breite Masse verfasst, dabei niveauvoll. Ich habe mir ebenfalls einige ältere Ausgaben besorgt. Ihre anderen Artikel … sie sind gut, entsprechen aber nicht Ihrem Talent. Das haben Sie nämlich, sogar ein ausgesprochenes.«

»Danke.« Molly freute sich über Franklins Bemerkung. Er war ein alter Hase, ein Kompliment aus seinem Mund zählte doppelt.

Franklin rutschte auf seinem Sessel nach vorn und fixierte Molly. »Ich würde Sie gern zu uns holen. Es geschieht nicht alle Tage, dass die Redakteurin eines berühmten Blattes hierherzieht.« Er lächelte. »Und – wie gesagt – auch noch über hervorragende Fähigkeiten verfügt.«

Molly brauchte einen kurzen Moment, um sich Franklins Worte zu vergegenwärtigen. Nachdem der Mietvertrag nun abgeschlossen war, hatte sie sich nach einer Arbeit als Redakteurin umsehen wollen. Zusätzlich zu den Mieteinnahmen und der Kolumne für die *NY Woman* benötigte sie ein weiteres Einkommen.

»Das wäre phantastisch. Sie meinen als freie Journalistin?«, antwortete sie schließlich.

Franklin faltete die Hände und schmunzelte. »Wir Zeitungsleute geben unsere Quellen nur ungern preis. In diesem Fall möchte ich Sie im Hinblick auf eine mögliche gemeinsame Zukunft aber nicht hinters Licht führen. Ihre Chefin ist äußerst angetan von Ihnen und –«

»Nora?«, unterbrach Molly ihn.

»Ich war so frei, sie anzurufen und mit ihr über Sie zu plaudern. Ich freue mich schon darauf, sie kennenzulernen. Sie will ihren nächsten Urlaub hier verbringen, wie sie mir erzählt hat. Eine äußerst spritzige und geistreiche Person, muss ich sagen.«

»Ich weiß jetzt nicht, was –« Weiter kam sie nicht.

»Entschuldigen Sie, Molly, bisweilen komme ich vom Hundertsten ins Tausendste. Zurück zum Thema: Sie sollen nicht als freie

Redakteurin beginnen. Mir schwebt etwas anderes vor.« Franklin richtete seine Brille. »Ich bin einundsechzig Jahre alt. Es wird Zeit, eine Vertretung aufzubauen, die später meine Arbeit übernimmt. Darüber hinaus würde der Redaktion frischer Wind guttun.«

»Mister Bauers, welche Stelle bieten Sie mir an?«, fragte Molly zaghaft. Es durchlief sie heiß und kalt.

»Die der stellvertretenden Chefredakteurin.«

Molly schnappte nach Luft. »Das ist ja …« Sie fasste sich. »Ihr Angebot freut mich, und natürlich bin ich Feuer und Flamme dafür, aber Sie wissen, dass ich bis jetzt nur als normale Redakteurin gearbeitet habe. Ich verfüge über keinerlei Erfahrung in der Leitung einer Redaktion.«

»Sie sollen auch langsam in die Aufgabe hineinwachsen. Ich habe vor, Sie entsprechend anzulernen. Einige Jahre werde ich Ihnen schon noch erhalten bleiben. Außerdem dürfen Sie nicht vergessen, Molly, dass es sich bei der *Maple Creek News Time* um ein Regionalblatt handelt. Das meine ich nicht abwertend, es ist ein Fakt – wir sind nicht *The New York Times* oder *The Wall Street Journal*. Die Bezahlung ist dennoch den Standards angepasst, wir werden uns ohne Zweifel einigen.«

Molly konnte den überglücklichen Ausdruck auf ihrem Gesicht nicht unterdrücken. »Was soll ich sagen, Mister Bauers? Ja!«

»Genau das wollte ich hören. Da ich jetzt eigentlich mit Pamela gerechnet hatte und nicht mit Ihnen, habe ich nur spontan die Gelegenheit ergriffen. Ich muss noch einiges ausarbeiten. Was halten Sie davon, wenn wir uns am kommenden Montag wieder treffen? Zehn Uhr? Dann führen wir ein richtiges Gespräch, und ich mache eine Führung durch das Gebäude mit Ihnen.«

Molly konnte nur nicken. Franklins Angebot traf sie völlig

überraschend, und sie war schlicht überwältigt. Unzählige Gedanken schwirrten durch ihren Kopf.

Wie lange plante er diesen Schritt bereits? Bei ihren kurzen Gesprächen in der Tavern hatten sie selbstverständlich auch über ihre Arbeit bei der *NY Woman* geredet, und Franklin hatte interessierte Fragen gestellt. Sie war davon ausgegangen, dass er sich als Mann vom Fach einfach gern über das Pressewesen unterhielt. Dabei hatte er sie höchstwahrscheinlich in altbewährter Form abgecheckt. Und wann hatte er mit Nora telefoniert? Sie und ihre Chefin standen in laufendem Kontakt. Warum hatte Nora nichts zu ihr gesagt, ihr zumindest einen Hinweis gegeben?

Mollys Mundwinkel zuckten kaum merklich. Es galt einiges herauszufinden, ganz wie es sich für eine Journalistin und erst recht für die stellvertretende Chefredakteurin der *Maple Creek News Time* gehörte.

Kapitel 10

Molly und Nat saßen auf der Terrasse seines Hauses, genossen die letzten Strahlen der untergehenden Sonne und nutzten die Gelegenheit, um in Ruhe miteinander zu reden.

Wenngleich Molly sich mittlerweile weitgehend beruhigt hatte, war sie noch immer aufgewühlt. Gerade hatte sie Nat ausführlich von dem Gespräch mit Franklin Bauers erzählt, was die Aufregung unweigerlich wieder aufflammen ließ.

»Und deine Chefin bei der *NY Woman* hat echt mit keinem Wort erwähnt, dass sie und Franklin telefoniert haben?«, fragte Nat.

»Nicht einmal den kleinsten Hinweis. Nach dem Besuch bei Franklin habe ich sie natürlich sofort angerufen.«

Nat lächelte. »Das war mir klar. Und, was hat sie gemeint?«

»Sie hat herzlich gelacht und mir erklärt, dass so etwas Ehrensache zwischen Chefredakteuren sei und die betreffende Person – in diesem Fall also mich – weniger als nichts angehe. Da ich es nun aber erfahren hätte, könne sie mich aufklären.«

»Interessant, und?«

»Franklin Bauers hat Nora angerufen und ihr sein Anliegen dargebracht. Nach einem einstündigen Gespräch, in dem es anscheinend um alles Mögliche ging, hat sie dem zugestimmt. Hätte Nora Franklin Bauers nicht grünes Licht gegeben, wäre die Angelegenheit nie bis zu mir vorgedrungen. Arg, nicht wahr? Die beiden haben eine richtige Art von Deal ausgehandelt, und ich war der Spielball.«

»Das klingt wie ein Gespräch unter Bankern oder zwei Mafiafamilien.«

»Irgendwie geheimnisvoll. Ich musste zwar nicht an Banker oder Mafiosi denken, aber mir sind sofort Geheimbünde eingefallen. Überaus spannend, die Zeitungen auf dieser Welt unter diesem Gesichtspunkt zu betrachten.«

»Und beängstigend, wenn du die Meinungsmache der Medien miteinbeziehst.« Nat winkte ab. »Hat Nora dir wenigstens gesagt, um welchen Deal es sich handelt?«

»O ja. Sie will mich für die aktuelle Kolumne und womöglich weitere Projekte behalten. Was bedeutet, dass ich weiter für die *NY Woman* schreiben werde und dazu eine feste Anstellung bei der hiesigen Zeitung habe. Juch-hu!« Der Freudenschrei war Molly von selbst über die Lippen gekommen. Beschämt legte sie die Finger auf den Mund. »Sorry.«

Nat lachte auf und schnappte sich ihre Hand. »Das ist phantastisch! Ich freue mich so sehr für dich. Du hattest doch gehofft, die Kolumne weiterführen zu dürfen. Und nun auch noch Franklins Angebot, es kann nicht besser laufen für dich.«

Molly seufzte. »Ja, es ist wohl wirklich phantastisch.«

»Das klingt nun aber nicht überglücklich. Was ist denn los?«

»Ich könnte Luftsprünge machen, andererseits …« Wie sollte sie Nat am besten erklären, was sie trotz ihrer unbändigen Freude über diesen beruflichen Fortschritt empfand? Sie wollte es versuchen.

»Ich habe dir viel über New York erzählt, wie stressig mein Leben dort gewesen ist und was mir gefehlt hat, ohne es zu bemerken. Meine Beziehung mit Jackson war ein Nebeneinanderher-Leben, und das meine ich nicht einmal wortwörtlich, weil wir uns wirklich kaum gesehen haben. Die Arbeit hat alles bestimmt, sogar den Großteil der privaten Zeit. Was ist, wenn mit uns das Gleiche geschieht?«

»Wie meinst du das?« Nat wirkte irritiert.

»Ich werde Pamela beim Hotel helfen, dann schreibe ich meine Kolumne. Und dazu bin ich drauf und dran, zusätzlich einen Fulltime-Job zu bekommen. Und du? Die Zimmerei nimmt dich jetzt schon ein. Wenn die Übernahme durch den Bauunternehmer tatsächlich zustande kommt, wird deine Firma größer, und du musst gewiss noch mehr arbeiten. Ich habe Angst, dass keine Zeit mehr für uns bleibt.« Molly schüttelte den Kopf. »Ich bin mir bewusst, wie dumm es ist, sich in solch einem wunderbaren Moment Sorgen zu machen, aber das Wichtigste in meinem Leben bist nun einmal du.«

Auf Nats Stirn erschienen Falten. »Du weißt, ich rede nicht gern über deinen Ex. Lass mich dir ihn betreffend trotzdem eine Frage stellen, und beantworte sie bitte ehrlich: Wäre es für eure Beziehung gut gewesen, hättet ihr mehr Zeit miteinander verbracht?«

Molly biss sich auf die Unterlippe. Hätte sie nur nicht von Jackson begonnen. Nun klang es beinahe so, als könnten Jackson und sie heute noch ein Paar sein, wären sie nicht von ihren Pflichten eingeholt worden. So war es ganz und gar nicht gewesen, das musste sie sofort klarstellen. Nichts lag ihr ferner, als in der Vergangenheit zu kramen und Nat damit ein unangenehmes Gefühl zu bereiten. Aber ihr banger Gedankengang kam tief aus dem Inneren und berief sich auf Erfahrungswerte; sie durfte Nat nicht verheimlichen, was sie empfand.

»Die Beziehung zu Jackson funktionierte, weil wir das gleiche Interesse hatten. Wir wollten beide die Karriereleiter hinaufsteigen. Sonst waren wir so verschieden wie Tag und Nacht. Wären wir öfter zusammen gewesen – ich meine, er und ich, ohne das Drumherum –, hätte die Verbindung nur kurz angedauert. Das ist mir vollends bewusst geworden, als ich nach Maple Creek zurückgekehrt bin.« Sie legte ihre Hand auf Nats Oberschenkel. »Ich habe ihn nur im Zuge des Beispiels erwähnt. Jackson ist gedanklich so weit entfernt von mir wie der Mond.«

Nats Züge verhärteten sich. »Dort gehört er allemal hin, mitsamt seinem schnellen Internet.«

Automatisch zuckte Molly zusammen. Warum hatte Nat auch ein Gedächtnis wie ein Elefant? Zu gut erinnerte sie sich an die Szene, als Jackson und sie zur Begutachtung des Hotels nach Maple Creek gekommen waren. Nat und Jackson hatten sich auf Anhieb nicht ausstehen können und waren aneinandergeraten, wobei Jackson der Auslöser gewesen war. Seine abfällige Bemerkung über Maple Creek und ob es hier überhaupt Internet gäbe, hatte sich offenbar in Nats Gehirn festgebrannt.

Mollys Magen verkrampfte sich noch heute, wenn sie daran dachte. Rasch musste sie ihn von diesem Thema wegführen. »Ich habe doch nur Angst um uns beide«, sagte sie deshalb leise.

Deutlich spürte sie, wie Nat sich wieder entspannte. Sie hatte die richtigen Worte gewählt.

»Kannst du dich erinnern, was ich einmal über das Hamsterrad gesagt habe?«, fragte er.

Molly nickte. Wie könnte sie die ersten wunderbaren Gespräche mit Nat je vergessen? »Natürlich.«

»Wir alle haben unsere Aufgaben und müssen diese im besten Sinne absolvieren. Es geht nur darum, von Zeit zu Zeit innezuhalten und sich auf das wirklich Wichtige zu konzentrieren. Du bist für mich genau dieses *wirklich Wichtige*, Molly. Wir halten uns an den Händen und stoppen das Rad, wann immer wir wollen. So einfach ist das.«

Für einen Moment schloss Molly die Augen. Ein wohliges und zuversichtliches Gefühl durchdrang sie. Nat war wahrlich das größte Geschenk ihres Lebens. Er hatte seine Ecken und Kanten und war beileibe kein einschichtiger Mann, aber darum ging es nicht. Seine Liebe zu ihr war aufrichtig und unerschütterlich, das wusste sie. Und was sie für ihn empfand, war ohnehin nicht zu beschreiben. *Das ist falsch,* korrigierte sie sich; gab es doch dieses großartige, alles verzaubernde Wort: *magisch*. Längst hatte es sich in ihrem Kopf als allumfassende Bezeichnung für Nat manifestiert.

»Wie macht sich Pam? Wo ist sie eigentlich?«, fragte Nat und riss Molly damit aus ihren Gedanken.

Er schien das vorige Thema als abgeschlossen zu betrachten, und sie nahm den Schlussstrich gerne an. »Ich habe dir doch von Lilly Summers erzählt. Pamela war den ganzen Nachmittag in ihrem Büro, um einen Plan zu erarbeiten. Ich weiß noch nicht, was herausgekommen ist. Wir haben nur kurz telefoniert. Auf jeden Fall gehen die beiden gemeinsam zu Abend essen. Pamela meinte, es wird länger dauern.«

»Das klingt, als würden sie sich gut verstehen.«

Molly nickte. »Obwohl sie einander erst kennengelernt haben, wirken sie total vertraut miteinander. Ich habe es bei der Hotelbesichtigung heute Vormittag selbst erlebt. Etwas seltsam, aber ich freue mich für Pam.«

»Jim hat mir ein wenig über Lilly Summers berichtet. Er mag

sie sehr gern und schätzt ihre Arbeit. Sie dürfte überaus engagiert sein und sich in der Branche hervorragend auskennen. Gute Werbung ist wichtig, und wenn sich Pam und Lilly Summers darüber hinaus auch noch mögen, wird die Aufgabe zum Vergnügen.«

»Lilly ist wirklich sympathisch.«

»Ich werde sie bestimmt bald kennenlernen.« Nat griff nach einer Strähne von Mollys Haar und wickelte sie um seinen Zeigefinger. »Wir sind also heute allein?«

»So ist es.«

»Dann sollten wir auf unseren Besuch in der Tavern verzichten und es ausnutzen, das ganze Haus für uns zu haben.« Nat beugte sich vor und fuhr flüsternd fort: »Die Terrasse, den Wintergarten, die Wohnzimmercouch …«

Wieder schloss Molly die Augen. Diesmal aber hatte sie ein gänzlich anderes Gefühl als gerade zuvor.

Kapitel 11

Pamela lehnte sich in ihrem Stuhl zurück und legte kurz die Hände in den Nacken. »Während des ganzen Essens haben wir nur über mich gesprochen. Nicht vom Hotel und vor allem nicht von dir.«

Lilly lächelte. »Ich weiß gern über meine Auftraggeber Bescheid. Entschuldige, das klingt scheußlich und entspricht zudem auch nicht der Wahrheit. Die private Lebensgeschichte liegt normalerweise nicht in meinem Fokus.«

»Ich verstehe schon. Dann erscheint es mir doppelt richtig, nun den Spieß umzudrehen.«

»Was möchtest du wissen?«

»Du bist in Florida aufgewachsen, vor einigen Jahren nach Kanada gezogen und hast eine Werbeagentur eröffnet, damit endet meine Weisheit. Ich habe gut aufgepasst, als du dich mit Molly unterhalten hast.«

Einen Moment lang schien sich Lillys Blick in die Ferne zu richten. »Ich stamme aus einer kleinen Ortschaft etwas nördlich von Fort Lauderdale. Meine Eltern wohnen noch immer dort, mein Bruder ebenfalls. Sooft es meine Arbeit zulässt, besuche ich sie. Im Schnitt komme ich auf dreimal pro Jahr, was vor allem meiner Mutter viel zu wenig erscheint.« Lilly zuckte mit den Schultern. »Ich hatte eine unkomplizierte Kindheit, meine Eltern sind freundliche, etwas altmodische Menschen – wie es sich irgendwie für Eltern gehört –, und ich verstehe mich gut mit meinem Bruder. Er ist ein typischer Familienmensch mit Bürojob, Haus, Ehefrau und zwei Kindern – Emily und Lucas, sie sind sechs und zehn. Alles zusammen recht unspektakulär.«

»Und dein Umzug?«

»Im Grunde war es genau so, wie ich es Molly erzählt habe: Urlaub, Begeisterung und der wachsende Wunsch, in Kanada zu leben. Nach meiner Rückkehr in die USA habe ich mich eingehend damit beschäftigt und schließlich eine Entscheidung getroffen, wobei den allerletzten Ausschlag die Tatsache gegeben hat, dass meine beruflichen Erfolgschancen hier deutlich besser ausgesehen haben als in Florida. Dort gibt es Werbeagenturen buchstäblich wie Sand am Meer.« Lilly wiegte den Kopf und senkte die Lider. »Um ganz ehrlich zu sein, habe ich damals jemand Speziellen besucht. Es ist zwar schiefgegangen, aber so konnte ich den Alltag von Anfang an auf eine direkte, ungeschminkte Art kennenlernen, nicht als reiner Tourist.«

»Du hattest dich in einen Mann aus der Gegend rund um Maple Creek verliebt?«

Lilly beantwortete die Frage ausweichend. »Die Sache hatte nichts mit meinem Umzug hierher zu tun. Diese beiden Bereiche sind völlig unabhängig voneinander abgelaufen. Es war auch bereits zu Ende, als ich die endgültige Entscheidung getroffen habe.«

Pamela hakte nicht weiter nach, obwohl sie gern mehr erfahren hätte. Lilly schien darüber nicht sprechen zu wollen, und das musste sie akzeptieren.

»Molly ist es vor wenigen Monaten recht ähnlich ergangen wie dir. Sie hat sich in Maple Creek verliebt – und in einen Mann. Als sie sich entschieden hat, New York zu verlassen, gab es wegen einer anderen Angelegenheit schwere Unstimmigkeiten mit ihm, und es war nicht abzusehen, ob sie überhaupt zusammenkommen würden.«

»Und, sind sie ein Paar geworden?«

Pamela musterte Lilly. Bei der Erwähnung, dass Molly sich in einen Mann verliebt hatte, war etwas über Lillys Gesicht gehuscht, das sie nicht eindeutig zuordnen konnte. Es handelte sich nicht um Wehmut oder Melancholie, da war sie ganz sicher. Eher wirkte es, als läge ihr eine Frage auf der Zunge, die sie aus Befangenheit oder wegen irgendwelcher Zweifel nicht stellte.

»O ja, sie sind zusammen und ein Herz und eine Seele. Aber ich musste eingreifen.« Pamela schmunzelte.

»Inwiefern?«

»Der Mann ist mein Bruder – ich habe dir neulich von ihm erzählt –, und ein Esel, wie er im Buche steht. Stur und von männlichem Stolz durchdrungen, als würde sein Leben davon abhängen.«

»Du hast ihm die Leviten gelesen?«

Pamela zwinkerte. »Sagen wir es mal so: Ich habe ihm in liebevollster Schwesternweise auf die Sprünge geholfen.«

»Oh, dieses Gespräch kann ich mir lebhaft vorstellen, bestimmt bist du nicht gerade zimperlich mit ihm umgesprungen. Aber schön, wenn im Endeffekt alles gut ausgegangen ist. Es ist schwierig, den passenden Menschen für einen zu finden. Bist du … allein?«

»Seit zwei Jahren.«

»Das fällt in deine Zeit im ›Fairmon‹-Hotel. Habe ich recht?«

Pamela nickte. »Wir haben beide im Hotel gearbeitet. Anfänglich hat es gut funktioniert, aber dann … Es gab zu viele Differenzen und unterschiedliche Ansichten. Hast du einen Partner?«

»Nein. Meine letzte Beziehung ist schon länger her. Sie hat ein unangenehmes Ende genommen, gegenseitige Beschuldigungen, viele Diskussionen. Ich befürchte, seitdem habe ich mich etwas zurückgezogen. Dabei fände ich es sehr schön, mein Leben mit jemandem zu teilen. Allerdings nicht um jeden Preis der Welt.«

»Ich verstehe sehr gut, was du meinst. Mir geht es ganz genauso.«

»Dann wünsche ich uns beiden, dass wir den richtigen *Mann* finden.«

Dieses Mal war es Pamela, die nicht darauf einging. »Gibt es in Northville eine Bar, die noch geöffnet hat? Ich hätte große Lust auf einen Drink. Wir sollten unbedingt gebührend auf unsere Geschäftsbeziehung anstoßen.«

»Ja, das ›Blue Ann‹. Erwarte dir aber bitte nicht zu viel. Es ist bloß eine einfache Bar. Ich nehme dort gern einen Drink, bevor ich heimgehe. Fahren wir doch nach Maple Creek. Die Sycamore Tavern soll ein wunderschönes Lokal sein.«

»Gehen wir besser in dieses ›Blue Ann‹. Die Sycamore Tavern ist ein Heimspiel für mich. Molly und mein Bruder sind sicherlich dort, ebenfalls einige Freunde von mir. Wir könnten nicht in Ruhe weiterplaudern, was ich sehr schade fände.«

»Im ›Blue Ann‹ sitzen wahrscheinlich auch einige Bekannte.« Lilly schob die Unterlippe vor. »Meine Wohnung liegt gleich um die Ecke, na ja, vier Ecken genau genommen.«

»Hast du etwas zu trinken zu Hause?«

»Weißwein, Gin Tonic oder Mineralwasser.«

»Für einen Gin Tonic bin ich fast immer zu haben.«

Lilly hob die Hand und winkte dem Kellner. »Dann Gin Tonic bei mir! Das Essen geht übrigens auf mich, Einstandsdinner sozusagen.«

»Wenn ich das nächste Mal bezahlen darf, nehme ich deine Einladung jetzt gern an.«

»Abgemacht.«

Pamela sah förmlich, wie Lilly sich freute. Aber auch sie verspürte dieses besondere Glücksgefühl in sich. Konnte es sein, dass ihr Eindruck von Lilly der Wahrheit entsprach?

Kapitel 12

Molly erklomm den Barhocker neben Jim. »Was gibt es denn heute?«

»Fisch oder Beef Tatar. Tom war schon wieder angeln.«

»O verflucht. Wie soll ich mich da entscheiden? Lauries Beef Tatar ist ein Traum, und der Fisch neulich hat wunderbar geschmeckt.« Molly neigte den Kopf zur Seite. »Noch habe ich etwas Zeit, um zu überlegen. Ich warte mit dem Essen auf Nat, er kommt in etwa einer Stunde.«

»Hat er wieder ein Meeting mit dem Bauunternehmer?«

»Nein, er ist auf einer Baustelle, wo dringend etwas fertig gemacht werden muss.«

»Ich habe von Franklins Angebot gehört. Gratuliere, Molly«, wechselte Jim abrupt das Thema.

»Gerade wollte ich dir die Neuigkeit erzählen. Von wem hast du es erfahren?«

»Franklin war auf einen Drink in der Tavern, von ihm persönlich.«

Tom trat zu ihnen. »Hi Molly. Das ist eine tolle Info: stellvertretende Chefredakteurin bei der *Maple Creek News Time*. Alles Gute! Was willst du trinken? Geht aufs Haus.«

Mollys Blick schwenkte zwischen Jim und Tom hin und her. »Okay, wer weiß nichts davon?«

Tom lachte auf. »Die drei da drüben an Tisch fünf. Ich kenne sie nicht, sie müssen von außerhalb sein.«

»Es funktioniert selbst ohne Elisabeths Gerüchteküche. Eigentlich ist es sogar besser geworden, anstelle von Geschichten machen nun wenigstens Fakten die Runde.« Molly schmunzelte vielsagend. »Eine Kleinigkeit habe ich aber doch, die bestimmt noch nicht bekannt ist. Darf ich bitte einen ganz schwachen Tom's Maple haben?«, fügte sie hinzu.

Sowohl Jim als auch Tom beugten sich offensichtlich interessiert vor. Mollys Nachsatz wurde nicht beachtet.

Bereitwillig begann sie zu erzählen: »Franklin hat heimlich bei Nora – ihr wisst, meine Chefin bei der *NY Woman* – angerufen und sich mit ihr über mich unterhalten. Dank dieses Anrufs habe ich nun gehört, dass Nora mich als freie Journalistin behalten möchte und ich die Kolumne weiterschreiben werde, vielleicht sogar eine weitere. Ich bin also doppelt gebucht.«

»Das klingt prima, Molly«, antwortete Jim. »Alles wendet sich zum Guten: Deine Serie bei der New Yorker Zeitschrift bleibt bestehen, du wirst stellvertretende Chefredakteurin bei der *Maple Creek News Time*, das Hotel ist an Pamela vermietet …«

»Apropos Hotel, wann werdet ihr eröffnen?«, warf Tom ein und erklärte: »Mein Bruder hat seinen Besuch angekündigt. Bei uns zu Hause müsste er auf der Couch schlafen, dafür ist er eindeutig zu alt. Er könnte euer erster Gast sein.«

»Gute Frage.« Molly schürzte die Lippen. »Wir haben noch nichts entschieden. Das Hotel muss im Grunde nur geöffnet werden. Was fehlt, sind die Angestellten und – das Allerwichtigste – die Buchungen. Aber Pamela wird jeden Augenblick eintreffen, sie kommt direkt von Lilly Summers. Möglicherweise haben die beiden inzwischen ein Datum festgelegt.«

Wie auf ein Zeichen öffnete sich die Eingangstür der Tavern, und Pamela trat ein.

»Und da ist sie schon«, bemerkte Tom. Er wartete, bis Pamela bei ihnen angelangt war, und begrüßte sie mit den Worten: »Ich habe einen Gast für dich. Wann eröffnest du das Hotel?«

»Dir auch einen schönen guten Abend, Tom.«

»Ich dachte, mit der Aussicht auf den ersten, noch dazu besonderen Gast erspare ich mir eine formelle Begrüßung.« Tom grinste breit.

»Und wer ist dieser besondere Gast?«, erkundigte sich Pamela.

»Jack.«

Pamela jubelte geradezu auf. »Jack? Das ist ja wunderbar. Es gibt kein besseres Omen. Seit wann weißt du, dass er kommen wird, wie lang will er bleiben? Und wann reist er an?«

»Zur ersten Frage: Er hat mich heute Vormittag angerufen. Zweitens hat er vier Wochen eingeplant. Drittens: Samstag oder Sonntag in zwei Wochen.« Tom streckte die Wirbelsäule durch und salutierte.

»So lang! Dann habt ihr endlich einmal ausreichend Zeit füreinander.«

Tom nickte. »Ich freue mich wirklich schon sehr auf ihn. Wir haben uns seit über eineinhalb Jahren nicht mehr gesehen. Er musste ein großes Bauprojekt in Toronto abwickeln. Das ist jetzt fertig, und er will sich eine kleine Auszeit gönnen.«

Pamela lächelte Tom zu, daraufhin wandte sie sich an Molly. »Lilly Summers und ich haben am Nachmittag einen Fahrplan erstellt. Eigentlich wollte ich ihn zuerst mit dir allein besprechen …«

Molly vollführte eine wegwerfende Handbewegung und stieß ein amüsiertes Lachen aus. »Erzähl es gleich. So umgehen wir die Zeitverzögerung und etwaige Fehlinformationen, die sich durch die *Stille Post* ergeben würden.«

»Wohl wahr. Also: Grundsätzlich haben wir die Eröffnung in vier Wochen geplant, hauptsächlich wegen des Personals, aber auch die Bekanntmachung braucht einen Vorlauf und muss erst greifen. Die Buchungen werden nicht von heute auf morgen eingehen.«

»Wie viele Mitarbeiter wirst du denn anstellen?«, wollte Jim wissen.

»Vorerst vier bis fünf. Ich brauche zwei Zimmermädchen, einen Koch, anfänglich zumindest für das Frühstück, eine Frühstücksdame dazu, und wenn es gut anläuft, wäre ein *Mädchen für alles* nahezu unbezahlbar. Dieses *Mädchen* sollte vorzugsweise ein Mann sein, der auch den Kofferservice übernimmt und möglicherweise sogar kleinere Reparaturen durchführen kann. Es fällt immer etwas an.«

»Und wie erfahren die potenziellen Gäste vom Maple Lake Inn?«, fragte Tom.

»Das ist Lillys Part. Sie bringt das Hotel auf die Online-Plattformen, sorgt dafür, dass es in das Programm von Reisebüros aufgenommen wird, Angebotspakete werden geschnürt, Anzeigen und Berichte kommen in passende Zeitschriften, und so weiter.«

»Verschlingt das nicht Unsummen?« Tom ließ den Blick durch das Lokal schweifen. »Bei der Tavern war es nicht notwendig, und früher haben sich die Inhaber der Bars und Hotels, wo ich als Barkeeper gearbeitet habe, um die Werbung gekümmert.«

Pamela begann, mit den Schultern zu kreisen. Es schien, als wäre ihr die Frage unangenehm. »Lilly und ich haben uns auf einen fairen Preis geeinigt.«

Auf der Stelle kam in Molly das Gefühl hoch, Pamela rasch aus der Situation helfen zu müssen. Eilig lenkte sie das Gespräch in eine andere Bahn. »Und wenn wir die Eröffnung vorverlegen?«

Pamela rieb sich über das Kinn. »Wie sieht es mit der Annonce für das Personal aus?« Ihre Hand wanderte weiter zur Stirn. »Du liebe Güte. Um die Anzeige habe ich mich gar nicht mehr gekümmert. Entschuldige, Molly.«

»Ich habe die Aufgabe doch freiwillig übernommen, mach dir keine Gedanken darüber. Morgen früh bekommst du den Abzug von Franklin per Mail zugeschickt und am Wochenende steht die Annonce in der Zeitung. Gegebenenfalls folgt eine zweite die Woche darauf, je nachdem, wie viele sich in der ersten Runde melden. Das habe ich bewusst noch offengelassen.«

Pamela hob die Arme. »Was soll's. Sollte am Montag das Telefon nicht stillstehen und sich die richtigen Personen bewerben, die noch dazu gleich anfangen können, dann …« Sie klatschte in die Hände. »… eröffnen wir in zwei Wochen! Worauf warten wir?« Mit einem etwas schiefen Lächeln fügte sie hinzu: »Lilly Summers wird aus allen Wolken fallen. Am besten, ich informiere sie gleich.« Sie zog ihr Handy aus der Handtasche und ging in Richtung der Eingangstür.

»Und ich mixe endlich deinen Tom's Maple«, sagte Tom und hob den Zeigefinger. »Wenn die Gespräche nicht immer so spannend wären, kämen alle früher zu ihren Getränken. Ich bin nicht schuld daran.«

»Und Franklin hat wirklich mit Nora telefoniert?«, erkundigte sich Jim leise, sobald Pamela und Tom sich weit genug entfernt hatten.

Warum kam Jim bei erster Gelegenheit wieder auf das anfängliche Thema zurück? Franklins Anruf bei Nora konnte für andere doch nicht sonderlich aufregend sein. *Es sei denn, sein wahres Interesse liegt bei Nora,* überlegte Molly. »Ja, wahrhaftig. Er greift einfach zum Telefonhörer und ruft bei der *NY Woman* an. Ich kann es selbst noch nicht glauben. Natürlich war meine erste Handlung nach dem Termin bei Franklin, Nora auszufragen – ich habe kaum im Auto gesessen.«

»Sie hat nicht zufällig erwähnt, wann sie nach Maple Creek kommen wird?«

Tatsächlich ging es Jim also um Nora. »Darüber haben wir nicht gesprochen, aber ich weiß definitiv, dass es nicht so bald sein wird.« Gern hätte Molly ihm eine andere Antwort gegeben. »Apropos Urlaub, ich bin schon auf Toms Bruder gespannt. Er lebt in Toronto und ist Architekt, mehr weiß ich nicht über ihn. Nat hat einmal erwähnt, dass er ihm bei der Planung des Umbaus seines Hauses geholfen hat.«

»Das stimmt. Nat und Jack verstehen sich sehr gut.«

»Dann wird Nat sich freuen, wenn er davon hört.«

Auf Jims Gesicht machte sich ein schelmischer Ausdruck breit. »Jack ist ein total netter Kerl, von seiner Art Tom nicht unähnlich: fröhlich, wortgewandt, charmant. Hast du je die 007-Filme mit Sean Connery gesehen?«

»Selbstverständlich.«

»Er sieht dem jungen Connery sehr ähnlich.«

»In zwei Wochen reist er an und will vier Wochen lang bleiben?«

»So hat Tom es gesagt.«

Kurz legte Molly die Hände vor das Gesicht. »Dorothy ist am Tüfteln, damit sie in den nächsten Wochen endlich zu mir fliegen kann. Noch steckt sie bis über beide Ohren in der Arbeit fest, dann aber hat sie ein längeres Freizeitfenster.«

»Du meinst deine beste Freundin Dorothy, die Autorin?«

»Genau die. Und im Augenblick ist sie Single. Muss ich weitersprechen?«

»Jack ist ebenfalls Single, was ich von Tom weiß. Seine langjährige Freundin und er haben sich vor etwa einem halben Jahr getrennt. Es gab Unstimmigkeiten, weil er in ihren Augen zu viel gearbeitet hat.« Jim lachte auf. »Nach dem, was ich durch dich von deiner Freundin gehört habe, und wie ich Jack kenne, steht den beiden – und auch uns – eine spannende Zeit bevor.«

Molly nickte zustimmend und lächelte. In ihrem Inneren stellte sie sich allerdings die Frage, ob *spannend* die richtige Bezeichnung dafür war, was womöglich zwischen Dorothy und Jack geschehen würde, wenn sie aufeinandertrafen. *Aufregend und turbulent* traf es ihres Erachtens besser.

Kapitel 13

Lilly Summers strich sich eine Haarlocke aus dem Gesicht und schüttelte den Kopf. »Pam, ich kann dich verstehen, du brennst darauf, endlich loszulegen, aber das geht zu schnell. Ich habe es dir schon am Telefon gesagt. Selbst die vierwöchige Vorbereitungsphase ist für einen perfekten Start in Wahrheit zu knapp. Und nun soll es bereits in zwei Wochen so weit sein?«

»Wenn ich wirklich genügend Personal zur Verfügung habe, dann – «

»Du betrachtest die Angelegenheit aus einem ganz anderen Blickwinkel als ich. Glaube mir, ich habe genug Erfahrung. Es braucht Zeit, um ein Projekt hochzufahren. Einige der geplanten Werbemaßnahmen kommen so nicht zum geeigneten Zeitpunkt zu tragen. Alles ist auf das Datum in vier Wochen ausgerichtet.«

»Was wäre denn möglich?«

Lilly zuckte mit den Schultern. »Die Online-Plattformen lassen sich umgehend bestücken, das führt meine Assistentin ohnehin morgen durch. Einige kleinere Reisebüroketten oder Einzelunternehmen sind flexibel. Die könnte ich mit einer besonderen Aktion heranlocken. Im weitesten Sinn liefe es auf Mundpropaganda hinaus; es gibt da einige Möglichkeiten, Interesse zu säen.

Die Platzierungen in den Medien lassen sich wie einige andere Punkte der Planung nicht beschleunigen oder variieren.«

Pamela beugte sich vor. »Ich fände einen sanften Start gar nicht so übel. Es wäre wie ein Testlauf. So kann ich mich besser auf die neue Aufgabe einstellen.«

»Er wäre sehr sanft. Auch in vier Wochen dürftest du nicht auf Anhieb mit einer Vollbelegung rechnen. In zwei Wochen hast du Glück, wenn außer diesem Jack noch ein bis zwei weitere Zimmer gebucht werden.«

»Mollys Freundin Dorothy will ebenfalls anreisen. Vielleicht möchte sie auch im Hotel wohnen. Dann sind es bereits zwei Zimmer.«

»Du darfst dir bitte nichts vormachen. Von den beiden kannst du nicht den vollen Zimmerpreis verlangen, sie zählen nicht als Gäste. Diese Vermietung wird gerade die Selbstkosten abdecken.«

»Es geht in diesem Fall nicht um Einnahmen. Ich halte Jacks und Dorothys Anreise für einen Wink, keinen mystischen, falls du das annehmen solltest. Es ist das Zeichen zum Startschuss.«

»Was meint denn eigentlich Molly zu der verfrühten Eröffnung?« Lilly hob die Hand. »Nein, erzähl es mir nicht. Ich frage sie lieber selbst. Sie ist eine vernünftige Frau und wird mir zustimmen.«

Pamela wollte nicht weiter Öl ins Feuer gießen und Lilly sagen, dass es Molly gewesen war, die den Start in zwei Wochen als Erste angesprochen hatte. Lilly war ein Profi auf ihrem Gebiet und machte sich einfach Sorgen, dass durch die Änderung etwas schiefgehen könnte.

»Molly muss jeden Augenblick hier sein«, entgegnete sie schließlich und ergriff Lillys Hand. »Ich bin nicht blauäugig und weiß genau, was du meinst. Du hast einen sinnvollen Plan erstellt, und nun durchbreche ich diesen Ablauf. Nichts liegt mir ferner, als deine festgelegte Struktur zu sabotieren, aber ich habe das Gefühl, auf einem Ameisenhaufen zu sitzen, solange das Hotel geschlossen hat. Es ist der richtige Zeitpunkt. Sieh dich um! Alles ist bereit.«

Auf Lillys Gesicht erschien ein verständnisvoller Ausdruck. »Ach Pam, ich bin für dich da, das weißt du. Und wenn du es wirklich willst, werde ich alles tun, was in meiner Macht steht, damit sich die Maschinerie in Gang setzt. Irgendwie werden wir das Kind schon schaukeln. Vorausgesetzt, du findest so rasch Personal, das darfst du nicht außer Acht lassen.«

»Natürlich. Morgen erscheint die Annonce und dann heißt es abwarten.«

Ein Geräusch im Inneren des Hotels ließ Pamela aufhorchen, eilig zog sie ihre Hand zurück.

Keine Minute darauf tauchte Nat im Durchgang zur Veranda auf. »Die Eingangstür steht sperrangelweit offen, und du sitzt hier gemütlich auf der anderen Seite des Hauses?«

»Denkst du, jemand würde ins Hotel gehen und die Klingel an der Rezeption stehlen?« Pamela schmunzelte. »Darf ich vorstellen? Lilly Summers, mein Bruder Nat.«

Sie schüttelten sich die Hand.

»Es freut mich, Sie kennenzulernen, Miss Summers. Jim Ryder hält große Stücke auf Ihre Arbeit.«

Sie lächelte. »Nenn mich doch bitte Lilly.«

Bevor Nat etwas erwidern konnte, fragte Pamela: »Was machst du eigentlich hier?«

»Molly hat mir erzählt, dass ihr euch jetzt im Maple Lake Inn trefft. Ich muss mit ihr reden.«

»Was ist so wichtig, dass du nicht das Telefon benutzen möchtest? Molly wird übrigens jeden Moment eintreffen. Sie verspätet sich nur, weil Franklin Bauers irgendetwas wegen ihres Vertrages besprechen wollte.«

»Dann warte ich auf sie. Kann ich mich inzwischen zu euch setzen?« Nat wartete, bis Pamela auf den Korbsessel neben sich zeigte, und nahm Platz.

»Sehr bequem. Gute Wahl, und das Geflecht wirkt robust«, bemerkte er.

Pamela lächelte. Ein Lob aus dem Mund ihres Bruders freute sie immer aufrichtig, selbst wenn es nur um die neuen Sitzgarnituren ging. »Danke. Also, was ist es nun, das du Molly persönlich mitteilen willst?« Sie folgte Nats Blick, der zu Lilly schwenkte. »Du kannst frei vor Lilly sprechen. Oder handelt es sich um etwas Geheimes?«

»Aber nein. Wir hatten einen romantischen Abend geplant – Pasta, Wein, Kerzenlicht. Ich muss absagen und wollte das nicht am Telefon abhandeln.«

Pamela verzog die Lippen. »Ich hoffe, du hast einen guten Grund dafür.«

»O ja, den habe ich. Die Verträge mit dem Bauunternehmer sind ausgearbeitet und alles ist so, wie ich es mir vorgestellt habe. Endlich. Friedrich will, dass wir noch heute unterzeichnen, und danach gehen wir feiern. Da kann ich nicht absagen.«

»Das ist wirklich ein guter Grund. Toll, Bruderherz. Ich gratuliere dir!« Auf Lillys neugierigen Blick erklärte Pamela: »Nat vergrößert seine Zimmerei.«

»Wow, ich schließe mich der Gratulation an. Alles Gute.«

»Danke, Lilly.« Nat tippte seiner Schwester auf die Schulter. »Bevor ich es vergesse … Lars hat mich in der Früh gefragt, ob sich seine Schwester bei dir als Zimmermädchen vorstellen darf. Sie kommt nicht aus dem Hotelgewerbe und ist sicherlich uninteressant für dich. Du wartest bestimmt lieber auf die Rückmeldungen der Annonce. Ich richte es nur der Ordnung halber aus.«

»Wer ist Lars?«

»Du weißt doch, der blonde Hüne aus Schweden, der für mich arbeitet. Er ist ein guter Zimmermann.«

Pamela richtete sich auf. »Ich bin sogar sehr interessiert. Man muss nicht unbedingt vom Fach sein, um als Zimmermädchen gute Arbeit zu verrichten. Sie soll fleißig und genau sein, den Rest bringe ich ihr im Handumdrehen bei.«

»Dann gebe ich ihm morgen deine Handynummer, und sie meldet sich bei dir. Okay?«

»Bestens. Aber vergiss –«

»Was machst du denn hier, Liebling?« Molly stand am unteren Absatz der Verandatreppe und sah erstaunt zu Nat herauf.

Er sprang sofort auf. »Warte, ich komme zu dir, lass uns ein Stück gehen und kurz reden.«

An Pamela gewandt sagte er: »Ich entführe sie nur für einen Augenblick, weil ich selbst weitermuss.«

Kapitel 14

Molly saß in der Küche auf ihrem Stuhl und starrte ins Leere. Sie hatte sich auf den romantischen Abend mit Nat gefreut, und obwohl sie natürlich verständnisvoll reagiert hatte, war der kleine Stich im Herzen nicht ausgeblieben.

Sie gönnte Nat den Riesenschritt, den er in Richtung Erfolg mit der Unterzeichnung des Vertrags machte, von ganzem Herzen, aber sie verspürte deutlich ein banges Gefühl in ihrer Magengegend.

Auch wenn Nat optimistisch in die Zukunft blickte und ihre Bedenken nicht teilte, kannte sie die Gefahren, die sich hinter zu viel Arbeit verbargen. Immerhin hatte sie es hautnah miterlebt.

Jackson und sie hatten nicht zusammengepasst, und es wäre so oder so zum Bruch gekommen. Unabhängig davon hatte das Leben sie mitgerissen und ihnen nicht einmal die Möglichkeit gegeben, Zeit gemeinsam zu verbringen. New York war nicht Maple Creek und Nat schon gar nicht Jackson, hier konnte jedoch genauso eine Veränderung stattfinden.

Noch nie in ihrem Leben hatte sie einen Mann so geliebt wie Nat. Bisweilen überlegte sie, ob sie überhaupt davor geliebt hatte. Sie war vielleicht verliebt gewesen, und es hatte in die jeweilige

Situation gepasst, aber was sie für Nat empfand, lag meilenweit davon entfernt.

Warum dachte sie ausgerechnet jetzt öfter an Jackson? Energisch schüttelte sie den Kopf. Sie brauchte sich diese Frage nicht zu stellen, wo sie doch die Antwort kannte. Es ging nicht um ihn als Person, vielmehr stand er als Mahnmal für ihre Zeit in New York. Nie wieder wollte sie solch ein Dasein fristen, auch wenn es damals ihr höchstes Ziel gewesen war. Erst die Zeit in Maple Creek hatte ihr gezeigt, was ihr fehlte und welches Leben sie eigentlich führen wollte.

Molly stöhnte auf. Sie musste sich ablenken, und dafür gab es nichts Besseres als ein Telefonat mit Dorothy.

Sie aktivierte das Display ihres Handys und tippte in der Anrufliste auf Dorothys Namen.

Bereits nach ein Mal Klingeln nahm Dorothy das Gespräch an. »Das ist Gedankenübertragung! Gerade wollte ich dich anrufen, ich schwöre. Ich halte das Handy deshalb in der Hand. Wir müssen echt einmal mitzählen, wie oft uns das passiert.«

»Unzählige Male.« Molly hüstelte. »Wie geht es dir?«

»Unverändert. Aber ich weiß, was es bedeutet, wenn du mir diese Frage stellst. Was ist los?«

»Im Grunde ist alles in bester Ordnung. Wirklich.«

»Dich bedrückt doch etwas.«

»Nat hat heute unseren gemeinsamen romantischen Abend abgesagt. Wir wollten bei Kerzenlicht essen, eine Flasche Wein öffnen, und dann … du weißt schon.«

»Hat er das Ganze einfach so abgeblasen oder gibt es einen triftigen Grund dafür?«

»Einen hervorragenden. Er unterschreibt heute den Vertrag für die Zimmerei und wird deswegen mit dem Inhaber der Baufirma und einigen Mitarbeitern feiern gehen. Firmenintern, es werden keine Außenstehenden dabei sein.«

»Warum ärgerst du dich darüber? Da muss er doch dabei sein.«

»Ich bin nicht verärgert, überhaupt nicht. Es bereitet mir nur Sorge. Ich habe Angst, dass wir auseinandergleiten. Bei Nat und mir verändert sich gerade einiges. In Kürze werden wir beide in Arbeit versinken und kaum mehr Zeit füreinander haben.«

»Ich verstehe, du willst nicht in das alte Schema zurückfallen. Was sagt Nat dazu?«

»Er ist zuversichtlich und meint, dass wir uns die Zweisamkeit nur gut einteilen müssen.«

»Womit er ohne Zweifel recht hat. Man muss sich besser abstimmen und einen Plan erstellen. Das macht wahrscheinlich jedes beschäftigte Paar, sofern es sich sehen will natürlich.«

»Bis jetzt hat er noch mit keinem Wort erwähnt, dass wir irgendwann zusammenziehen könnten«, platzte Molly heraus.

Kurz schwieg Dorothy. »Willst du das denn? Wir haben noch nie darüber gesprochen. Und inwieweit steht das in Zusammenhang mit eurem Zeitproblem?«

»Ach, ich weiß auch nicht. Plötzlich denke ich vermehrt darüber nach. Für Pam und die anderen scheint es ein selbstverständlicher Schritt zu sein, nur Nat erwähnt es mit keinem Wort. Dabei könnte er …« Molly brach mitten im Satz ab. Sie musste anders beginnen. »Nimm heute als Beispiel. Wir hatten geplant, dass ich bei ihm übernachte. Nun sitze ich allein bei mir zu Hause und sehe ihn nicht einmal später. Es wäre schön, wenn wir zumindest gemeinsam einschlafen könnten.«

»Und warum wartest du nicht in seinem Haus? Das wäre quasi dasselbe.«

»Das fände ich irgendwie komisch. Was mache ich bei ihm,

wenn er nicht da ist? Und auf Abruf hier zu sitzen und zu warten, bis er mir grünes Licht gibt, um losfahren zu können, liegt mir schon gar nicht.«

Dorothy lachte. »Das hättest du nicht extra einflechten müssen, dein Stolz ist legendär. Aber offen gestanden gefiele mir eine solche Warteposition ebenso wenig. Hast du Nat einmal darauf angesprochen? Ich meine darauf, zusammenzuleben.«

»Wo denkst du hin! Natürlich nicht. Er muss den Anstoß geben. Ich käme mir wie eine Bittstellerin vor und hätte zugleich das Gefühl, ich würde ihm etwas aufdrängen.«

Noch einmal lachte Dorothy auf. »Meine liebste Freundin, stur wie ein Maulesel und zugleich überempathisch.«

Molly gab einen murrenden Ton von sich. »Ich weiß, du siehst so etwas viel unkomplizierter als ich, aber ich bin nun einmal, wie ich bin. Lassen wir das Thema, etwas anderes: Hast du dir schon überlegt, wann du mich nun endlich besuchst?«

»Ich habe noch einige Termine zu absolvieren. Aus heutiger Sicht werde ich in etwa vier Wochen zu dir fliegen können. Ich will nicht gleich wieder wegmüssen, sondern mir wirklich Zeit nehmen für dich und Maple Creek.«

»Dann wirst du auch Toms Bruder kennenlernen. Er ist Single, soll wie ein junger Sean Connery aussehen und sehr charmant sein.«

»Wenn du mich zusätzlich anlocken willst, ist dir das hiermit gelungen. Ich finde in New York sowieso nicht den richtigen Mann.«

»Den hast du bis jetzt noch an keinem Ort auf der Welt gefunden. Egal, wo du gelebt hast.«

»Stimmt, dabei probiere ich es wieder und wieder.«

Jetzt musste Molly auflachen. »Ich freue mich schon so auf deinen Besuch. Das Hotel hat dann auf jeden Fall bereits geöffnet, eventuell sogar früher. Möchtest du dort wohnen oder bei mir im Häuschen schlafen? Tante Gynnies Schlafzimmer ist frei, ich selbst bin in meiner kleinen Kammer geblieben.«

»Wenn es für dich in Ordnung ist, würde ich ehrlich gesagt lieber im Hotel einchecken. Ich benötige Zeit für mich allein und schätze meinen persönlichen Bereich. Du kennst meine Eigenheiten.«

»O ja, ich kenne sie sehr gut. Vergiss nicht, wir waren Zimmergenossinnen auf dem Campus. Du hattest Glück, eine so verständnisvolle Mitbewohnerin wie mich gefunden zu haben. Und wegen des Zimmerpreises rede ich mit Pamela.«

Dorothy stieß einen verzückten Ton aus. »Ach, das war eine schöne Zeit. Damals hat unsere Freundschaft begonnen.« Sie räusperte sich. »Auf keinen Fall darfst du zu Pamela etwas wegen einer Preisreduktion sagen. Vergiss nicht, ich bin dank meiner Bücher durchaus vermögend und würde euch gern ein bisschen Starthilfe geben.«

»Das ist lieb von dir. Pamela kann es wirklich gut gebrauchen. Sie muss Pacht an mich bezahlen, und wir haben den Leitspruch ›strenge Rechnung, gute Freunde‹ vereinbart. Ich könnte ihr also gar nichts nachlassen, ohne sie zu beleidigen.«

»Sehr weise von euch, alles andere führt nur irgendwann zu Unstimmigkeiten. Ich muss jetzt langsam los, telefonieren wir morgen oder übermorgen wieder?«

»Perfekt, bis bald.«

Molly legte das Handy zur Seite und lächelte. Die Telefonate mit Dorothy hatten es schon immer geschafft, sie aufzuheitern. Sie musste auf ihre Liebe zu Nat und im Gegenzug auf seine Liebe zu ihr vertrauen, zudem ihr Denken ein wenig großzügiger gestalten. Dann würde es nicht schwer werden, einen gemeinsamen Weg, sprich Zeit füreinander, zu finden.

Kapitel 15

Molly und Nat hatten sich in der Sycamore Tavern ausnahmsweise an einen Tisch gesetzt. Erst nach dem Essen wollten sie sich zu den anderen an die Bar gesellen. Jim plauderte gerade mit Morris, und auch Pamela würde bald eintreffen. Sie war noch mit Lilly Summers zusammen und hatte angerufen, dass sie sich etwas verspäten würde.

»Wie findest du diese Lilly eigentlich wirklich?«, fragte Nat.

Molly kannte ihn mittlerweile gut genug, um zu wissen, dass er auf etwas Bestimmtes hinauswollte. Es lag nicht nur an der Formulierung, sondern auch an der Modulation seiner Stimme. »Sehr nett, und sie ist über alle Maßen bemüht. Das Maple Lake Inn scheint ihr ein besonderes Anliegen zu sein.«

»Ich finde Lillys Verhalten und überhaupt das Ganze ein wenig eigenartig. Sie und Pamela hängen ständig zusammen. Hat sie keine anderen Kunden? Als ich neulich überraschend ins Hotel gekommen bin, um mit dir zu reden, hatte ich das Gefühl, ich störe die beiden. Es war, als wollten sie lieber allein sein. Pam ist richtig unrund geworden. Hast du eine Ahnung, was da vorgeht?«

Molly beugte sich vor. »Ich weiß es nicht, aber es ist mir auch schon aufgefallen. Wäre Lilly ein Mann, würde ich sagen, die beiden sind ineinander verliebt. Es scheint, als hätten sie einander gesucht und gefunden – ein besserer Ausdruck fällt mir nicht ein. Ich bin –« Molly stoppte mitten im Satz.

Unbedacht hatte sie gerade etwas ausgesprochen, das womöglich gar nicht so weit von der Wahrheit entfernt lag, sie hatte es nur nie in Erwägung gezogen.

Pamela und sie waren – nicht nur wegen Nat – zu Freundinnen geworden, und naturgemäß hatten sie auch ausführlich über ihre Vergangenheit geplaudert. Während bei ihr unweigerlich am Rande Erinnerungen an Männer aufgetaucht waren, hatte Pamela keinen einzigen erwähnt. Dabei nahm sie sonst kein Blatt vor den Mund und erzählte stets offenherzig. Bisweilen fielen nur Bemerkungen, dass sie immer einen Grund gehabt hatte, weiterzuziehen. Warum Pamela Maple Creek sehr früh verlassen hatte, begründete sie außerdem stets ungenau.

Konnte es sein, dass sich hinter Pamelas Verhalten *dieses* Geheimnis verbarg und sie sich in der Tat in Lilly Summers verliebt hatte? Unmerklich schüttelte Molly den Kopf. Sie musste sich irren. Vor allem Nat und genauso Pamelas Freunde würden doch davon wissen. Oder verheimlichte sie es bewusst?

»Du findest …?«, half Nat ihr auf die Sprünge und musterte sie erstaunt.

»Ich war plötzlich von einem Gedanken abgelenkt, entschuldige bitte.«

»Und von welchem?«

Molly winkte ab. »Ach, kein Besonderer, nur die Eröffnung des Maple Lake Inn in Verbindung mit Dorothys Besuch. Sie möchte unbedingt im Hotel wohnen.«

Noch wollte sie ihre Eingebung nicht vor Nat ausbreiten. Sie war nichts weiter als eine spontane vage Vermutung. Und traf sie tatsächlich zu, musste sie erst herausfinden, warum Pamela ihren Bruder nicht eingeweiht hatte. Die Einzige, die sie – wenn überhaupt – darauf ansprechen durfte, war Pamela selbst.

»Du freust dich schon auf Dorothy?«

»Und wie! Telefonate ersetzen nicht ein persönliches Gespräch.« Molly war froh, dass Nat auf das neue Thema einging.

»Ihr werdet viel Zeit miteinander verbringen.«

»Wir kleben bestimmt nicht Tag und Nacht aufeinander. Dorothy ist ein Mensch, der seine Freiräume braucht, und ich beginne im September mit meinem schrittweisen Aufbau bei der *Maple Creek News Time*, bis ich dann am ersten Januar kommenden Jahres voll einsteige. Außerdem bist du das Wichtigste für mich. Wir werden uns wegen Dorothy von mir aus nicht seltener sehen.«

Nat räusperte sich. »Ich werde am Anfang der Unternehmensumstellung besonders viel arbeiten müssen. Neben den laufenden Aufträgen beginnen die Vorbereitungen für die Vergrößerung. Ich kann noch nicht einschätzen, welchen Aufwand das Ganze bedeutet.«

Ein kalter Schauer lief über Mollys Rücken. Es klang, als wäre Nat froh, dass sie eine Beschäftigung haben würde, während er am Ausbau seines Unternehmens arbeitete. Oder sah er die Sache schlicht zu verklärt? Es handelte sich um keine kurzfristige Angelegenheit, davon war Molly überzeugt. Er würde mehr Baustellen haben, mehr Mitarbeiter, mehr Aufträge, und ihre gemeinsame Zeit würde zweifellos darunter leiden. Warum machte er sich keine Gedanken darüber?

Aber nicht schon wieder wollte sie in diesem Strudel versinken. Sie musste vertrauen und durfte sich nicht auf mögliche negative Auswirkungen fokussieren, genau dann würden sie nämlich mit Gewissheit eintreffen.

Zum Glück öffnete sich die Tür, und eine über das ganze Gesicht strahlende Pamela kam direkt zu ihnen an den Tisch.

»Hallo, meine Lieben. Ist das ein internes Gespräch, oder darf ich mich setzen?«

»Wir wollten nur zum Essen an einen Tisch, danach stellen wir uns zu den anderen an die Bar. Nimm Platz«, sagte Nat.

»Du siehst glücklich aus«, bemerkte Molly.

»Das bin ich. Nat, die Schwester deines Mitarbeiters ist eine reizende junge Frau, und ob ihr es glaubt oder nicht, sie hat zu dem Termin ihre Cousine mitgebracht, die ebenfalls einen Job sucht. Freja und Ingrid werden bei mir als Zimmermädchen beginnen. Die beiden sind aufgeweckt und wollen unbedingt arbeiten. Sie sind noch nicht lang in Kanada und benötigen, damit sie langfristig hierbleiben können, einen Job.«

»Und du denkst, sie sind geeignet?«, fragte Nat.

»Mein Bruder, der ewige Skeptiker.« Pamela lachte. »Darüber haben wir doch schon gesprochen. Ich lerne sie selbstverständlich ordentlich an. Was denkst du, wie viele Einschulungen ich bereits hinter mich gebracht habe?«

»Sind noch weitere Bewerber durch die Annonce dazugekommen?«, erkundigte sich Molly.

Pamela und sie hatten das letzte Mal am späten Vormittag miteinander telefoniert. Zu diesem Zeitpunkt hatten sich schon einige Personen gemeldet.

Pamela setzte ein breites Lächeln auf. »Ich nenne nur die wirklich Interessanten: Also, ich habe zwei Köche, die gemeinsam in einem Restaurant arbeiten, das erst abends öffnet. Sie wollen sich etwas dazuverdienen und könnten abwechselnd das Frühstück übernehmen. Wenn sich alles gut entwickelt, auch eine Mittagsküche, aber so weit bin ich noch nicht. Dann stellen sich drei

Mädchen als Frühstücksdamen vor; genau genommen zwei Mädchen, sie sind noch sehr jung, und eine gestandene Frau. Sie ist knappe fünfzig, geschieden und will mit ihrer Zeit etwas Sinnvolles anfangen. Bei ihr habe ich den Eindruck, es geht weniger ums Geld als um eine Betätigung.«

»Was ist mit dem *Mädchen für alles?*«

»Das ist, wie ich erwartet hatte, weitaus schwieriger. Es hätte drei sehr gute Bewerber gegeben. Der erste hat mir gleich am Telefon seine Gehaltsvorstellungen genannt, und leider musste ich sagen, dass ich ihn mir zum jetzigen Zeitpunkt nicht leisten kann. Sicherheitshalber habe ich die anderen beiden ebenfalls nach ihren Wünschen gefragt – gleiches Resultat. Einen gibt es aber! Er verlangt sogar weniger, als ich bereit wäre zu zahlen, weil es ihm nach eigenen Angaben an Erfahrung im Hotelgewerbe fehlt. Am Telefon war er sehr höflich und redegewandt, das ist eine wichtige Grundvoraussetzung. Ich werde ihn mir ansehen. Er ist übrigens entfernt mit Elisabeth verwandt, was ich ausblenden muss.« Pamela zwinkerte Molly zu.

Nats Kopf ruckte hoch. »Wie heißt er?«

»Timothy Williams.«

»O nein, den darfst du auf keinen Fall einstellen. Er taugt nichts.« Nat sah Molly an. »Du kannst dich doch noch an meine Verletzung am Arm während der Hotelrenovierung erinnern?«

Molly nickte. »Natürlich. Jemand hat unerlaubterweise einen Balken der Veranda angesägt, und daraufhin ist alles zusammengebrochen. Ein Holzstück hat dich getroffen, und ich durfte die Wunde verarzten.«

»Ganz genau. Und dieser Jemand war Timothy. Er ist der Sohn von Elisabeths Cousine. Bestell ihn am besten gleich wieder ab.«

Pamela zog die Brauen zusammen. »Ich werde trotzdem mit ihm reden. Der Termin ist bereits vereinbart, und es wäre unhöflich, ihn nicht einzuhalten. Außerdem hat jeder Mensch eine zweite Chance verdient.«

Auf Nats Stirn erschien eine Zornesfalte. »Warum kannst du nicht einfach machen, was ich sage?«

»Das will ich dir erklären. Nur weil der Junge am Bau fehl am Platz war, heißt es noch lange nicht, dass er auch für den Job im Hotel ungeeignet ist. Jeder Mensch hat Stärken und Schwächen. Es geht nur darum, im richtigen Bereich eingesetzt zu werden. Ein Mensch, der gern mit anderen Menschen zu tun hat, wird als Buchhalter verzweifeln, als Berater aber vielleicht tolle Ergebnisse erzielen. Eine introvertierte Person hingegen wird kein guter Verkäufer sein, jedoch unter Umständen als Computerspezialist glänzen.«

»Dann mach, was du willst. Es geht mich nichts an«, entgegnete Nat.

»Ist Lilly noch immer entsetzt über deinen Wunsch, frühzeitig zu eröffnen?«, fragte Molly, bevor Pamela auf Nats schroffe Antwort reagieren konnte. Keinesfalls wollte sie in den aufkeimenden Geschwisterdisput hineingezogen werden, zumal sie im Stillen Pamela recht geben musste. Sollte sie das Bewerbungsgespräch nur wegen Nats Meinung absagen? Womöglich war dieser Timothy für die Aufgabe im Hotel tatsächlich geeignet. Ganz ahnungslos konnte er handwerklich nicht sein, sonst hätte Nat ihn trotz Elisabeths Intervention nicht eingestellt.

Sofort entspannten sich Pamelas Züge. »Alles ist gut. Sie hat mir sogar angeboten, notfalls in der Küche zu stehen und das Frühstück zuzubereiten, aber das wird – wie es aussieht – nicht notwendig sein.«

»Das habe ich dir noch gar nicht erzählt: Wenn Dorothy zu Besuch kommt, will sie im Hotel wohnen – und unbedingt den vollen Preis bezahlen. Dann hast du einen weiteren Gast.«

»Tom hat mir erzählt, dass auch Jack keinen Nachlass haben möchte. Es ist mir fast unangenehm.«

»Das braucht es nicht, Pam. Beide sind selbstständig und wissen genau, was es bedeutet, ihr Geld verdienen zu müssen«, erwiderte Nat.

Unmerklich atmete Molly auf. Nats Stimmlage bezeugte, dass er sich wieder beruhigt hatte. Immer wieder gerieten die beiden aneinander. Von Nat selbst wusste sie, dass er seiner Schwester noch immer nicht ganz vertraute. Ihrerseits versuchte Pamela zwar meistens, seinen spitzen Bemerkungen auszuweichen, doch manches Mal reagierte sie natürlich auf sein Verhalten.

Hoffentlich verläuft das Gespräch mit diesem Timothy nicht gut, dachte Molly und schalt sich im nächsten Moment für ihren Gedanken. Es wäre eine Entlastung für Pamela, wenn sie einen guten Allrounder an ihrer Seite hätte, der die Koffer der Gäste trug, ein entsprechendes Auftreten hatte und darüber hinaus Kleinigkeiten reparieren konnte. Andererseits wollte sie erst gar nicht an Nats Nörgelei denken, sollte Pamela den jungen Mann tatsächlich anstellen.

Kapitel 16

Jim schloss gerade die Haustür ab, als er Nats Wagen vorfahren sah. Er ging zur Gartentür und leinte Cicero an.

»Hallo, Nat. Brauchst du etwas? Ich bin eigentlich gerade dabei, eine kleine Runde mit Cicero zu gehen. Ich habe den ganzen Tag am Schreibtisch gesessen. Wir beide …« Er zeigte auf seinen Hund. »… benötigen jetzt dringend etwas Bewegung und frische Luft.«

»Ich werde in Zukunft öfter einen Anwalt brauchen, und wollte mich nur vergewissern, dass ich auf dich zählen kann.«

Einen Augenblick lang musterte Jim Nat prüfend. Seine Frage klang wie ein Vorwand, um über etwas anderes zu sprechen.

»Da hast du wohl recht. Vor allem größere Bauaufträge benötigen Verträge, und selbstverständlich bin ich in jedem Fall für dich da.« Jim öffnete die Gartentür. »Wenn du willst, begleite mich ein Stück des Weges, dann können wir reden.«

Nat nickte. »Gern.«

Nachdem sie einige Minuten schweigend nebeneinander hergegangen waren, fragte Jim: »Willst du noch etwas wissen, oder liegt dir etwas anderes auf dem Herzen?«

»Offen gestanden würde ich …« Kurz pausierte Nat, bevor

er weitersprach. »Molly! Ich befürchte, sie hat sich in den Kopf gesetzt, dass wir uns auseinanderleben könnten, weil uns wegen unserer neuen Aufgaben zu wenig Zeit füreinander bleiben würde.«

»Wie denkst du darüber?«

»Ich halte solche Gedanken für einen ausgemachten Schwachsinn. Entschuldige, dass ich das so frei ausspreche, aber es macht mich regelrecht wütend.« Nat hob die Hände. »Wir verbringen gerade die schönste Zeit unseres Lebens miteinander. Dazu hat jeder seinen Erfolg und strebt nach vorn. Wir sollten lachen und glücklich sein, nicht irgendwelche Hirngespinste produzieren. Malt man den Teufel zu oft an die Wand, erscheint er einmal tatsächlich. Sei mir nicht böse, Jim, sich zu sehen, ist keine Frage der Quantität, sondern der Qualität.«

»Redet ihr darüber?«

»Molly hat es angesprochen, und ich habe ihr gesagt, wie ich darüber denke. Schon länger hat sie diesbezüglich nichts mehr erwähnt, aber ich sehe es an ihrem Gesichtsausdruck: Sie hat Angst.« Nat hob die Schultern. »Dabei bräuchte ich jetzt mehr denn je einen freien Kopf. Ich will kein schlechtes Gewissen haben, nur weil ich manches Mal länger arbeite.«

»Unter uns Männern: Ich persönlich verstehe dich und weiß genau, was du meinst. Frauen denken und fühlen jedoch anders als wir, das ist ein unumstößlicher Fakt, mit dem wir leben müssen.«

»Danke für deinen Zuspruch, er hilft mir nur nicht weiter.«

»Ich bin zu lang allein, um dir einen wahrhaft guten Rat geben zu können. Grundsätzlich schadet es nie zu versuchen, sich in die andere Person hineinzuversetzen. Molly liebt dich über alles, und sie möchte – denke ich – nicht in ihr New Yorker Schema zurückfallen. Du darfst nicht vergessen, dass sie gravierende Lebensveränderungen hinter sich gebracht hat. So positiv im Endeffekt alles für sie verlaufen ist, war es unweigerlich ebenso belastend.«

»Denkst du, ich weiß das nicht? Jetzt allerdings sollte sie sich zurücklehnen und den gegenwärtigen Zustand genießen. Ich bin nicht so ignorant, wie du vielleicht denkst. Das musst du mir glauben. Ich stelle sogar meine eigenen Bedürfnisse für sie zurück.«

»Und die sind?«

»Versprichst du mir, es für dich zu behalten?«

»Was denkst du?«

»Natürlich, entschuldige.« Nat seufzte. »Ich würde mir wünschen, dass Molly zu mir zieht. In der momentanen Situation finde ich es aber nicht richtig, sie zu fragen.«

»Und warum nicht?«

»Hätte Molly sich für den anderen Pächter entschieden und damit das Häuschen verloren, wäre es ein logischer Schritt gewesen. Nun ist sie überglücklich, dort wohnen bleiben zu können. Außerdem hat sie mit der neuen Arbeitsstelle und Pam als Mieterin viel um die Ohren. Ich möchte sie nicht schon wieder herausreißen und durcheinanderbringen. Verstehst du mich?«

»Würde sie bei dir wohnen, könntet ihr aber mehr Zeit miteinander verbringen; sei es auch nur am Morgen und in der Nacht.«

»Es soll nicht wie eine Notlösung aussehen, die ich wegen ihrer Sorgen eilig zurechtgebastelt habe: ›Weil ich jetzt weniger Zeit für dich habe, zieh zu mir.‹ Vielmehr muss es sonnenklar sein, wie sehr ich mir ein Leben mit ihr wünsche.«

»Hätte Molly das Häuschen verloren, wäre es doch genauso eine Notlösung gewesen.«

»Ja, aber anders, irgendwie.«

»Ganz ehrlich, Nat, ich mache mir um dich und Molly keine Gedanken. Ihr habt euch im wahrsten Sinne des Wortes gefunden und werdet auch diese Hürde – eine kleine im Vergleich zu eurem Beginn – überwinden. Es würde mich nicht wundern, wenn Molly ebenfalls längst an ein gemeinsames Leben denkt, jedoch rücksichtsvoll und zugleich stur, wie sie nun einmal ist, ihrerseits nichts preisgeben möchte.«

Inzwischen hatten sie die letzten Häuser Maple Creeks hinter sich gelassen, und Jim ließ Cicero von der Leine.

Nach einer Weile sagte Jim: »Ich fühle mich einsam, Nat.«

»Wie lang ist es her, seit Lucy …«

»Mittlerweile etwas über fünfzehn Jahre. Den Autounfall hatte sie im Juli, und zwei Wochen darauf …« Jim vollendete den Satz nicht. Selbst nach dieser langen Zeit fiel es ihm noch immer schwer, darüber zu sprechen.

»Du bist all die Zeit allein geblieben.«

»Im Grunde, ja. Die ersten Jahre konnte ich ohnehin keine andere Frau zulassen, und die wenigen Dates danach zählen nicht. Morris ist der Ansicht, ich soll endlich damit beginnen, mich umzusehen. Er meint, ich sei nicht mehr der Jüngste.« Jim schmunzelte. »Unrecht hat er nicht. Steht erst einmal die magische Fünf am Anfang seines Alters, sollte man sich Gedanken darüber machen, wie man sein restliches Leben verbringen will.«

»Ich kann das nachvollziehen, jetzt mit Molly überhaupt.«

»Weißt du, dass sie mich inspiriert hat, ernsthaft darüber zu sinnieren?«

»Wegen ihrer Chefin?«

»Nora, ja.« Jim bückte sich, hob ein Stück Holz auf und warf es weit in die Wiese hinein, die sich neben dem Weg bis zum Waldrand erstreckte. Cicero, der neben ihm hertrottete, startete sofort los. »Mir ist bewusst, dass ich mich an einen Strohhalm klammere. Aber wo sollte ich eine nette und interessante Frau kennenlernen?

Außerdem bin ich zwar einsam, jedoch keineswegs verzweifelt. Ich möchte nicht auf die Suche gehen, es müsste sich ergeben.«

»Keine Frau wird dir auf dem Silbertablett vor die Haustür gebracht.«

»Wie sind wir von deinen Problemen zu meinen übergegangen?« Jim lachte. »Ich befürchte, das muss ich auf meine Kappe nehmen. Kehren wir zurück zu Molly.«

»Ich weiß wirklich nicht, was ich tun soll.«

Jim klopfte Nat auf die Schulter. »Vorerst versuchst du am besten, ihre Angst zu zerstreuen. Mit Unverständnis schlittert sie nur noch weiter hinein. Zeig ihr, wie wichtig sie für dich ist und dass du sie liebst. Schaffe Freiräume für euch beide, selbst wenn du noch so viel zu tun hast. Und vergiss nicht: Ein Überraschungsabend, Blumen, romantische Stunden, ein kleines Geschenk oder ein Anruf zwischendurch können Wunder bewirken. So, und jetzt genug davon. Erzähl mir von deinen anstehenden Aufgaben im Unternehmen. Auf diesem Terrain fühle ich mich deutlich sicherer.«

»Ich mich auch, Jim, viel sicherer sogar.«

Kapitel 17

Pamela zeigte auf den Stuhl vor sich. »Nehmen Sie doch bitte Platz, Mister Williams.«

Während der junge Mann sich setzte, hatte sie genügend Zeit, um sich ein erstes Bild von ihm zu machen. Auch die Erscheinung zählte in ihrem Gewerbe, und von jeher hatte sie großen Wert auf das Äußere ihrer Mitarbeiter gelegt. Kein Gast wollte von einem ungepflegten Menschen umsorgt werden.

Timothy war sicherlich einen Meter neunzig groß, schlank, sein Haar war ordentlich geschnitten, das Gesicht wirkte freundlich und offen. Verstohlen warf Pamela einen Blick auf seine Hände: Er hatte lange schlanke Finger und saubere Fingernägel.

Unvermeidlich musste Pamela an Nat denken. Beim besten Willen konnte sie sich diesen Jungen nicht auf einer Baustelle vorstellen.

Sie lächelte ihm zu und sprach ihn bewusst mit seinem Nachnamen an: »Mister Williams, Sie haben sich als Mitarbeiter für das Maple Lake Inn als – ich sage – Allrounder beworben. In der Annonce stand kurz und bündig, was die Position beinhaltet. Können Sie sich darunter etwas vorstellen?«

Er nickte. »Ich parke, wenn es gewünscht wird, die Autos der

Gäste ein, bringe das Gepäck aufs Zimmer, bin für Reparaturen im Hotel zuständig, pflege den Garten, springe ein, wo Not am Mann ist. Und sorge dafür, dass sich die Besucher wohlfühlen. Ich habe nachgeschlagen, der Job ist eine Mischung aus Page, Concierge und Hausmeister.«

»Genau, gut zusammengefasst. Sie sollten ein waches Auge haben und selbst erkennen, wo Arbeit anfällt. Ich nenne einige Beispiele: In einem optimalen Ablauf meldet das Zimmermädchen einen tropfenden Wasserhahn direkt an Sie. Sie sorgen dafür, dass er wieder funktioniert, und ich selbst erhalte nur die entsprechende Information. Der Weg um das Hotel muss im Winter von Schnee und Eis befreit sein, wenn die Gäste erwachen. Sie könnten vor dem Frühstück spazieren gehen wollen.« Pamela holte Luft. »Ich möchte Sie nicht darauf aufmerksam machen müssen, das Ufer vor dem Hotel zu kontrollieren. Gehe ich eine Runde, ist der Bereich sauber. Wissen Sie, worauf ich hinauswill, Mister Williams?«

»Bitte, nennen Sie mich Timothy.« Kurz betrachtete er seine Hände und rutschte auf dem Stuhl hin und her. Dann schaute er Pamela direkt an. »Es würde mich freuen, wenn ich selbstständig arbeiten könnte. Glauben Sie mir, ich möchte mich wirklich engagieren und endlich etwas tun, das mir liegt. Ich habe gern mit Menschen zu tun. Meine schönste Zeit war, als ich in einem Restaurant als Kellner gearbeitet habe. Es war nur leider ein Vertretungsjob. Wie in meiner Bewerbung steht, habe ich eine technische Schule mit Schwerpunkt Elektrotechnik abgeschlossen und bin handwerklich nicht unbegabt.« Sein Blick schwenkte über den See und blieb einen Moment lang an einem Pfosten der Veranda hängen. »Sie wissen, dass ich bei Ihrem Bruder gearbeitet habe? Mir ist ein großer Fehler passiert, und daraufhin hat Ihr Bruder mir gekündigt.«

»Ja, ich kenne die Geschichte. Erzählen Sie mir Ihre Version.«

»Ihr Bruder ist ein toller Boss und –«

Pamela hob die Hand und stoppte ihn. »Warum ist dieser Unfall geschehen?«

»Ach, nun ja … Ich bin auf Jobsuche gewesen. Es ist nicht einfach, in der Gegend etwas zu finden. Tante Elisabeth hatte meiner Mutter versprochen, dass sie etwas für mich organisieren wird. Und dann ist sie mit der Arbeit in der Zimmerei aufgetaucht.« Er senkte die Lider. »Ich habe von Anfang an gewusst, dass ich in diesem Bereich nicht gut sein werde. Am liebsten hätte ich Nein gesagt, aber das war wegen meiner Mutter und Tante Elisabeth nicht möglich. Also habe ich bei Ihrem Bruder begonnen und so ziemlich alles falsch gemacht, was man nur falsch machen kann.«

»Die Arbeit hat Ihnen keine Freude bereitet?«

»Es war schrecklich. Dabei habe ich mich bemüht und wollte zeigen, wie gut und eigenständig ich arbeite. Das ist gravierend schiefgegangen. Ich hätte jemand ernsthaft verletzen können. Noch heute schrecke ich in der Nacht aus dem Schlaf auf. Entschuldigen Sie, das gehört nicht hierher.«

»Zum Glück ist fast nichts geschehen, und es war Ihnen bestimmt eine Lehre.«

»O ja, eine riesengroße, in mehrfacher Hinsicht. Das ist nicht dahingeplappert.«

Pamela nickte. »Timothy, stellen Sie sich vor, Sie erhielten jetzt von mir die Aufgabe, eine Idee für das Hotel und die Gäste zu finden. Was würde Ihnen spontan einfallen?«

Pamela hatte diese Frage im Laufe ihrer Tätigkeit schon häufig gestellt. Dabei ging es ihr nicht um die Idee selbst, sondern wie der Bewerber darauf reagierte.

Timothy sah sie zuerst erstaunt an, dann lehnte er sich zurück. »Lassen Sie mich bitte kurz überlegen …« Schließlich richtete er sich auf. »Wie die Engländer nachmittags ihre Teatime haben, würde ich im Hotel eine *three o'clock coffee time* für die Gäste und genauso für die Leute aus der Umgebung anbieten. Man könnte Gebäck servieren und vielleicht sogar einen eigenen Kaffee dazu kreieren.«

Pamela neigte den Kopf zur Seite. Die Antwort erstaunte sie. »Das müssen Sie mir genauer erklären. Was meinen Sie mit *Kaffee kreieren?*«

»Ich habe noch nie einen getrunken, weiß aber, dass es in der Sycamore Tavern den Tom's Maple gibt. An so etwas in der Art denke ich … den Mapleccino zum Beispiel. Ich kann mir einen Cappuccino mit einem Schuss Ahornsirup gut vorstellen. Man müsste nur etwas herumprobieren.« Er schien verlegen. »Alkohol schmeckt mir nicht besonders, Kaffee dagegen liebe ich.«

Pamela zog die Brauen hoch. »Timothy, Ihre Idee ist hervorragend.«

»Wirklich?«

»Ja, ich meine es ernst.« Unvermittelt stand sie auf. »Es hat mich sehr gefreut, Sie kennenzulernen. Ich werde mich in den nächsten Tagen bei Ihnen melden.«

Auch er erhob sich. »Vielen Dank, Miss Adams, dass ich mich trotz … Sie wissen schon … vorstellen durfte.«

»Sehr gern.«

Sie sah ihm nach, wie er die Veranda über die Außenstufen verließ. Als er außer Sichtweite geriet, griff sie zu ihrem Handy und wählte Lillys Nummer.

Sofort hob sie ab. »Hi Pam! Hast du dein Vorstellungsgespräch bereits beendet?«

»Gerade eben. Lilly, ich muss dir etwas erzählen. Woran denkst du, wenn du *three o'clock coffee time* und Mapleccino hörst?«

Die Antwort kam prompt: »An eine Mischung aus Happy Hour in einer Bar und Kaffeekränzchen. Mit dem Begriff Mapleccino kann ich nichts anfangen.«

»Ich will es dir erklären. Der junge Mann hatte nämlich eine sensationelle Idee«, begann Pamela ihren Bericht über das Vorstellungsgespräch mit Timothy.

Kapitel 18

Molly stand in Nats Küche und betrachtete unschlüssig die Kaffeemaschine. Allein in seinem Haus fühlte sie sich nicht wohl. Es war ihr sogar unangenehm gewesen, den Haustürschlüssel, den Nat ihr bereits vor einiger Zeit gegeben hatte, zu benutzen.

Sie hatten vereinbart, sich bei ihm zu Hause zu treffen und einen schönen gemeinsamen Abend zu verbringen. Molly hatte gerade bei ihm eingeparkt, als Nats Nachricht eingegangen war: *»Ich werde mich verspäten. Bitte entschuldige. Mach es dir inzwischen gemütlich. Ich beeile mich. Und: Bitte fahr bloß nicht wieder weg. Warte auf mich im Haus!«*

Natürlich würde sie auf ihn warten, obwohl sie sich eingestehen musste, dass sie ohne seinen besonderen Hinweis womöglich tatsächlich umgedreht hätte, um die Zeit bei sich zu Hause zu überbrücken. Nat kannte sie mittlerweile wirklich sehr gut.

Schon den ganzen Tag über hatte sie sich auf den Abend gefreut. Sie war wegen seiner Nachricht nicht verstimmt, dennoch trugen Verspätungen wie diese nicht zu ihrer Entspannung bei.

Als sie aus dem Vorraum Geräusche hörte, musste sie lächeln. Wenn in Zukunft alle Verzögerungen so kurz ausfielen, brauchte sie sich nicht zu sorgen.

Erwartungsvoll sah sie zu dem Durchgang, der direkt von der Diele in den Küchenbereich führte. Unmittelbar darauf vernahm sie Schritte – sie klangen nicht nach Nat –, und einen Augenblick später erschien auch schon Pamela im Türrahmen.

»Was machst du denn hier allein? Wo ist Nat?«

»Er verspätet sich, und ich warte auf ihn.« Molly zuckte mit den Schultern.

»Das tut mir leid.« Pamela warf einen Blick auf ihre Armbanduhr. »Ich habe noch eine Stunde, bis ich losfahren muss. Lilly und ich treffen einander um acht Uhr zum Essen. Eigentlich wollte ich rasch duschen und mich umziehen, aber ich kann so bleiben, wie ich bin, und dir Gesellschaft leisten. Okay?«

»Danke, liebend gern.«

»Setzen wir uns auf die Terrasse. Es ist angenehm warm draußen.« Zielstrebig ging Pamela zum Kühlschrank. »Ich habe gestern vor dem Schlafengehen noch ein Glas Weißwein getrunken.« Sie holte die noch fast volle Flasche heraus. »Nimm zwei Gläser und komm.«

Molly gehorchte Pamelas Anweisung und folgte ihr auf die Terrasse, wo sie es sich auf der Loungegruppe bequem machten.

»Um ehrlich zu sein, bin ich ganz froh, dass Nat sich verspätet. Ich muss dir nämlich etwas erzählen, und vielleicht benötige ich sogar deine Unterstützung.« Pamela öffnete die Flasche und schenkte ein.

»Ist mit dem Hotel alles in Ordnung?«

»Alles läuft bestens. Es geht um Nat, oder besser um Timothy und Nat. Du weißt, wer Timothy ist?«

»O ja. Deine und Nats beginnende Auseinandersetzung in der Tavern muss ich noch erfolgreich verdrängen. Ich mag es nicht, wenn ihr euch streitet.«

»Ich möchte eine Diskussion mit Nat vermeiden, befürchte aber, dass es in diesem Fall dazu kommen wird.«

»Warum?«

»Ich habe mich mit dem Jungen unterhalten und bin sehr angetan von ihm.«

»Pam, ich habe den Unfall damals von meiner Küche aus beinahe hautnah miterlebt. Es war pures Glück, dass nicht mehr geschehen ist. Ich kann mir nicht vorstellen –« Molly schüttelte den Kopf. Eben hatte sie wie Nat geklungen. Was nahm sie sich heraus, etwas gut- oder schlechtzuheißen, wenn sie nicht einmal die Hintergründe kannte?

Sie murmelte eine Entschuldigung und fragte: »Warum bist du so begeistert von ihm?«

Pamela lächelte. Es schien, als hätte sie Mollys Wandlung genau bemerkt. »Wir haben übrigens auch über das Unglück geredet. Seine Mutter und Elisabeth haben ihn förmlich in diesen Job hineingezwungen. Er hat sich fehl am Platz gefühlt, wollte sich aber unbedingt beweisen. Seines Fehlers ist er sich mehr als bewusst.«

»Nun ja, wenn das wirklich so gewesen ist, kann ich nachvollziehen, wie es ihm ergangen sein muss. Welche Befähigungen bringt er für das Maple Lake Inn mit?«

»Er ist ein adretter junger Mann, höflich und wortgewandt, geht gern mit Menschen um, hat ein wenig Erfahrung als Kellner. Er war an einer technischen Schule und kann einfache Dinge reparieren. Ein ebenfalls wichtiger Faktor ist, dass er sich wünscht, selbstständig arbeiten zu dürfen.« Pamela trank einen Schluck Wein. »Ich kenne diesen Typus, Timothy ist wie ein Rohdiamant.«

»Du willst ihn also anstellen?«

Pamela nickte. »Gleich morgen werde ich Timothy anrufen und ihm einen Vorschlag unterbreiten. So eine Chance lasse ich mir nicht entgehen, selbst wenn Nat an die Decke springt.« Sie drehte den Kopf und ließ den Blick kurz über den See gleiten. »Er soll vorläufig nur halbtags im Maple Lake Inn arbeiten. Die restliche Zeit übernimmt ihn Lilly.«

»Wie passt das zusammen? *Mädchen für alles* in einem Hotel und zugleich Mitarbeiter in einer Werbeagentur?«

»Lilly hält schon länger nach einer zusätzlichen Kraft mit Potenzial Ausschau. Und Timothy ist der richtige Mann für sie.« Pamela beugte sich vor. »Ich habe mir vor längerer Zeit angewöhnt, im Zuge eines Bewerbungsgesprächs den Bewerber nach einer Idee für das Hotel zu fragen. Timothy hat nicht nur grundsätzlich gut darauf reagiert – das ist mein eigentlicher Beweggrund –, sondern hatte tatsächlich eine exzellente Idee: Er würde eine *three o'clock coffee time* etablieren und – angelehnt an den Tom's Maple aus der Tavern – einen eigenen Kaffee dazu erfinden, den Mapleccino. Noch heute möchte ich mit Tom reden und ihn fragen, wie gut er sich mit Kaffee auskennt. Möglicherweise kann er mir dabei helfen.«

»Wow, die Idee ist grandios. Und sie kam wirklich von Timothy?« Mollys Erstaunen war nicht gespielt. Pamelas Ausdruck *Rohdiamant* schien in der Tat zuzutreffen. So etwas musste einem aus dem Stegreif erst einmal einfallen.

Pamela senkte den Kopf. »Inklusive der Bezeichnungen *three o'clock coffee time* und Mapleccino. Verstehst du jetzt, warum Lilly und ich den Jungen unbedingt einstellen wollen?«

Molly nickte, schwieg jedoch. Sehr gut konnte sie Pamelas Beweggründe nachvollziehen, aber dass sie Lilly in verschiedenste Belange einbezog, ließ diese andere, spezielle Überlegung in den Vordergrund ihrer Gedanken rutschen und verhinderte eine prompte Antwort. War jetzt der richtige Zeitpunkt, um Pamela auf Lilly anzusprechen? Nichts lag ihr ferner, als sich einzumischen, sie war auch nicht einfach nur neugierig. Es war Pamelas Wohl, das ihr am Herzen lag, sowie der ersehnte Friede zwischen ihr und Nat.

Sie räusperte sich. »Ich werde versuchen, wegen Timothy den Mittler zwischen dir und Nat zu spielen. Versprochen.« Wieder machte Molly eine Pause. Schließlich gab sie sich einen Ruck. »Ich würde gern mit dir über etwas sprechen. Du darfst bitte nicht glauben, dass ich mich wichtigmachen und in deine Privatsphäre eindringen will …«

»Du klingst auf einmal so ernst. Wir können über alles reden.«

»Okay. Was ist mit dir und Lilly?« Es war heraus.

Molly sah, wie sich Pamelas Wangen schlagartig röteten. Es wirkte, als würde ihr ganzer Körper plötzlich unter Spannung stehen. Schon bereute Molly, davon begonnen zu haben, doch nun konnte sie nicht mehr zurück.

»Wie meinst du das?«, fragte Pamela tonlos.

»Ich denke, du weißt, wie ich das meine.«

Pamela nickte. Eine Träne löste sich aus dem Augenwinkel und rann über ihre Wange.

Mit dieser Reaktion hatte Molly nicht gerechnet. Sie streckte die Hand aus und berührte Pamelas Unterarm. »Entschuldige, es tut mir so leid. Ich wollte nicht –«

»Nein, es ist schon in Ordnung«, unterbrach Pamela sie. »Vielleicht ist es der richtige Zeitpunkt, um mich jemandem anzuvertrauen. Ich habe mich für ein Leben in Maple Creek entschieden und kann nicht ewig so weitermachen. Einmal muss ich mich meinen wahren Gefühlen stellen.«

»Warum hast du es immer geheim gehalten? Und Lilly, seid ihr ineinander … verliebt?«

Pamela lächelte. »Die Zeit mit ihr ist wunderschön, und wir sind beide überglücklich. Sehr rasch haben wir bemerkt, dass uns viel verbindet. Es ist etwas Ernstes, und wir planen eine gemeinsame Zukunft.« Das Lächeln auf ihren Lippen erstarb.

»Wenn du mir darüber erzählen willst, bin ich für dich da.« Molly senkte den Blick. »Wie ist es denn nur dazu gekommen? Es muss doch eine schreckliche Qual sein, dies vor der Familie und seinen Freunden zu verbergen.«

»Es ist ungemein belastend, du ahnst nicht, wie sehr. Und die Gründe, warum ich nie etwas gesagt habe, liegen wohl weit in der Vergangenheit vergraben.« Pamela nahm einen weiteren Schluck Wein. »Du weißt, dass Nats und meine Mutter früh gestorben ist. Ich wusste schon immer, dass ich anders fühle, und als ich das Teenageralter erreicht hatte, habe ich deshalb auch nicht begonnen, auszugehen und mich für Jungs zu interessieren. Die meiste Zeit bin ich zu Hause gewesen. Meinem Vater, der immer das Beste für uns wollte, ist es natürlich aufgefallen. Er hat es aber falsch interpretiert und dachte, meine Zurückgezogenheit hinge mit dem Tod meiner Mutter zusammen.« Pamela seufzte auf. »Also hat er begonnen, mit mir auf seine Art zu reden: ›Verkriech dich nicht, Pam, genieß deine Jugend. Deine Mum hat sich gewünscht, dass du einen lieben Mann kennenlernst und mit ihm Kinder bekommst. Sie hätte sich sehr über Enkel gefreut.‹ So ging es immer weiter.« Kurz schwieg Pamela. »Wie hätte ich ihm da offenbaren können, dass genau das bei mir nie der Fall sein würde? Je älter ich geworden bin, desto mehr hat er sich um mich gesorgt, und irgendwann einmal habe ich diesem Druck nicht mehr standgehalten. Ich war unerfahren, komplett durcheinander und zutiefst verzweifelt, weil ich den Wunsch meiner Mutter und ebenfalls den meines Vaters nie erfüllen würde.«

»Und dann bist du fortgegangen?«

»*Geflohen* trifft es wohl eher. Heute weiß ich, dass es ein Fehler war, nichts gesagt zu haben, aber damals hätte ich nie gewagt, mich zu outen.«

»Wie musst du gelitten haben. Gab es später keine Möglichkeit für ein aufklärendes Gespräch?«, fragte Molly leise. Kaum vermochte sie, die Tränen zurückzuhalten.

»Immer wieder bin ich mit dem festen Vorsatz nach Maple Creek zurückgekehrt, mit meinem Vater und Nat darüber zu reden, ich war allerdings nicht mutig genug.«

»Du hast in Kauf genommen, dass Nat dich als wankelmütigen Menschen ansieht und dir nicht vertraut.«

»Völlig richtig. So eigenartig es klingen mag, aber irgendwann hatte ich mich an Nats Sichtweise gewöhnt, genauso daran, mein Geheimnis zu bewahren. Der Wunsch, über meinen Schatten zu springen, ist schließlich vergangen, und es wurde zum festen Bestandteil meines Daseins.«

»Es steht mir nicht zu, dir einen Rat zu geben, Nat sollte es jedoch erfahren. Gerade jetzt. Du wirst sonst nie ein normales Leben führen können.«

»Ich weiß, zumal es nun außerdem Lilly gibt. Man wird uns die *besten Freundinnen* langfristig nicht abnehmen, dir ist es offenbar sofort aufgefallen. Außerdem kann ich Lilly die Geheimnistuerei nicht ewig antun.« Pamela stieß einen qualvollen Seufzer aus. »Ach Molly, ich habe so Angst davor, mit Nat darüber zu sprechen.«

»Pam, wir befinden uns im einundzwanzigsten Jahrhundert, und Nat ist ein modern denkender Mensch. Du und Lilly könnt euch nicht ewig verstecken.«

»Und die anderen? Es würde Gerede geben.«

Molly zuckte mit den Schultern. »Deinen Freunden wird es egal sein, und Elisabeth hätte endlich wieder eine tolle Story. Ich bin für sie mittlerweile gänzlich uninteressant geworden.« Sie zwinkerte Pamela zu.

»Als ich Maple Creek damals mit siebzehn Jahren verlassen habe, hat sie mir eine Schwangerschaft angedichtet. Das ist die blanke Ironie, nicht wahr?«

»Die Ehre, sie zum gegebenen Zeitpunkt an diese alte Geschichte zu erinnern, gebührt zwar dir, aber du solltest Nat daran beteiligen. Hauptsächlich deshalb kann er Elisabeth nämlich nicht ausstehen; er hat mir davon erzählt.«

Einen Moment lang schien Pamela den Atem anzuhalten, dann beugte sie sich vor und schlang die Arme um Molly.

»Ich danke dir«, flüsterte sie.

Molly erwiderte Pamelas Umarmung und drückte sie fest an sich.

Kapitel 19

Nat hatte alles genau geplant. Jims Ratschläge waren ihm nicht mehr aus dem Kopf gegangen, und er hatte lange überlegt, wie er Molly eine Freude bereiten konnte.

Ausgangspunkt war eine von ihm fingierte Verspätung. Er hatte sie gebeten, zu ihm nach Hause zu kommen, und weil er Mollys Pünktlichkeit kannte, war es leicht gewesen, die Nachricht ziemlich exakt zum Zeitpunkt ihres Eintreffens bei seinem Haus zu senden. Andernfalls wäre sie wahrscheinlich bei sich zu Hause geblieben und hätte dort gewartet.

Sein Plan war gewesen, zehn Minuten nach ihrer Ankunft über die Terrasse ins Haus zu schleichen und sie zu überraschen. Schon am Vortag hatte er einen eleganten Füllfederhalter und rote Rosen besorgt. In dem Strauß steckte eine Karte, auf die er *»Ich liebe dich über alles, und wir werden immer Zeit füreinander finden«* geschrieben hatte.

Nun allerdings stand er wie erstarrt am Fuß der Treppe zur Terrasse und hörte seit einer halben Stunde dem Gespräch von Molly und Pamela zu. Er hatte nicht vorgehabt, zu lauschen, doch als ihm klar geworden war, worüber sie sprachen, hatte er sich einfach nicht mehr bewegen können.

Unzählige Gedanken und Fragen schossen ungeordnet durch seinen Kopf, und im Augenblick war er definitiv unfähig, die Tatsachen in ihrer Gesamtheit zu erfassen. Er fühlte sich völlig planlos und desorientiert.

All die Jahre hatte er seine Schwester in einem völlig falschen Licht gesehen. Warum war sie nicht auf ihn zugegangen und hatte mit ihm geredet? Was musste sie durchgestanden haben? Unsagbares Mitleid durchflutete ihn, zeitgleich gesellte sich aber auch Ärger hinzu. Er war ihr Bruder! Wie hatte sie ihm so etwas verheimlichen können? Sie waren eine Familie, und gemeinsam ließ sich doch jedes Problem lösen. Problem? Im Grunde gab es überhaupt kein Problem, die einzige Schwierigkeit lag allein im jahrelangen Verschweigen der Tatsachen. Niemand würde Pamela deshalb schief anblicken, und sollte es jemand wagen, würde er zur Stelle sein.

Nat trat von einem Fuß auf den anderen. Er machte sich Gedanken über die Auswirkungen, dabei sollte er überlegen, wie er mit der momentanen Situation umging. Als Erstes musste er einen Ausweg aus seiner Lage finden. Schließlich konnte er nicht stundenlang vor seinem eigenen Haus stehen bleiben und warten. Genauso wenig war es möglich, plötzlich auf der Terrasse zu erscheinen und zu sagen: »Ich habe alles mitgehört. Sprechen wir darüber.«

Das Beste war es, den Rückzug anzutreten.

Darauf bedacht, kein Geräusch zu erzeugen, drehte er sich um und schlich durch den Garten zur Haustür. Er zog den Schlüssel aus der Hosentasche und schloss auf. Dann betrat er die Diele und rief, so laut er konnte: »Endlich zu Hause!«

Er durchquerte das Wohnzimmer und den Wintergarten und trat auf die Terrasse. »Pam, ich dachte, du wolltest dich mit Lilly treffen?« Beinahe staunte Nat über sich selbst, wie gelassen und normal seine Stimme klang.

»Stimmt, ich müsste längst los. Ich wünsche euch einen wunderschönen Abend.« Pamelas Blick streifte die Rosen in Nats Hand, bevor sie aufstand und eilig die Terrasse verließ.

Molly machte einen Schritt auf Nat zu. »Sind die für mich?«

Nat besann sich. Obwohl plötzlich alles durcheinandergeraten war, durfte der gemeinsame Abend nicht darunter leiden. Es würde ihm guttun, das Gehörte einstweilen beiseitezuschieben, zumal er von sich aus kein Gespräch mit Pamela in die Wege leiten konnte. Im Gegenzug war er überzeugt davon, dass auch Molly ihr Wissen nicht vor ihm preisgeben würde. Nachdrücklich hatte sie Pamela nahegelegt, mit ihm zu reden. Auf keinen Fall würde sie sich in die Angelegenheit einmischen.

Wenngleich es ihm einen kleinen Stich versetzte, konnte er Molly verstehen. Sie war kein Mensch, der sich in den Vordergrund drängte, und speziell bei Pamela und ihm blieb sie bewusst gänzlich außen vor. Erfuhr er doch selbst gerade hautnah, dass es nicht immer möglich war, alles offen darzulegen. Er würde ebenfalls schweigen, wenn es ihm auch noch so schwerfiel.

Mit einem Lächeln überreichte er ihr den Blumenstrauß. »Gehen wir hinein, ich habe noch eine Kleinigkeit für dich.«

Das Strahlen auf Mollys Gesicht machte es ihm leicht, in der Zweisamkeit zu versinken, und Wärme durchströmte seinen Körper. *Mit ihr an meiner Seite ist einfach alles gut*, dachte er, legte den Arm um Molly und führte sie in die Küche, wo er das Päckchen mit dem Füllfederhalter abgelegt hatte.

Vorsichtig löste Molly die Schleife und hob den Deckel der Schachtel an. »O Nat, ein Füllfederhalter! Er ist wunderschön. Danke!« Sie ergriff seine Hände und küsste ihn.

Jäh durchflutete ihn ein Gefühl der Freude, und unweigerlich musste er an Jim denken. Das Gespräch war ihm nahegegangen. Mehr denn je konnte er Jims Einsamkeit nachempfinden. Zwangsweise floss auch Pamelas Offenbarung ein. Unabhängig von der Tatsache, dass er noch nicht wusste, wie er mit seinem neuen Wissen umgehen sollte, verspürte er abermals tiefes Mitgefühl.

»Hast du eine Vase?«, fragte Molly.

»Selbstredend«, antwortete Nat, umrundete die Küchentheke und öffnete einen Schrank, wo mehrere Vasen standen.

»Du bist für einen Mann gut ausgestattet.«

Er zwinkerte ihr zu. »Danke und danke.«

»Ach du! Ja, das auch.« Molly schmunzelte.

Während er eine passende Vase aus dem Schrank nahm und zur Spüle ging, um Wasser einzufüllen, überkam ihn eine neuerliche Welle des Glücks. Genau diese Harmonie wünschte er sich für seine Schwester und genauso für Jim. Sie schenkte so viel Kraft und ließ einen die Aufgaben des Lebens mit Leichtigkeit bewältigen. Es gab nichts Schöneres.

Er stellte die Vase auf die Theke, und Molly begann, Rose für Rose hineinzustecken. Dabei entdeckte sie auch die Karte.

Sofort zog sie sie aus dem kleinen Kuvert und las. »O Nat, welch wundervolle Worte! Ich freue mich so sehr über deine Geschenke. Wie bist du auf die Idee gekommen?«

»Um ehrlich zu sein, war Jim nicht ganz unbeteiligt daran. Aber der Füller ist mir selbst eingefallen.«

»Er wird einen Ehrenplatz auf meinem Schreibtisch in der Redaktion bekommen.« Molly neigte den Kopf. »Was hat Jim damit zu tun?«

»Ich habe mit ihm über unsere momentane Situation gesprochen – und in diesem Zuge auch über seine.«

»Ist bei Jim alles in Ordnung?«

»Er fühlt sich allein, und sein Wunsch nach Zweisamkeit wächst, habe ich den Eindruck.«

»Er fragt mich oft nach Nora. Es erscheint mir wie …« Sie hob die Schultern.

»Jim hat es als das Klammern an einen Strohhalm bezeichnet«, vollendete Nat ihren Satz.

Molly nickte. »Ich sehe das genauso.« Sichtlich noch nicht zufrieden mit dem Arrangement zog sie eine Rose aus der Vase und steckte sie an einer anderen Stelle wieder hinein. »Wie würdest du es finden, wenn wir ein wenig Amor spielten?«

»Du meinst, wir beide gehen auf die Suche nach einem Date für Jim?«

»Nur indirekt. Etwas heimlich in seinem Namen zu unternehmen, fände ich falsch. Das tut man nicht. Aber wir könnten ihm die Vorzüge bestimmter Internet-Plattformen näherbringen.«

»Eine Online-Partnersuche, ernsthaft?«

»Es gibt durchaus seriöse Dating-Seiten. Eine Kollegin bei der *NY Woman* hat einmal darüber berichtet. Es war intern ein großes Thema in der Redaktion. Die Ansicht, man würde sich dort nur anmelden, wenn man unfähig ist, auf normale Weise einen Partner zu finden, ist längst überholt. Es handelt sich um eine moderne Form der Anbahnung. Ich kenne einige Paare in New York, die dank solch einer Vermittlung zueinandergefunden haben. Selbst Dorothy hat es vor einigen Jahren ausprobiert.«

»Ich weiß nicht …«

»Nun sei nicht so. Es wäre doch einen Versuch wert. Ich rede auch allein mit ihm und lasse dich außen vor.«

»Okay. Aber nur, wenn du mir hoch und heilig versprichst, dass wir ab jetzt den Rest der Welt bis morgen früh aussperren.«

»Ich schwöre, kein weiteres Wort über irgendjemanden – nur du und ich.«

Nat hob sie mit einer schwungvollen Bewegung hoch. »Ich nehme dich beim Wort: nur du und ich.«

Molly schlang die Arme um seinen Hals und schmiegte sich an ihn.

Kapitel 20

Nachdem Molly Nats Haus verlassen hatte, fuhr sie direkt nach Hause. Sie wollte an dem Artikel für die *NY Woman* weiterarbeiten und die Exemplare der *Maple Creek News Time* des vergangenen Jahres durchsehen. Es war wichtig, ein Gefühl für den Aufbau und den Inhalt der Zeitung zu bekommen. Franklin wünschte sich Neuerungen und wollte ihr weitgehend freie Hand geben, um diese umzusetzen.

Noch immer war sie erfüllt von dieser Welle des Glücks und spürte Nats Nähe mit ihrem ganzen Körper. Der vergangene Abend mit ihm hätte nicht schöner verlaufen können. Sie waren sogar extra früher aufgestanden, um noch gemeinsam in Ruhe frühstücken zu können. Heute würde Nat wieder lang arbeiten müssen, aber dank der wunderbaren Nacht war sie nicht traurig darüber. Überdies hatte sie eigene Pläne: Sie wollte es sich in der Tavern gemütlich machen und Jim ihre Idee unterbreiten. Vielleicht nahm sie auch gleich ihren kleinen Reiselaptop mit. Dann konnten sie – wenn Jim zustimmte – sofort loslegen oder sich zumindest einige passende Seiten im Internet ansehen.

Das Gespräch mit Pamela hatte Molly gestern bewusst verdrängt, doch nun schob es sich langsam wieder in den Vordergrund, und ein mulmiges Gefühl breitete sich zusehends in ihr aus.

Pamela und sie hatten als Freundinnen miteinander gesprochen. Das allein verpflichtete sie schon zu schweigen, darüber hinaus durfte sie prinzipiell nicht an der Klärung mitwirken. Es war eine Sache, die ausschließlich Pamela und Nat betraf. Damit verbarg sie etwas vor ihm. Sie wollte aber keine Geheimnisse haben. Es war eine verzwickte Situation, in der sie nichts weiter unternehmen konnte, als abzuwarten und zu hoffen, dass Pamela ihr Geheimnis bald offenbarte und die beiden sich endlich aussprachen.

Und zu alldem kam außerdem noch Timothy hinzu.

Molly bog in die Einfahrt zum Hotel ein und sah schon von Weitem Pamelas Wagen auf dem kleinen Parkplatz vor dem Eingang des Maple Lake Inn stehen.

Nat und sie waren so miteinander beschäftigt gewesen, dass sie nicht gehört hatten, wann Pamela gestern heimgekommen war. Und erst jetzt fiel ihr auf, dass sie auch beim Frühstück nicht aufeinandergetroffen waren.

Einem plötzlichen Impuls folgend fuhr Molly nicht zu ihrem Häuschen weiter, sondern parkte neben Pamelas Wagen ein. Sie hatte den Ball ins Rollen gebracht und befand sich deshalb nun in einer unangenehmen Lage. Die Einzige, mit der sie darüber reden konnte, war Pamela.

Der Artikel und die Zeitungen würden kurz warten müssen.

Sie stieg aus dem Wagen und ging zur Eingangstür, die offen stand. Molly betrat das Foyer und warf einen Blick in das kleine Büro hinter der Rezeption, dann lief sie weiter in den Frühstücksraum. Als sie den Aufenthaltsbereich erreichte, hörte sie Stimmen.

Pamela und Lilly saßen auf der Terrasse und tranken Kaffee.

»Guten Morgen. Entschuldigt, ich hoffe, ich störe euch nicht«, begrüßte Molly die beiden.

Pamela zeigte auf einen freien Stuhl. »Überhaupt nicht. Setz dich zu uns. Soll ich dir einen Kaffee bringen?«

»Nein danke, ich habe gerade mit Nat gefrühstückt. Seit wann bist du hier? Wir sind schon früh aufgestanden, haben dich aber nicht weggehen gehört.« *Ohne zumindest ein »Hallo« verlässt du nie das Haus,* fügte Molly in Gedanken hinzu.

»Ich habe bei Lilly geschlafen«, antwortete Pamela freimütig. Ihr Blick schwenkte zu Lilly. »Und natürlich habe ich ihr von unserem gestrigen Gespräch erzählt.«

»Offen gestanden bin ich genau deshalb hier. Es ist mir etwas unangenehm. Ich weiß nicht recht, wie ich mit der Situation umgehen soll«, entgegnete Molly.

»Du meinst wegen Nat?«, fragte Pamela.

Molly nickte.

Lilly richtete sich auf. »Ich möchte mich nicht einmischen, habe aber gerade zu Pam gesagt, dass sie so rasch wie möglich mit Nat reden soll. Es ist bestimmt nicht einfach für dich, ihm das zu verheimlichen.« Sie schmunzelte. »Mein Nachdruck basiert auch auf purem Eigennutz. Es ist schrecklich, seine Liebe verbergen zu müssen.«

Pamela verschränkte die Arme und ließ den Kopf sinken. »Ich fürchte mich davor, mit Nat darüber zu sprechen. Was soll ich tun, wenn er negativ darauf reagiert? Die ganze Tragweite ist mir erst gestern richtig bewusst geworden. So viele Jahre habe ich es vor ihm verheimlicht und damit zugelassen, dass er ein völlig falsches Bild von mir erhält. Allein das wird bei ihm auf Unverständnis stoßen. Und in diesem Fall kann ich seine vorprogrammierte Empörung sogar voll und ganz nachvollziehen. In der Nacht habe ich kaum ein Auge zugetan. Wie konnte ich es nur so weit kommen lassen?«

Lilly lächelte zurückhaltend. »Der Vorteil dabei ist, dass deinem Bruder dann unsere Pläne mit Timothy komplett egal sein werden.«

Ohne Zweifel versuchte sie, Pamela aufzuheitern.

Die ging nicht darauf ein. »Du kennst Nat nicht. Dass wir Timothy einstellen wollen, wird ihn noch mehr verärgern.«

Lilly beugte sich vor und strich Pamela über die Wange. »Wenn du willst, reden wir gemeinsam mit ihm. Als neutrale Dritte könnte ich eventuell lenkend eingreifen.«

»Ich unterstütze dich ebenso«, bekräftigte Molly.

Einen Augenblick lang schwieg Pamela. Schließlich sagte sie: »Ich danke euch von ganzem Herzen, aber da muss ich alleine durch. Meine eigene Unsicherheit hat mich hierhergeführt. Ich möchte zudem gar nicht mehr fliehen, sondern endlich mein Zuhause wiederfinden, und dafür muss ich alles ins Reine bringen. Ich gehöre nach Maple Creek.« Sie sah Lilly an. »Ich bin so glücklich darüber, dass wir zueinandergefunden haben. Es wird bestimmt eine geraume Weile dauern, bis wir uns komplett öffnen können, aber Nat ist mein Bruder, und er hat das Recht, die Wahrheit zu erfahren. Und du, Molly, bist – nebenbei bemerkt – die beste Freundin und Schwägerin in spe, die ich mir nur vorstellen kann.«

Pamela stand auf und umarmte zuerst Molly, dann schloss sie Lilly in die Arme.

Als sie sich wieder setzte, fielen Molly die Tränen in ihren Augen auf. Auch sie musste sich – wie schon gestern – beherrschen, um nicht loszuweinen. Lilly schaffte es nicht. Sie schluchzte auf, und ungehemmt begannen die Tränen über ihre Wangen zu fließen.

Eilig wischte sie sie fort. »Entschuldigt, ich bin nur so gerührt. Du musst wissen, Molly, wir sind wirklich glücklich miteinander, und es schmerzt unglaublich, wenn man seine Zuneigung nicht zeigen darf. Wir kennen einander noch nicht gut, aber ich bin dir aufrichtig dankbar und werde es immer sein, dass du den Anstoß gegeben hast.«

Deutlich spürte Molly die Gänsehaut auf ihren Armen. »Ich wünsche euch alles erdenklich Gute.«

Pamela atmete tief durch. »Weißt du, ob Nat heute Abend länger arbeitet?«

»Es wird spät bei ihm werden, aber morgen wollen wir gegen sechs Uhr in der Tavern zu Abend essen. Soll ich dieses Date an dich abtreten?«

»Bitte, ja. Ich werde ihn zu Hause abfangen, bevor er losfährt, und mit ihm reden.« Kurz hielt Pamela inne. »Wenn du heute Abend sozusagen freihast, willst du uns begleiten? Unweit von Lillys Wohnung befindet sich eine nette Bar. Wir trinken etwas und plaudern. Dann könntet ihr beide euch ein bisschen besser kennenlernen.«

»Gern ein anderes Mal. Heute bin ich in besonderer Mission unterwegs«, antwortete Molly und setzte eine geheimnisvolle Miene auf. Plötzlich fühlte sie sich, als wäre ein schwerer Stein von ihrer Brust gerollt.

»Das klingt spannend. Eine *besondere Mission?*«, fragte Pamela. Jäh schien von ihr ebenfalls eine Last abgefallen zu sein.

Molly konnte sie gut verstehen. Wie das Gespräch mit Nat auch verlaufen würde, sie hatte endlich den ersten und schwersten Schritt getan: Sie hatte die Entscheidung getroffen, mit ihm zu reden.

»Jim ist einsam, und ich möchte ihm einen Vorschlag unterbreiten«, begann Molly zu erzählen.

Kapitel 21

Auf dem Weg zur Tavern hatte Molly überlegt, wie sie das Gespräch mit Jim beginnen sollte, war aber zu keinem zufriedenstellenden Ergebnis gelangt. Es würde sich schon irgendwie ergeben, sie benötigte nur ein passendes Stichwort.

Jims Wohl lag ihr in besonderer Weise am Herzen. Als sie nach dem Tod von Tante Gynnie nach Maple Creek gekommen war, um ihr Erbe anzutreten, hatte er sie nicht nur als Anwalt bestens unterstützt, er war für sie als Mensch und schließlich väterlicher Freund vom ersten Augenblick da gewesen. Dank ihm hatte sie sich anfänglich nicht allzu einsam gefühlt. Das wollte sie ihm jetzt zurückgeben.

Molly zog die Tür der Tavern auf und betrat das Lokal. Jim saß bereits an der Bar. Sie ging auf ihn zu und setzte sich neben ihn. Die Tasche mit ihrem Reiselaptop legte sie auf ihre Oberschenkel.

»Hallo Molly! Bist du allein?« Jim drehte den Kopf.

»Ja, Nat hat den ganzen Tag auf Baustellen verbracht und ist nun in seinem neuen Zweitbüro im Gebäude des Bauunternehmens. Es gibt viel zu planen, und wahrscheinlich werden Nat und dieser Friedrich arbeiten, bis sie vor Müdigkeit von ihren Stühlen fallen.«

»Hast du Friedrich Mayer inzwischen kennengelernt? Er ist ein umsichtiger, angenehmer Mensch. Ich kann ihn gut leiden.«

»Es ist ein gemeinsames Abendessen geplant – Friedrich und seine Frau, Nat und ich. Aber noch gibt es keinen festen Termin dafür.«

»Du wirst sehen, das kann ein durchaus vergnüglicher Abend für dich werden.« Jims Blick fiel auf Mollys Tasche. »Was trägst du denn da mit dir herum?«

»Oh, nun …« Sollte sie ihre Idee jetzt schon ansprechen? Einen geeigneteren Zeitpunkt würde es nicht mehr geben. »Das ist mein Laptop. Ich habe ihn wegen dir mitgebracht.«

»Wegen mir?«, fragte Jim gedehnt.

Molly legte die Tasche auf den Tresen. »Ich finde, du solltest dich auf einer Online-Datingplattform anmelden.«

Bevor Jim etwas erwidern konnte, machte Tom, der in etwa zwei Meter Entfernung hinter der Bar stand, einen Riesenschritt auf sie zu. »Habe ich gerade das Wort Dating-Plattform gehört? Hi Molly, was willst du trinken?«

Nun war Jim schneller. »Bring Molly bitte einen Tom's Maple, und mir auch. Ich denke, ich werde ihn brauchen, nach dem, was ich gerade vernommen habe. Und alleine trinken bereitet mir keine Freude.«

Tom nickte. »Wird erledigt, aber zuerst will ich erfahren, warum ihr euch über Online-Dating unterhaltet. Du hast dich doch nicht von Nat getrennt, oder?« Er zwinkerte Molly zu.

Sie verdrehte die Augen. »Zur Unterhaltung ist es noch gar nicht gekommen. Ich hatte die Idee, dass Jim sich vielleicht auf solch einer Seite anmelden möchte. Jetzt – vor euch – erscheint mir der Gedanke plötzlich eigenartig.«

»Warum eigenartig? Die halbe Welt lernt sich mittlerweile auf diese Weise kennen. Ich finde deinen Einfall toll, Molly.« Tom wandte sich an Jim. »Das musst du unbedingt ausprobieren.«

Jim wiegte den Kopf. »Ich weiß nicht recht. Wirkt es nicht so, als wäre ich verzweifelt auf der Suche?«

Tom winkte ab. »Als ich noch in Toronto gelebt habe, waren einige meiner Freunde und Kollegen auf Online-Suche. Und keiner von ihnen war in irgendeiner Hinsicht *bedürftig* – wenn ihr wisst, was ich meine. Es bietet ganz einfach viele Vorteile, egal, ob man eine Beziehung oder eine Affäre sucht, Zweites ist immerhin genauso möglich. Man kann seine Interessen im Vorfeld abchecken, bemerkt rasch anhand der Antworten, ob die Person grundsätzlich zu einem passt, und es treffen vom Start weg Gleichgesinnte aufeinander.« Er wies zur Tür. »Stell dir vor, in dieser Sekunde würde eine Frau das Lokal betreten. Du hast keine Ahnung von ihrem Status. Ist sie verheiratet oder solo? Will sie überhaupt jemanden kennenlernen?«

Molly deutete einen Applaus an. »Tom, du bist mein Sprachrohr.«

Er grinste. »Wenn ich etwas gut finde, sage ich das auch. Als Erstes benötigen wir ein schönes Foto von dir.« Tom griff unter den Tresen und zog sein Handy hervor. »Mal sehen, was ich zustande bringe.«

Jim hob den Arm und zeigte Tom die Handinnenfläche. »Moment! Ich habe meiner Vermarktung noch nicht zugestimmt. Zuerst will ich wissen, wie das eigentlich funktioniert. Ich habe keine Ahnung.«

»Molly, erkläre es Jim, ich mixe inzwischen die Tom's Maples für euch.« Tom trat zur Seite und machte sich an die Arbeit.

»Als Erstes erstellen wir eine eigene E-Mail-Adresse für dich, über die du kommunizieren kannst. Dafür musst du nicht deinen richtigen Namen verwenden, auch auf der Plattform selbst bleibst du mehr oder weniger anonym. Dann melden wir dich mit dieser E-Mail-Adresse an. Es wird ein Foto von dir hochgeladen, und du beantwortest einige Fragen. Anhand deiner Angaben bekommst du Vorschläge, kannst genauso selbstständig suchen und wirst womöglich sogar von Damen gefunden, die dich von sich aus daraufhin anschreiben.«

»Und wenn sich keine für mich interessiert?«

»Das schließe ich definitiv aus.«

Tom kam mit zwei Gläsern zurück und stellte sie vor Molly und Jim auf die Theke. »Wartet, bis es ruhiger wird und ich mehr Zeit habe. Ich will unbedingt dabei sein, Laurie sicherlich ebenfalls.« Sein Blick glitt durch das Lokal. »In spätestens zwei Stunden sind wir weitgehend verfügbar.«

Jim seufzte theatralisch auf. »Die Suche nach einer Frau für mich wurde soeben zum Maple-Creek-Gemeinschaftsprojekt erhoben.«

Tom lachte auf und zeigte auf Mollys Laptoptasche. »Wie sollte es auch anders sein?«

Molly beugte sich vor und flüsterte Jim zu: »Ich hoffe, ich habe dich nicht in Verlegenheit gebracht. Das war nämlich nicht mein Ansinnen.«

Er tätschelte ihre Hand. »Ganz und gar nicht, mein Kind. Um ehrlich zu sein, gefällt mir deine Idee, und ich finde es jetzt schon spannend. Es ist reizend, dass du dir Gedanken über mich machst. Also sei versichert, so und so wird es mich erfreuen.«

»Dann sollten wir jetzt essen, bis Laurie und Tom zu uns stoßen.«

»Morris sitzt dort allein an einem Tisch. Dein neuer Boss Franklin kommt wahrscheinlich auch auf einen Sprung vorbei. Als ich *Gemeinschaftsprojekt* sagte, habe ich es wortwörtlich gemeint. Was ist mit Pamela?«

»Sie verbringt den Abend mit Lilly.«

Jim zog in typischer Weise seine Brauen hoch. »Gerade ist ein Schatten über dein Gesicht gehuscht. Ist mit der geplanten Eröffnung des Hotels alles in Ordnung?«

»Es läuft alles bestens. Das ist es nicht …« Molly verspürte so sehr das Bedürfnis, sich jemandem anzuvertrauen, zumal sie genau wusste, dass ihre Sorgen bei Jim bestens aufgehoben wären.

Sie gab sich einen Ruck und ließ Jim an dem Geheimnis teilhaben.

Kapitel 22

Ich denke, wir sind durch für heute.« Friedrich streckte sich und gähnte. »Ich freue mich auf ein kühles Bier zu Hause auf der Couch, ein kurzes Gespräch mit Angy, und dann ab ins Bett.«

»Ihr habt alles gut im Griff, nicht wahr?«, fragte Nat.

Friedrich nickte. »Angy kümmert sich um die Kinder und ich mich um das Geschäft. Wenn ich es mit den Arbeitszeiten übertreibe, schlägt sie schon mal auf den Tisch und beschwert sich. Daraufhin beherrsche ich mich, bis es wieder so weit ist – ein eingespielter Rhythmus. Wir machen uns manchmal selbst darüber lustig.« Er zuckte mit den Schultern. »Wie heißt es so schön: Von nichts kommt nichts. Eine Beziehung aufrechtzuerhalten, bedeutet genauso Arbeit, wie ein Unternehmen zu leiten und erfolgreich zu sein. Bleibst du noch hier?«

»Ja, ich möchte mir die neuen Bewerbungen durchsehen. Molly verbringt den Abend in der Sycamore Tavern, wir sehen uns erst morgen.«

Friedrich grinste. »Erhalte dir diesen Zustand, solang es geht. Es wird nur komplizierter.«

»Um ehrlich zu sein, fände ich es schöner, heimzukommen und sie wäre da. Ich überlege, sie zu bitten, zu mir zu ziehen. Aber gegenwärtig habe ich einfach zu viel um die Ohren, um über den richtigen Moment nachzudenken. Wenn ich sie frage, soll es etwas Besonderes sein.«

Friedrich stand auf und klopfte Nat auf die Schulter. »Der Arbeitsaufwand wird sich nach einigen Monaten eingependelt haben. Dann läuft alles in geregelteren Bahnen. Du wirst sehen. Ich habe gerade nur zu dick aufgetragen. Angy, die Kinder und ich finden genügend Zeit füreinander. Und genau deshalb gehe ich jetzt. Gute Nacht, Nat.«

»Gute Nacht, Friedrich.«

Nat öffnete die Mappe, die vor ihm lag, und begann zu lesen. Als er die erste Seite der dritten Bewerbung umgeblättert hatte, lehnte er sich zurück und schloss die Augen. Der Tag war anstrengend gewesen, und er konnte sich kaum noch konzentrieren. Außerdem kamen jetzt, da er allein war, die Gedanken an Pamela wieder hoch.

Dass er das Gespräch von Molly und ihr mitgehört hatte, war reiner Zufall gewesen, dennoch verspürte er ein schlechtes Gewissen. Schließlich hätte er nicht stehen bleiben müssen. Andererseits war er froh darüber, die Wahrheit auf diese Weise erfahren zu haben. So konnte er sich auf das bevorstehende Gespräch mit Pamela vorbereiten. Er wollte sich erst gar nicht ausmalen, wie er ansonsten reagiert hätte.

Weiter als bis zu der anstehenden Aussprache mochte er im Augenblick nicht denken. Mit der Vergangenheit würde er sich bewusst erst später auseinandersetzen. Die Ereignisse reichten weit zurück bis in seine Kindheit, er würde seine gesamte Sichtweise verändern müssen.

Und da war auch noch die Angelegenheit mit Timothy. Sie war nicht weitreichend und berührte sein Leben in keiner Weise, dennoch dachte er darüber nach. Was Pamela über den Jungen gesagt hatte, warf ein komplett anderes Licht auf ihn, und Nat fragte sich, warum er Timothys Vorzüge nicht erkannt hatte. Betrachtete er seine Mitarbeiter zu engstirnig? Diese Zweifel waren es jedoch nicht allein, die ihn beschäftigten. All das löste einen weiteren Gedankengang aus.

Pamela war begeistert von Timothy und stellte ihn aus voller Überzeugung ein. Ihre einzige Sorge in diesem Zusammenhang war, wie sie es ihm, ihrem Bruder, beibringen sollte und was er dazu meinte. Pamela hatte völlig korrekt gehandelt. Aber was sagte es über ihn aus?

Wie oft hatte er im Laufe der vergangenen Jahre über Pamela bestimmen wollen? Es waren zu viele Male gewesen, um sie zählen zu können. War er ehrlich zu sich selbst, hatte er ihren Erklärungsversuchen niemals wirkliche Beachtung geschenkt.

Nat richtete sich auf und schloss die Mappe. Die Bewerbungen würden bis morgen warten müssen. Er brauchte dringend etwas Ruhe und Schlaf.

Es wäre wunderbar, würde Molly mich jetzt zu Hause erwarten, dachte er und stand auf.

Kapitel 23

Pamela saß kerzengerade auf dem Bettrand und hörte auf jedes kleinste Geräusch. Sie wollte Nat sofort abfangen, wenn er die Haustür öffnete. Molly war instruiert und würde erst von zu Hause losfahren, wenn sie sie anrief und grünes Licht gab.

Obwohl Pamela das Gespräch mit Nat letzten Endes doch gern hinausgeschoben hätte, wusste sie, dass sie keine weitere Zeit verstreichen lassen durfte. Es ging nicht mehr nur um sie allein, sondern auch um Lilly und Molly.

Lilly war verständnisvoll, aber irgendwann würde sie die Geduld verlieren. Sie hatten einander gefunden und wollten sich eine gemeinsame Zukunft aufbauen. Das funktionierte nicht im Verborgenen. Und Molly war gezwungen, Nat etwas zu verheimlichen. Das durfte Pamela nicht zulassen. Sie konnte nachvollziehen, wie Molly empfand. Man fühlte sich hin- und hergerissen und hatte in jedem Fall ein schlechtes Gewissen, ob man nun schwieg oder das Geheimnis offenbarte.

Pamela hörte die Eingangstür zufallen und sprang sofort auf. Auf der Stelle kroch die Nervosität in ihr hoch, und sie spürte, wie sich ihr Magen zusammenzog. Die Vorstellung der Ohnmacht vor dem Ausweichlichen ließ sie kurz zusammensinken, dann richtete sie sich wieder auf. Die Zeit zu handeln war gekommen. Sie öffnete die Tür, eilte die Treppe hinunter und fand Nat in der Küche, wo er sich gerade ein Glas Wasser eingoss.

Er sah auf. »Hi Pam. Wie läuft es mit den Vorbereitungen für die Eröffnung?«

»Sehr gut, aber ich bin von früh bis spät auf den Beinen.«

Nat nickte. »Im Augenblick scheint uns die Arbeit alle gehörig einzunehmen. Ich freue mich schon auf einen gemütlichen Abend mit Molly. Wir wollen in der Tavern etwas essen und danach … abschalten, entspannen, glücklich sein.«

Pamela nahm all ihren Mut zusammen. »Ich muss mit dir reden, Nat.«

»Molly wird bald hier sein, und ich will vorher noch rasch unter die Dusche. Hast du morgen Zeit? Sag mir, um wie viel Uhr, und ich teile es mir fest ein.«

»Ich habe Molly gebeten, bei sich zu Hause zu warten, bis ich sie anrufe.« Pamela wollte keine Notlüge dafür finden, warum Molly jetzt nicht kommen würde, auch wenn es bedeutete, dass Nat unwirsch darauf reagierte.

Zu ihrem Erstaunen nickte er nur, nahm sein Glas und setzte sich auf einen Barhocker.

Sie nahm ebenfalls Platz. Wie sollte sie beginnen? Den ganzen Tag hatte sie darüber nachgedacht und unzählige Szenarien entworfen. Doch nun war ihr Kopf wie leer gefegt. Dabei hatte sie sich doch eine wunderbare Einleitung zurechtgelegt gehabt, die sie langsam zum eigentlichen Thema hinführen sollte. *Die Flucht vor dem Unausweichlichen? Eine immerwährende Sehnsucht nach der Heimat? Die Angst und Mutlosigkeit, das andauernde Zurückschrecken vor der Offenbarung,* überlegte Pamela fieberhaft, aber sie schaffte es nicht, die Gedankenstücke zusammenzusetzen.

Sie holte tief Luft, dann sprudelte es aus ihr heraus. »Ich bin in Lilly Summers verliebt, auf jene Weise, wie du in Molly verliebt bist – ich war schon immer … so. Maple Creek ist meine Heimat, und wenn ich hierbleibe, was unumstößlich für mich ist, muss ich dir das endlich gestehen. Und noch etwas: Timothy Williams ist ein begabter junger Mann, Lilly und ich werden ihn beide jeweils halbtags einstellen.«

Als Nat nichts erwiderte, sprach sie weiter: »In Wahrheit bin ich nie oberflächlich oder sprunghaft gewesen, ich wusste nur nicht, wie ich mit alldem umgehen sollte. Papa wäre so glücklich darüber gewesen, wenn ich einen netten jungen Mann kennengelernt und geheiratet hätte. Ich konnte ihn doch nicht enttäuschen. Die Zeit ist vergangen, und ich habe mich wohl so daran gewöhnt, die zu sein, für die ich mich ausgegeben habe, dass ich nie ein Wort gesagt habe. Ich weiß, es ist unverzeihlich und der größte Fehler meines Lebens, aber ich kann es nicht ändern. Es tut mir so unfassbar leid, wirklich. Dafür gibt es keine –«

Nat ergriff ihre Hand und stoppte damit ihren chaotischen Redefluss. »Es ist gut, Pam. Ich wünsche dir und Lilly alles Gute. Ihr sollt so glücklich werden wie Molly und ich.«

Deutlich spürte Pamela die Gänsehaut, die ihren Rücken und die Arme hochkroch. Von selbst lösten sich Tränen aus den Augenwinkeln. »Du bist mir nicht böse? Keine Vorhaltungen …?«, fragte sie schließlich leise. Mit einigen Reaktionen hatte sie gerechnet, niemals jedoch mit dieser. Sie wusste überhaupt nicht, wie sie sich verhalten sollte.

»Ich bin froh darüber, dass du dich mir endlich geöffnet hast. Dein Verhalten war immer ein Rätsel für mich, und ich habe nie verstanden, warum du so handelst. Meine ständigen Belehrungen waren nicht aus der Luft gegriffen.« Er lächelte. »Die Vergangenheit sollten wir erst einmal ruhen lassen und in die Zukunft sehen. All das Gewesene werden wir Schritt für Schritt gemeinsam aufarbeiten. Was meinst du?«

Pamela konnte nur nicken. Nach wie vor war sie völlig perplex. Das Einzige, was sie im Augenblick wahrhaft spürte, war eine grenzenlose Erleichterung sowie ein unbändiges Glücksgefühl.

Nat schien ihre Ergriffenheit zu bemerken. »So, und nun erzählst du mir von Timothy. Er muss sich beim Bewerbungsgespräch toll gemacht haben, sonst hättest du ihn – mit *meiner* Vorgeschichte – wohl nicht aufgenommen.«

»Ich glaube, richtig eingesetzt wird er es weit bringen. Lilly hat sich mittlerweile auch ausführlich mit ihm unterhalten. Timothy sprüht vor Ideen. Niemand greift einfach so die Bezeichnung Mapleccino aus der Luft, wenn er nicht ein natürliches Talent dafür hat.«

»Was ist ein Mapleccino?« Nat hob die Hand. »Stopp. Ich schlage dir einen Deal vor: Du rufst jetzt Molly an und sagst ihr, dass sie kommen soll. Ich freue mich wirklich auf den Abend mit ihr. Und bis sie hier ist, sind Timothy und der Mapleccino an der Reihe.« Er zwinkerte seiner Schwester zu. »Die Dusche verschiebe ich auf später – gemeinsam mit Molly.«

Pamela streckte Nat ihre Hand entgegen. »Wenn du schon einen Deal anbietest, muss er ordnungsgemäß besiegelt werden.«

Sie schüttelten sich die Hände.

Abrupt rutschte Pamela von ihrem Barhocker und fiel Nat um den Hals. »Ach, du. Danke!« Sie konnte nicht anders und musste ihm jetzt ihre Gefühle zeigen. *Typisch Mann,* dachte sie dabei mit einem leisen Schmunzeln auf den Lippen, als ihr Bruder sich einen Augenblick lang versteifte, gleich darauf aber seine Arme ebenfalls um sie legte und sie fest an sich drückte.

Kapitel 24

Mit einer Mischung aus Aufregung und Besorgnis stieg Molly ins Auto. Sie hätte sich gewünscht, dass Pamela ihr am Telefon einen Hinweis gegeben hätte, aber ihre Aussage war neutral gewesen: »Ich sitze noch mit Nat in der Küche. Wir sind fertig, und ich soll dich anrufen. Er will keine unnötige Minute mit mir verschwenden, sondern den Abend mit dir verbringen.«

Pamela hatte nicht verstört oder traurig gewirkt. Molly fand sogar, dass sie fröhlich geklungen hatte. An diesem Eindruck wollte sie sich festhalten, bis sie die endgültige Wahrheit erfuhr. Sie wünschte Pamela und Nat so sehr, dass sie endlich wirklich zueinanderfanden.

Molly fuhr die Auffahrt zu Nats Haus hoch und parkte vor der Eingangstür. Als sie ausstieg, spürte sie, wie ihre Knie zitterten. Kurz hielt sie inne und atmete tief durch. Was würde sie erwarten? Obwohl sie so tief mit Nat verbunden war, wusste sie in manchen Momenten noch immer nicht, wie er bestimmte Situationen handhabte. Seit ihrem Umzug nach Maple Creek hatten sie viel Zeit miteinander verbracht, dennoch waren ihr so einige feine Nuancen bisweilen nicht geläufig. Diese fand man erst heraus, wenn man zusammenlebte und den gemeinsamen Alltag bestritt.

Ob sie diese Haustür je aufschließen und damit nach Hause kommen würde? Schleunig schob sie den Gedanken ihres Gaststatus beiseite. Jetzt war definitiv nicht der richtige Zeitpunkt, um darüber nachzudenken. Pamela und das Gespräch mit Nat standen im Mittelpunkt.

Molly öffnete die Eingangstür und eilte in die Küche. »Nat? Pamela?« Sie tat einige Schritte weiter in den Wohnzimmerbereich.

»Ich bin auf der Terrasse!«, hörte sie ihn rufen.

Molly durchquerte den Wintergarten und trat ins Freie. »Wo ist Pam? Sie hat am Telefon gesagt, ihr sitzt noch beisammen.«

Nat wartete, bis sie Platz genommen hatte. »Du hast sie knapp verpasst. Sie ist zu Lilly gefahren.« Er ergriff ihre Hand. »Dein Gesicht ist ein einziges Fragezeichen. Um ein Lächeln zu sehen, teile ich dir am besten sofort mit, dass alles in bester Ordnung ist.«

Molly stieß einen Seufzer der Erleichterung aus. »Ich bin so froh. Du ahnst nicht, welche Sorgen ich mir gemacht habe. Seit das –« Molly stoppte. Beinahe hätte sie, ohne nachzudenken, ausgesprochen, dass sie bereits Bescheid gewusst hatte. *Es ist falsch, Nat zu belügen,* durchfuhr es sie. Sie konnte doch nicht für immer und ewig darüber schweigen.

Nat war die Liebe ihres Lebens, und es sollte keine Geheimnisse zwischen ihnen geben. Außerdem würde sie sich irgendwann einmal unweigerlich versprechen, gerade eben wäre es beinahe geschehen. Und nicht auszudenken, wenn er ihr nun von dem Gespräch mit Pamela berichtete, und sie müsste so tun, als wüsste sie von nichts.

»Ich muss dir etwas gestehen, Nat.«

Er betrachtete sie aufmerksam. »Was denn?« In seiner Stimme lag ein fremdartiger Tonfall.

»An jenem Abend, als du mir die Rosen und den Füllfederhalter geschenkt hast, haben Pamela und ich miteinander geredet. Seitdem weiß ich *davon*. Ich konnte … durfte nur nichts zu dir sagen, weil es eure Angelegenheit ist.« Kurz legte sie die Hände vor das Gesicht. »Es war schrecklich für mich, schweigen zu müssen. Ich habe mich so zerrissen gefühlt. Bitte sei mir nicht böse.«

Eine Weile lang schwieg Nat. Sein Blick wanderte über den See, bis er schließlich den Kopf drehte und Molly direkt ansah. »Ich hatte an diesem Abend nicht länger zu arbeiten. Es war als Überraschung gedacht, dass ich dann doch früher mit nur einer kleinen Verspätung komme.« Wieder pausierte er. »Ich bin mit Absicht durch den Garten gegangen und wollte mich über die Terrasse anschleichen. Molly, ich habe euer Gespräch belauscht. Ich konnte einfach nicht weglaufen, als ich gehört habe, worum es sich drehte. Ich hoffe, du bist *mir* nicht böse.«

Nun war es Molly, die kein Wort hervorbrachte. Wenngleich Nat und sie im besten Sinne der Sache vorgegangen waren, hätten die Auswirkungen auf ihre Beziehung verheerend sein können. Endlich entgegnete sie leise: »So etwas darf uns nie wieder passieren. Ich will kein einziges Geheimnis vor dir haben.«

»Mir geht es genauso, und zum Glück ist in diesem Fall alles im Reinen. Um ehrlich zu sein, war es sogar von Vorteil, dass ich gelauscht habe. Ich weiß nicht, wie ich ohne Vorwissen reagiert hätte. So hatte ich Zeit, um über alles nachzudenken und zu reflektieren – die Situation, Pamela, mich selbst.«

»Das heißt, es ist nun wirklich alles geklärt zwischen dir und Pam?«

»Ich werde wohl noch einige Zeit benötigen, um mein Bild von ihr zu drehen, aber nun ergibt alles ein logisches Ganzes. Meine Schwester ist eine phantastische Frau, die jahrelang schwer an ihrem Geheimnis zu tragen hatte. Ich werde mich nicht zum Richter über richtig oder falsch aufspielen, sondern sie unterstützen, wo ich kann.« Nat grinste. »Und dieser Timothy dürfte tatsächlich einige positive Eigenschaften in sich tragen, die er auf meinen Baustellen allerdings in keiner Weise entfalten konnte. Vielleicht muss ich mich hier ein wenig bei der Nase nehmen, man lernt augenscheinlich nie aus.«

»Ach, Nat … Ich liebe dich über alles. Mit dir ist mein Leben zu einem wahren Traum geworden. Ich bin überglücklich. Am liebsten würde ich lachen und weinen zugleich.« Die Worte kamen wie von selbst über ihre Lippen.

Nat, der noch immer ihre Hand hielt, drückte sie fest. »Ich handle jetzt aus einem reinen Impuls heraus und bin mir mehr als bewusst, wie denkbar ungünstig der Zeitpunkt ist. Alles bei uns und rund um uns befindet sich gegenwärtig in Aufruhr. Turbulenter kann es wohl nicht mehr werden. Eigentlich wollte ich mit der Frage noch warten und es in außergewöhnlicher Form gestalten, es muss auch nicht auf der Stelle geschehen, aber: Möchtest du bei mir einziehen? Viele kleine Sorgen und Probleme könnten wir mit einem Schlag eliminieren. Und ich will dich an meiner Seite wissen, in besonderen Momenten wie im Alltag.«

Molly hielt den Atem an, und augenblicklich durchlief ein heißer und zugleich kalter Schauer ihren Körper – die Hitze vor Freude, die Kälte vor Rührung. Sie nickte. »Nichts fände ich schöner, als mit dir zusammenzuleben.«

Als Antwort zog Nat sie an sich und küsste sie.

Kapitel 25

Mollys Laptop stand auf der Theke. Laurie, Tom, Nat und natürlich Molly und Jim fixierten den Bildschirm.

Jim zeigte auf das Foto einer Frau. »Ihr habe ich heute Nachmittag geantwortet. Sie sieht doch nett aus, findet ihr nicht?«

»Buchhalterin, fünfzig Jahre alt, mag Hunde«, las Laurie laut vor. »Ja, das klingt nicht übel.«

»Du hast schon wieder drei weitere Anfragen, Jim.« Tom wies auf ein kleines rotes Kästchen.

»Ich hatte gedacht, dass ich vielleicht ein oder zwei Nachrichten erhalte, aber es sind mittlerweile über dreißig. Dabei habe ich noch keine einzige von mir aus versendet.«

»Muss man auf jede reagieren?«, wollte Nat wissen.

»Nein. Erst wenn ich diesen Button betätige, können wir ins Gespräch kommen. Das ist sehr angenehm. Ich fände es unhöflich, nicht zurückzuschreiben, wenn der direkte Kontakt gleich hergestellt werden würde. Ich wüsste nicht einmal, wie ich eine Absage formulieren sollte.«

»Was macht ihr denn hier?« Pamela hatte unbemerkt die Tavern betreten und starrte nun ebenfalls auf den Bildschirm. »Ach, die Dating-Plattform. Wie läuft es damit, Jim?«

»Es sind zu viele, Pam. Ich bin offenbar ein begehrter Junggeselle, der nicht wusste, wie viele alleinstehende Frauen es in der Umgebung gibt – sofern eine Stunde Autofahrt noch zur Umgebung zählt.«

»Die Liebe kennt keine Zeit und keine Grenzen.« Pamela schmunzelte. »Tom, darf ich dich fragen, wie deine Versuche mit dem Mapleccino vorangehen?«

Pamela hatte Tom um Hilfe gebeten, und er war mit Begeisterung darauf eingegangen.

»Ich glaube, ich habe genau die richtige Zusammensetzung gefunden: ein klassischer italienischer Cappuccino aus würzig aromatischen Bohnen, dazu ein winziger Schuss Ahornsirup, *delicate taste*, also der ganz feine, und in die Streumischung ein Hauch von Ahornzucker. Das Ganze ergibt eine wunderbare Geschmackskomposition, nicht wahr, Laurie?«

»O ja, wir sind beide ganz begeistert. Heute zum Frühstück habe ich mir sogar eigens einen Mapleccino zubereitet. Jetzt ist es schon zu spät für Kaffee, aber morgen können wir eine Verkostung durchführen, wenn du Zeit hast.«

Pamela strahlte. »Natürlich, ihr müsst mir nur die Uhrzeit sagen, und ich werde da sein. Ich bin euch so dankbar. Es wäre mir wirklich ein Anliegen, dass ich euch etwas dafür geben darf.«

»Das kommt nicht infrage«, antwortete Tom entschieden. »Wie wäre es um drei Uhr nachmittags? Die perfekte *coffee time*. Ich befürchte, du wirst keine Zeit finden, Nat, aber was ist mit dir, Molly, und dir, Jim?«

Molly und Jim nickten zustimmend, und Laurie klatschte in die Hände. »Fein, ich freue mich auf morgen. Einmal kein nächtliches Beisammensitzen, sondern eine gediegene Kaffeeverkostung bei Sonnenschein.«

»Ich würde Lilly gern dazu bitten und sie euch vorstellen. Ist das in Ordnung für euch?« Pamela blickte Laurie und Tom erwartungsvoll an.

»Sie ist selbstverständlich herzlich willkommen«, entgegnete Laurie.

Aufmerksam verfolgte Molly die Reaktionen von Laurie und Tom. Während er bei Pamelas Frage offensichtlich neutral geblieben war, hatte Laurie ihr Kinn einen Tick nach vorn geschoben und kaum merklich die Lippen gespitzt. Sie kannte ihre Freundin mittlerweile gut genug, um dieses Mienenspiel deuten zu können: Laurie hatte aufgehorcht.

»Sollten wir Morris nicht auch fragen, ob er kommen will? Irgendwie wirkt er seit einiger Zeit bedrückt.«

Jim senkte den Kopf. »Du hast recht, Tom. Mir ist es ebenfalls aufgefallen. Es erscheint mir, als ob er über etwas nachgrübeln würde. Wir sollten ihm unbedingt Bescheid geben. Unabhängig von seiner Stimmung hat er sich bei der gesamten Abwicklung des Maple-Lake-Inn-Projekts persönlich sehr engagiert und durchaus selbstlos gehandelt.«

»Meint ihr, Morris' Niedergeschlagenheit hat etwas mit Elisabeths Krankheit zu tun?«, erkundigte sich Nat. »Sie ist schon eine ganze Weile von der Bildfläche verschwunden. Nicht, dass es mich stört, aber schlecht soll es ihr auch nicht gehen.«

»Morris sagt, diese Kehlkopfentzündung ist laut Arzt extrem hartnäckig, allerdings nicht gefährlich. Daran liegt es also nicht«, antwortete Jim.

»Wer betreut eigentlich ihren Kiosk? Die meiste Zeit über arbeitet sie für gewöhnlich selbst dort, oder?« Molly hatte sich bereits einige Male vorgenommen, Elisabeths Stand am anderen Seeufer zu besuchen, letztendlich war jedoch immer etwas dazwischengekommen. Ihre Neugierde war nicht groß genug, um dafür die Arbeit und sonstige Aufgaben hinauszuschieben.

Tom hüstelte. »Charlotte. Seit sie nicht mehr bei uns arbeitet, hilft sie hin und wieder im Kiosk aus und führt ihn seit Elisabeths Krankheit.«

Laurie riss die Augen auf. »Warum hast du mir das nicht erzählt?« Sie drehte sich Jim zu. »Hast du auch davon gewusst?«

»Ich plaudere oft mit Morris, aber niemals über den Kiosk. Weder ihn noch mich interessiert Elisabeths Geschäft. Halte mich da bitte heraus.«

Noch immer verpasste die Erwähnung Charlottes Molly einen unangenehmen Stich in der Magengegend. Ihretwegen war es zwischen Nat und ihr zu gravierenden Missverständnissen gekommen, und selbst wenn Charlotte ursächlich nichts dafür gekonnt hatte, schmerzte die Erinnerung an diese Phase ihres Lebens.

Jim tippte auf den Laptop. »Ich würde mich nun wieder gern den Damen auf diesem Bildschirm widmen.«

Molly nickte. Ohne Zweifel wollte Jim zur allgemeinen Entspannung so rasch wie möglich von Charlotte ablenken. Sie verfolgte denselben Wunsch. »Sehen wir uns die neu Hinzugekommenen an.«

»Macht ohne mich weiter. Mir ist eingefallen, dass ich in der Küche noch einiges zu tun habe.« Laurie warf Tom einen vielsagenden Blick zu und eilte los, kaum dass sie ausgesprochen hatte.

»Soll ich ihr nachgehen oder sie in Ruhe lassen?«, fragte Tom leise. Mit einem Schulterzucken fügte er hinzu: »Laurie hat die Küche bereits geputzt. Alles ist blitzblank und bereit für den morgigen Abend. Da gibt es nichts mehr zu tun.«

»Du weißt am besten, was richtig ist«, entgegnete Nat.

Tom strich sich über den Nacken. »Grundsätzlich würde ich sofort in die Küche laufen und Laurie erklären, woher ich als Einziger weiß, dass Charlotte bei Elisabeth arbeitet. In diesem speziellen Fall ist das aber nicht so einfach …«

»Und warum?«

»Weil ich es weder von Morris noch von einem Gast erfahren habe, sondern von Charlotte selbst.«

»Du wirst sie zufällig getroffen haben. Dafür kannst du nichts«, mutmaßte Jim.

»Es ist leider komplizierter. Als ich vergangenen Sonntag vom Fliegenfischen nach Hause gefahren bin, habe ich Charlotte am Straßenrand aufgelesen. Sie hatte den Bus versäumt und musste zu Fuß gehen. Ich habe ihr angeboten, sie ein Stück mitzunehmen.«

»Ich entdecke noch immer nichts Schlimmes an deiner Geschichte.« Jim musterte Tom mit seinem typisch interessierten Blick.

»Ich habe sie nicht nur *ein Stück mitgenommen*, sondern letztlich nach Hause gebracht, und sie hat mich zum Dank auf einen Drink zu sich eingeladen. Wir haben uns verplaudert, und als ich drei Stunden zu spät nach Hause gekommen bin, habe ich Laurie erzählt, dass ich mit meinen Fischerkumpels länger als geplant zusammen war.« Sichtlich nervös griff er sich wieder an den Nacken. »Ihr wisst doch, dass Laurie Charlotte nicht besonders gut leiden kann. Deshalb arbeitet sie auch nicht mehr bei uns in der Tavern.«

Jim stand auf. »Wir sollten dich und Laurie jetzt besser allein lassen. Du hast einigen Erklärungsbedarf. Meine ausstehenden Damen werde ich mir auf meinem Computer zu Hause ansehen. Ich wünsche euch eine angenehme Nacht und alles Gute, Tom.«

»Ich gehe gleich mit dir.« Pamela hakte sich bei Jim unter, und sie verließen die Tavern.

Molly schloss den Laptop und steckte ihn in die Tasche. »Jim hat völlig recht. Ihr solltet in Ruhe miteinander reden – ohne uns.«

Nat zog den Autoschlüssel aus der Hosentasche und reichte ihn Molly. »Kannst du bitte kurz im Wagen warten? Ich komme sofort nach.«

Molly nickte und ging ebenfalls.

Als sich die Tür hinter ihr geschlossen hatte, tippte sich Nat mit dem Zeigefinger an die Schläfe. »Bist du von allen guten Geistern verlassen, Tom? Charlotte, ernsthaft? Hast du mir damals nicht zugehört? Ich habe dir doch alles erzählt, was zwischen ihr und mir vorgefallen ist.«

Tom verzog die Mundwinkel. »Es ist nichts passiert, das schwöre ich dir. Ich bin sofort verschwunden, als ich bemerkt habe, dass sie nicht abgeneigt gewesen wäre.« Er sah Nat eindringlich an. »Was soll ich denn nun machen?«

»Du musst Laurie die Situation erklären, und zwar schnell. Wenn du weiter lügst, gerätst du noch in Teufels Küche.«

»Ich weiß nicht, welche Küche im Augenblick schlimmer ist – seine oder ihre. Aber es stimmt, was du sagst. Ich gehe jetzt zu ihr und versuche mein Bestes.«

Nat klopfte Tom auf die Schulter. »Das wird schon wieder.« Dann verließ auch er die Tavern.

Kapitel 26

Molly parkte vor der Tavern ein. Sie war einige Minuten zu früh und überlegte, ob sie nicht besser im Wagen warten sollte. Noch wusste sie nicht, wie das Gespräch zwischen Laurie und Tom verlaufen war.

In diesem Moment öffnete sich die Eingangstür, und Laurie erschien mit einer Zigarette in der Hand. Als sie Molly sah, winkte sie sie zu sich.

Molly stieg aus dem Wagen und ging zu ihr. »Ich wusste gar nicht, dass du rauchst.«

Laurie verzog die Mundwinkel. »Nur wenn ich extrem verärgert bin.«

»Dann ist eure Aussprache gestern nicht besonders gut verlaufen?«

»Es könnte nicht schlimmer sein. Weißt du, was er getan hat?«

»Um ehrlich zu sein, ja. Als du gestern in die Küche gegangen bist, haben wir kurz darüber geredet. Ich hoffe, du bist nicht sauer deshalb. Es geht uns im Grunde nichts an.«

»Auf dich oder die anderen? Du liebe Güte! Niemals.« Mit dem Kopf deutete sie in Richtung des Lokals. »Aber auf ihn bin ich stinkwütend. Charlotte? Wie kann er nur! Ich habe immer gespürt, dass man ihr nicht vertrauen darf. Und nun hat sie tatsächlich versucht, mit meinem Ehemann zu flirten.«

»Es ist nichts geschehen zwischen den beiden. Nat würde für Tom seine Hand ins Feuer legen.«

»Darum geht es nicht. Er hat stundenlang bei ihr zu Hause gesessen, sich offensichtlich köstlich unterhalten und mich obendrein belogen.«

»Du solltest ihm diesen dummen Fehler verzeihen. Vertrau mir, ich weiß, wovon ich spreche. Erinnere dich an Nat und mich. Es bringt nichts, sich zu verschließen.«

»Ich kann ihm noch nicht vergeben. Für eine geraume Zeit wird er wohl damit leben müssen, auf der Couch im Wohnzimmer zu schlafen.«

»Vielleicht ist es in ein paar – « Molly hielt inne, als sie Pamelas Wagen kommen sah.

»Erwähne nicht vor Pam, wie es um Tom und mich heute steht. Sie ist so glücklich mit der Mapleccino-Idee. Ich will ihre Freude darüber nicht dämpfen.«

Pamela stellte den Wagen hinter Mollys Auto ab und stieg aus. Sie wartete, bis sich Lilly zu ihr gesellte. Als sie den Eingang der Tavern erreichten, sagte sie: »Laurie, ich möchte dir Lilly vorstellen.«

Laurie setzte ein Lächeln auf und streckte Lilly die Hand entgegen. »Ich habe schon einiges von dir gehört. Es freut mich, dich endlich persönlich kennenzulernen.«

»Mich auch. Mir ergeht es im Übrigen nicht anders. Pam erzählt viel von euch.« Lilly wandte sich Molly zu. »Hi Molly.«

Pamelas Blick glitt zu Lauries Hand mit der Zigarette. »Es ist gestern wohl nicht so gut gelaufen? Vergiss nicht, ich weiß, wann du rauchst.«

»Reden wir nicht davon. Es ist dein Tag, Pam, und du sollst das *neue Baby* genießen«, erwiderte Laurie und zog an der Zigarette.

»Ach was. Ich bin so und so happy. Tom ist ein riesengroßer Tölpel. Lass ihn ruhig einige Tage leiden. Und spricht er in meiner Gegenwart ein falsches Wort aus, bekommt er brühwarm meine Meinung zu hören.« Pamela senkte die Stimme. »Du weißt, dass ich Charlotte nicht ausstehen kann. Was, denkst du, habe ich Nat damals wegen ihr alles an den Kopf geworfen?«

»Worum geht es eigentlich?«, wollte Lilly wissen.

»Pam kann dir später ruhig berichten, was geschehen ist. Nimmt sie sich die ganze Geschichte mit Charlotte vor, wird es länger dauern, als wir jetzt noch Zeit haben, es geht gleich los.« Laurie spitzte die Lippen. »Ich habe das Gefühl, wir werden dich öfter sehen, Lilly. Ist es nicht so? Somit zählt die Devise: mitgehangen, mitgefangen.«

»Jim kommt«, flüsterte Molly.

Als er bei ihnen angelangt war, erkundigte sich Laurie sofort: »Hast du Morris angerufen?«

»Natürlich. Er ist leider randvoll mit Terminen, wünscht uns aber viel Spaß.« Jim setzte eine verschwörerische Miene auf. »Ich habe ihn überdies wegen Charlotte ausgefragt.«

»Und?«

»Die gute Elisabeth hat ihm tatsächlich verheimlicht, dass Charlotte den Kiosk in Vertretung betreibt. Als sie krank geworden ist, wollte Morris ihr helfen, doch sie hat abgelehnt. Es würden einige Personen, die sonst nur stundenweise aushelfen, abwechselnd arbeiten, hatte sie ihm weisgemacht.«

»So eine Schlange. Da haben sich die beiden Richtigen verbunden«, zischte Pamela. Entschuldigend hob sie die Schultern. »Ihr wisst, auch zu Elisabeth habe ich aus ganz persönlichen Gründen nicht das beste Verhältnis.«

»Nun wird es noch kryptischer für mich. Von welchem Kiosk sprecht ihr?«, fragte Lilly.

»Wir meinen den kleinen Kiosk am anderen Seeufer«, erklärte Jim.

Pamela führte weiter aus: »Er gehört Elisabeth, Morris' Frau. Sie ist übrigens die Cousine von Timothys Mutter.«

Lilly nickte. »Okay, jetzt habe ich zumindest die Verbindung. Timothy scheint sie ebenfalls nicht sonderlich zu mögen.«

Pamela grinste. »Ich sage ja, er ist ein schlauer Junge.«

»Habt ihr ihm eigentlich schon berichtet, dass seine Idee umgesetzt wird?«, erkundigte sich Molly.

Energisch schüttelte Lilly den Kopf. Ihre blonden Locken flogen durch die Luft. »Noch läuft es als Geheimprojekt. Wir haben uns jedoch etwas für ihn überlegt. Sein Geistesblitz wird honoriert. Pam und ich lassen ihm jeweils einen kleinen Bonus zukommen.«

»Das finde ich sehr gut. Es wird den Jungen zusätzlich motivieren und gehört sich außerdem so«, antwortete Jim.

»Am liebsten würde ich noch eine rauchen.« Laurie zeigte auf die Zigarette in ihrer Hand, die nur noch aus dem Filter bestand. »Aber es ist drei Uhr, und wir sollten beginnen.«

Hintereinander betraten sie die Sycamore Tavern und gingen zur Bar.

Tom hatte sich dahinter positioniert. Sieben Kaffeetassen standen bereits auf der Theke. »Perfektes Timing. Ich bin bereit! Morris ist nicht da? Also habe ich einen zu viel vorbereitet.«

»Den Überzähligen nehme ich!«

Mollys Kopf ruckte herum. »Nat! Wie schön …«

»Ich habe leider nur eine halbe Stunde Zeit, dann muss ich zur nächsten Baustelle. Aber ich kann mir doch die Geburt des Mapleccino nicht entgehen lassen.« Kurz zog Nat Molly in seine Arme und küsste sie, daraufhin lächelte er Lilly zu und zwinkerte. »Herzlich willkommen.«

»Wo sind meine Manieren?« Tom umrundete die Bar und begrüßte Lilly ebenfalls.

»Ich will nun nicht mehr warten.« Pamela griff nach einer Tasse und nippte. Sie presste die Lippen aufeinander und kostete noch einmal. Ihr Gesicht begann zu strahlen. »Phantastisch. Tom, du bist ein wahrer Geschmackskünstler. Ich bin begeistert.«

Der Reihe nach griffen alle zu den Tassen.

Kapitel 27

Tom öffnete die Haustür und betrat den Vorraum. Aus der Küche hörte er Geräusche. Er zog die Rose aus dem Papier und ging direkt weiter. Laurie liebte weiße Rosen, allerdings mochte sie keine bombastischen Sträuße, sondern zog eine einzige vor. »So kann man ihre Schönheit doch viel besser sehen. In der Menge gehen sie unter«, pflegte sie zu sagen.

Eine solche weiße Rose begleitete ihre Beziehung von Beginn an. Genau genommen hatte Tom Laurie auf diese Weise erobert. Es war reiner Zufall gewesen, dass er bei ihrem ersten richtigen Date mit einer einzelnen weißen Rose aufgetaucht war und damit vollends gepunktet hatte.

Tom erinnerte sich daran, als wäre es gestern gewesen. Fast hatte er damals im Blumenladen schon nach einem gemischten Strauß gegriffen – rote Rosen waren ihm von jeher zu plump erschienen –, als er in einer Vase wunderschöne langstielige weiße Rosen entdeckt hatte. Kurzerhand hatte er eine gekauft.

Die Küchentür war offen. Tom blieb im Durchgang stehen und beobachtete Laurie. Sie stand mit dem Rücken zu ihm und wusch Kräuter aus dem Garten. Endlich drehte sie sich um und bedachte ihn mit einem kühlen Blick.

Eilig trat er einige Schritte auf sie zu und überreichte ihr die Rose. »Unser Symbol …«, murmelte er.

Die Angelegenheit tat ihm unendlich leid, und er schalt sich selbst den größten Idioten. Aber es war geschehen und konnte nicht rückgängig gemacht werden. Nun wollte er das Problem mit allen ihm zur Verfügung stehenden Mitteln wieder ins Lot bringen.

Ein freudiger Ausdruck huschte über Lauries Gesicht, als sie die Rose entgegennahm, sofort erstarb er jedoch wieder. »Danke«, antwortete sie knapp.

»Ach Laurie, komm schon, du kannst nicht ewig sauer auf mich sein. Ich möchte mich wieder mit dir vertragen. Es wirft mich aus der Bahn, wenn du enttäuscht von mir bist.«

Sie hob den Kopf. »Enttäuscht bin ich wirklich.«

»Ich schwöre dir bei meinem Leben, dass nichts, rein gar nichts geschehen ist.«

»Du hast es noch immer nicht verstanden, oder? Dass du rechtzeitig gegangen bist, ist natürlich ein elementarer Punkt, aber mir geht es vorrangig um dein restliches Verhalten.«

»Was habe ich denn so Schlimmes getan?«

»Du hättest nicht mit Charlotte – ausgerechnet Charlotte – in ihre Wohnung gehen sollen. Drei Stunden herumsitzen und angeregt plaudern ist gleich das Nächste. Und allen voran hättest du mich nicht belügen dürfen.«

»Ich habe ein wenig gemogelt …«

»Nein! Du hast mich dezidiert belogen.«

»Das habe ich doch nur getan, weil ich genau wusste, was geschieht, wenn du davon erfährst.«

»Das macht es nicht besser. Und wälze bitte dein falsches Verhalten nicht auf mich ab. Das hasse ich überhaupt. Es klingt nämlich so, als wäre ich durch meiner Art schuld daran, dass du die Unwahrheit sagen musstest.«

»So meinte ich das nicht. Ich weiß selbst am besten, dass ich einen Fehler begangen habe. Das war mir bereits in dem Moment bewusst, als Charlotte mir näherkommen wollte. Davor habe ich offen gestanden nicht mal darüber nachgedacht.«

Laurie holte eine schmale Vase aus dem Schrank und befüllte sie mit Wasser. Dann steckte sie die Rose hinein. »Hat Charlotte eigentlich jemals versucht, mit dir zu flirten, während sie bei uns in der Tavern gearbeitet hat?«

»Niemals. Deshalb war ich doppelt erstaunt. Wäre sie im Lokal hinter mir her gewesen, hätte ich sie von mir aus sofort gekündigt. Ich möchte, dass du mich verstehst. Es interessiert mich nicht, von einer Frau hofiert zu werden, egal, welcher. Ich liebe dich und brauche das alles nicht.«

Da konnte sich Laurie ein leises Schmunzeln nicht verkneifen. »Wo hast du denn dieses Wort her: *hofieren?*«

Sofort ergriff er den Strohhalm. »Keine Ahnung. Ich finde, es hat gut in den Satz gepasst. Ach, Laurie …«

Sie schüttelte den Kopf. »O nein. Ich kenne dich zu gut, um jetzt schon darauf einzusteigen. Noch benötige ich Zeit. Das Ganze wühlt mich wirklich auf. Ich bin nicht einfach nur zickig und halte dich bewusst hin.«

»Das weiß ich doch. Ginge es dir nur um das Prinzip, hätte ich dich längst wieder herumgekriegt. Erinnerst du dich an den Abend in der Disco in Toronto? Wir hatten uns gerade kennengelernt.«

»Sehr gut sogar. Diese Rothaarige, die nicht von dir lassen wollte, bis ich ihr verklickert habe, dass du nun zu mir gehörst.«

»Damals bist du auch sauer auf mich gewesen, obwohl ich nichts dafür konnte. Noch in derselben Nacht haben wir uns wieder versöhnt.«

Laurie schüttelte den Kopf. »Gib mir bitte noch etwas Zeit. Wenn ich jetzt deinem Wunsch entspreche, wäre es nicht richtig. Dann würde nämlich ich lügen.«

Tom nickte. »Du hast fast alle Zeit der Welt. Ich bin hier und werde es schaffen, zu warten.«

Mit einem kaum hörbaren Seufzer drehte er sich um und verließ die Küche. Ein Lächeln lag auf seinen Lippen. Soeben hatte sie einen kleinen Schritt auf ihn zu gemacht.

Kapitel 28

Pamela schob den Kerzenständer nach links und trat zurück. »Was meinst du, sieht er hier besser aus? Ich bin unschlüssig.«

Lilly grinste breit. »Wenn du nicht bald damit aufhörst, Gegenstände um zehn Zentimeter nach links oder rechts zu versetzen, flüchte ich. Ehrlich, alles ist perfekt, und das Hotel ist mehr als bereit – sowohl für die Eröffnung als auch für die ersten Gäste.«

»Ich freue mich so, dass bereits in der ersten Woche gleich vier Zimmer gebucht worden sind. Und die Tendenz ist steigend. Dank dir, Lilly. Ohne dein Engagement hätte das nicht geklappt.«

»Wenn sich meine Freundin in den Kopf setzt, früher zu eröffnen, muss ich mich doch ins Zeug legen, um ihr zu helfen.«

»Meinst du, wir hätten eine größere Eröffnungsfeier organisieren sollen?«

»Sie ist genau richtig, wie wir sie geplant haben. Am Freitag um drei Uhr kommen alle geladenen Gäste, also mehr oder weniger ganz Maple Creek plus Umgebung, zur *three o'clock coffee time*. Es gibt Lauries Petits Fours, Mapleccino und Sekt. Du hältst eine kleine Begrüßungsrede und darauf folgt gemütliches Beisammensein. Am nächsten Tag checken die ersten Gäste ein, dann kann es richtig losgehen.«

»Du darfst Jack nicht vergessen, unseren ersten und zugleich Ehrengast. Er hat versprochen, extra deshalb schon am Freitag anzureisen. Ich hoffe nur, Laurie und Tom haben bis dahin ihren Streit beigelegt.«

»Laurie wirkt auf mich nicht wie eine Frau, die rasch klein beigibt.«

Pamela nickte. »Sie macht es ihm nicht leicht. Ich finde es auch wirklich nicht in Ordnung von Tom, was er getan hat.«

»Ich habe die beiden erst kennengelernt. Sie werden sich doch nicht trennen wegen dieser Sache?«

»Ich hoffe nicht. Lauries und Toms Liebe ist eigentlich tief verwurzelt und aufrichtig. Im Normalfall sind sie ein Herz und eine Seele.«

Lilly wiegte den Kopf. »Laurie hat mich bei der Verkostung in besonderer Weise gemustert. Als ahnte sie, dass wir nicht nur eine freundschaftliche Arbeitsverbindung haben, sondern ein Paar sind.«

»Laurie verfügt über ein feines Gespür bei Menschen. Sie hat mich ebenfalls aufmerksam beobachtet.« Pamela lächelte. »Es wird sie nicht überraschen, wenn sie von uns erfährt, so viel steht fest.«

»Bist du denn schon so weit?«

»Meine größte Hürde ist Nat gewesen, und mit seiner Reaktion ist beinahe sämtliche Angst verflogen.« Pamela machte einen Schritt auf Lilly zu und ergriff ihre Hände. »Am liebsten würde ich es auf der Stelle allen offenbaren. Nat, Molly und Jim sind zu wenige. Ich bin noch nie so glücklich gewesen in meinem Leben. Könnte ich die ganze Welt umarmen, ich würde es tun.«

»Mir persönlich reicht es völlig, wenn du nur mich umarmst.« Lilly runzelte die Stirn. »Moment, sagtest du gerade Jim? Jim Ryder?«

»Habe ich dir davon nicht erzählt? Entschuldige, es tut mir leid. In meinem Kopf schwirrt gerade einfach zu viel herum. Molly hat es mir erst unlängst gestanden. Als sie unser Geheimnis noch vor Nat verbergen musste, hat sie sich Jim anvertraut. Er freut sich im Übrigen sehr für uns. Du bist doch nicht böse auf mich – oder sie?«

»Überhaupt nicht. Ich finde es sogar gut so. Lassen wir den Dingen freien Lauf. Die meisten werden sich – wie Jim – für uns freuen, manche werden uns schief beäugen. Damit musst du auch rechnen.«

»Ich brauche nur an Elisabeth zu denken. Sie wird den Mund nicht mehr schließen wollen.«

»Ich kenne diese Elisabeth noch nicht. Was ich von dir über sie gehört habe, macht sie für mich definitiv nicht zur Sympathieträgerin. Sei versichert, dass ich ihr gegebenenfalls entsprechend entgegentreten werde. Leise, unter vier Augen, aber mit Nachdruck.«

»Elisabeth ist leider kaum zu stoppen, wenn sie ihre Fährte erst aufgenommen hat.«

»Ich schaffe es innerhalb einer Minute. Wollen wir wetten? Du vergisst, dass wir den Sohn ihrer Cousine beschäftigen. Ich denke, sie will seinen Job nicht gefährden.« Lilly zwinkerte. »Natürlich würde ich das Timothy nicht antun, Menschen wie diese Elisabeth muss man jedoch mit allen zur Verfügung stehenden Waffen bekämpfen, wenn es notwendig ist.«

Pamela senkte anerkennend den Kopf. »Du bist schlau und böse.«

»Danke.« Demonstrativ hob Lilly den Arm und tippte auf ihre Armbanduhr. »Wir sollten nun aber weitermachen. Es gibt zwar nichts mehr zu rumschieben für dich, dennoch haben wir noch einige Vorbereitungen zu treffen. Außerdem muss ich in etwa einer Stunde los ins Büro.«

»Du vernachlässigst wegen mir deine anderen Kunden doch nicht?«

»Das käme mir niemals in den Sinn. Ich habe alles im Griff.«

Kapitel 29

Jim saß an seinem Schreibtisch und las Leslies Nachricht. Sie schrieben einander bereits seit einigen Tagen, und mit jeder neu eingehenden Mail gefiel sie ihm besser.

Zwar fand er es noch immer eigenartig, sich mit jemandem zu unterhalten, ohne ihn persönlich zu kennen, dennoch erkannte er auch die Vorteile dieser Form der Anbahnung.

Man erhielt einen ersten Einblick in die Denkweise und den Charakter des anderen und bekam ein Gespür dafür, ob man grundsätzlich zueinanderpassen würde. Jim ging nicht davon aus, dass die Frauen sich verstellten. Es verhielt sich seines Erachtens eher wie bei ersten normalen Dates: Man bemühte sich, dem anderen zu gefallen, und hob seine Vorzüge hervor. Darin lag nichts Verwerfliches.

Insgesamt tauschte er sich mit vier Frauen aus. Anfänglich hatte er diesen Umstand als seltsam empfunden, man führte doch auch nicht vier Frauen zugleich aus, aber es schien sich um eine übliche Gepflogenheit zu handeln.

Schon jetzt fragte er sich, wie es weitergehen würde. Traf er sich schließlich der Reihe nach mit allen oder sollte er jene auswählen, die er am nettesten fand? Die angenehmste Kommunikation via

Mail bedeutete noch lange nicht, dass diese Sympathie bestehen blieb, wenn man sich gegenübersaß.

Unwillkürlich musste er schmunzeln. Er machte sich einfach zu viele Gedanken. Das Interesse der Frauen an seiner Person schmeichelte ihm, und er fühlte sich dank dessen deutlich beschwingter. Allein dieser Umstand war bereits Gold wert. Und womöglich lernte er tatsächlich eine sympathische wie interessante Frau kennen, mit der er seine Zeit verbringen konnte. Er war auf jeden Fall bereit dazu.

Dementsprechend hatte sich Jim entschlossen, einen Schritt nach vorn zu machen und sie einzuladen. Er verschränkte die Finger und ließ die Knöchel knacken. Dann begann er seine Antwort zu formulieren.

Liebe Leslie,
es freut mich zu lesen, dass du Hunde magst. Ich habe dir schon von meinem Cicero erzählt. Seit vielen Jahren ist er mein treuer Begleiter. Vielleicht möchtest du uns einmal bei einem Spaziergang begleiten? Danach könnten wir essen gehen. In Maple Creek gibt es ein hervorragendes Restaurant, die Sycamore Tavern.

Ich wünsche dir noch einen schönen Abend, Jim

Er kontrollierte den Text und schickte ihn ab, obwohl er nicht zufrieden mit ihm war. Generell empfand er den Stil seiner Mails als zu hölzern. Aber versuchte er, in der Art seiner Sprechweise zu schreiben, klang es noch schlimmer.

Es war sicherlich besser, langweilige Mails zu schreiben, als in Wirklichkeit förmlich und steif zu sein. So konnte er bei einem Treffen möglicherweise für eine positive Überraschung sorgen.

Während er Leslie geschrieben hatte, war eine neue E-Mail

eingegangen. Sie stammte von Ann, einer Endvierzigerin, die – anders als die anderen Damen – wenig von sich preisgab. Jim wusste nicht einmal, welchen Beruf sie ausübte. Das Einzige, worüber sie ausführlich berichtete, war ihre Passion: das Reiten.

Er öffnete die Nachricht und las.

Hi Jim,
heute war ein toller Tag für mich. Ich habe einen langen Ausritt mit sechs anderen Reitern gemacht und dann viel Zeit im Stall mit der Pflege der Pferde verbracht. Ich genieße die Arbeit und könnte mir nichts Schöneres vorstellen.
Ich hoffe, ich falle nicht mit der Tür ins Haus, wie man sagt, aber wenn du Lust hast, komm mich doch einmal besuchen! Ich würde mich echt freuen, wenn wir uns kennenlernen. Du kannst gern deinen Hund mitnehmen. Wie du weißt, liebe ich Tiere bis auf Spinnen über alles.
Jetzt habe ich ein mulmiges Gefühl wegen meiner Frage und hoffe, dass du dich bald meldest.

Deine Ann

Seine Überlegungen, ob man nur eine oder mehrere Frauen im selben Zeitrahmen treffen sollte, erübrigten sich mit Anns Nachricht. Leslie hatte er ein Date vorgeschlagen, und es wäre unhöflich, auf Anns Frage nicht umgehend zu reagieren, zumal er ihre dezente Unsicherheit reizend fand. Das ergab zwei Verabredungen auf einen Schlag.

Von selbst glitten seine Gedanken zu Mollys Chefin, Nora. Obwohl es – wenn auch nur in der Theorie – im Augenblick in seinem Leben von Frauen nur so wimmelte, kam sie ihm dennoch erstaunlich oft in den Sinn. Er wollte der Sache keine allzu große Bedeutung beimessen, aber er hatte zu dieser Frau eine geistige

Verbindung aufgebaut, die ihn nicht losließ. War es möglich, dass er sich allein auf Basis von Mollys Erzählungen ein wenig in sie verliebt hatte?

Der Signalton einer weiteren Mail durchbrach seine Gedanken. Vivian, eine weitere Frau, mit der er schrieb, hatte geantwortet. Er überflog den Text in der Mail-Vorschau: Sie fragte nach einem Treffen.

Jim streckte den Arm aus und kraulte Ciceros Kopf. Wie üblich saß der Hund neben seinem Stuhl. »Jetzt wird es eng für uns, mein Junge. Worauf habe ich mich da bloß eingelassen?«

Kapitel 30

Ich bringe die Tabletts in die Küche«, rief Tom Molly zu, die im Foyer des Hotels stand und gerade ein Blumenarrangement gestaltete.

Sie steckte die letzten Rosen in den Schwamm und folgte Tom in die Küche.

Pamela war schon um fünf Uhr morgens auf den Blumenmarkt gefahren und hatte für den großen Tag eingekauft. Überall im Haus waren Vasen mit Rosen und bunten Gestecken verteilt. »Vom Foyer bis zur Veranda soll es nach Rosen und Sonne duften«, hatte sie es schwärmerisch ausgedrückt.

Molly betrat den Raum und warf sogleich einen Blick auf das erste Tablett mit den Petits Fours, die Laurie für die Eröffnungsfeier zubereitet hatte. Trotz Pamelas Protest, immerhin bedeuteten diese kleinen süßen Zauberträume eine enorme Arbeit, hatte Laurie es sich nicht nehmen lassen und war stundenlang damit beschäftigt gewesen.

Ausnahmsweise würde die Tavern heute geschlossen bleiben. Laurie und Tom wollten die Einweihung keinesfalls verpassen, und ohnehin würden die meisten Einwohner Maple Creeks dem Fest beiwohnen.

»Sie sehen wunderbar aus. Laurie ist eine wahre Künstlerin«, bemerkte Molly.

»Und dabei ist die Patisserie noch nicht einmal ihr Fachgebiet. Sie sehen übrigens nicht nur phantastisch aus, sondern zergehen außerdem auf der Zunge. Probier mal.«

Molly steckte sich ein Gebäck in den Mund. »Traumhaft, mit Marzipan. Durftest du denn überhaupt kosten?«

Tom stöhnte auf. »Das und mein Urteil abgeben, sonst ist unsere Kommunikation leider auf das Notwendige beschränkt. Aber es ist bereits besser geworden. Ich erahne wenigstens ein winziges Licht am Ende des Tunnels. Du hast keinen Tipp für mich, wie ich das schneller geradebiegen könnte? Sie fehlt mir total.«

»Laurie ist enttäuscht und noch immer aufgebracht, da erzähle ich dir jedoch keine besonderen Neuigkeiten. Bestimmt wird sie sich beruhigen, aber noch ist es nicht so weit.«

Tom nickte. »Sie sagt es mir auch offen, trotzdem versuche ich alles und laufe im Augenblick permanent gegen eine Wand. Das Ganze war eine dumme und spontane Aktion von mir, und ich sitze es aus, ewig kann ich dennoch nicht zu Kreuze kriechen deshalb. Zumindest kleine Schritte sollte Laurie langsam auf mich zu machen.«

»Das tut sie doch, dir ist es nur zu wenig. Gib ihr die Zeit, die sie braucht, und zeige ihr mit kleinen Gesten, wie sehr du sie liebst. Mehr kann ich dir nicht raten.«

»Ich werde natürlich ausharren, obwohl Geduld eigentlich nicht zu meinen großen Stärken zählt. Ich hole jetzt die anderen Tabletts herein.«

Tom ging wieder auf den Parkplatz hinaus, und Molly eilte auf die Veranda.

Pamela und Lilly waren gerade dabei, Blumenranken um das

Geländer des Treppenaufgangs zu schlingen. Nat und Timothy stellten vor dem Hotel ein Partyzelt auf. Dort würde der Sekt ausgeschenkt werden.

»Das Foyer ist fertig geschmückt. Soll ich euch helfen?«, fragte Molly.

»Wir sind quasi fertig. Es fehlt nur noch, dass wir uns selbst schön machen.« Pamela richtete sich auf und streckte ihre Wirbelsäule durch.

»Vergiss die Leute vom Partyservice nicht; sie brauchen eine Einweisung. Aber die Instruktionen werden nicht viel Zeit in Anspruch nehmen. Ich habe schon oft mit ihnen zusammengearbeitet, sie sind top«, warf Lilly ein.

»Stimmt. Sie müssten jeden Moment auftauchen. Wir liegen gut im Rennen, alles kein Problem.«

Kurz schwiegen sie.

»Und, funktioniert es?«, erkundigte sich Molly schließlich. Verhalten deutete sie auf Nat und Timothy.

Pamela hatte bewusst dafür gesorgt, dass die beiden das Partyzelt gemeinsam aufstellten. Dabei war sie raffiniert vorgegangen. Sie selbst hatte die Arbeit mit Timothy begonnen und sich so ungeschickt angestellt, dass Nat von sich aus den Aufbau übernommen hatte.

»Wir mussten uns zurückhalten, um nicht zwischendurch laut aufzulachen«, flüsterte Pamela.

Lilly nickte. »Nat ist überaus bemüht, höflich zu sein und Timothy alles zu erklären. Der Junge wiederum wagt nicht einmal, einen Schritt zu machen ohne Nats Anweisung.«

Molly schmunzelte. »Sehr gut. Fast hätte ich es vergessen: Tom bringt gerade die Petits Fours in die Küche. Laurie hat unzählige kleine Kunstwerke erschaffen, ich habe eines probiert. Sagenhaft!«

»Wann kommen die Journalistin und der Fotograf von der *Maple Creek News Time?*«

»Eine halbe, dreiviertel Stunde vor drei Uhr. Ich gehe das Hotel mit ihnen ab und zeige ihnen alles. Wenn es losgeht, mischen sie sich unter die Gäste.«

»Danke, Molly, dass du diesen Part übernimmst.«

»Sehr gern. Es gehört ohnehin bereits mehr oder weniger zu meinem Job.«

»Warum schreibst eigentlich nicht du den Artikel?«, fragte Lilly.

Molly bewegte den Kopf hin und her. »Ich will nicht wie ein Tornado durch die Redaktion fegen und jemandem etwas wegnehmen, wenn ich noch nicht einmal buchstäblich begonnen habe, dort zu arbeiten. Das gehört sich nicht. Deshalb fungiere ich in diesem speziellen Fall lieber als Mittler. Außerdem sind die beiden gut. Ich habe mir sowohl einige Artikel von ihr durchgelesen als auch Fotos von ihm angesehen. Über die Qualität brauchen wir uns keine Gedanken zu machen.«

»Durch meine Agentur habe ich naturgemäß einige Erfahrungen mit Journalisten gesammelt. Sie reagieren auf manche Dinge tatsächlich sehr empfindlich.«

»Was du kennst, ist die Spitze des Eisbergs. Eifersüchteleien, interner Wettbewerb, Revierkämpfe – du ahnst nicht, was sich in einer Redaktion bisweilen abspielt. Ein Raubtierkäfig mit hungrigen Tieren ist nichts dagegen.« Molly zuckte mit den Schultern. »Wenn es nichts weiter zu tun gibt, würde ich jetzt zum Häuschen hinübergehen und mich für die Feier zurechtmachen. Ich möchte fertig und zurück sein, wenn die beiden ankommen.«

»Vielen Dank, Molly, wir sind wirklich mit allem durch.« Pamela strich sich über die Stirn. »Langsam beginnt meine Nervosität zu steigen. Am meisten Angst habe ich vor der Rede.«

»Du wirst sie perfekt meistern«, versicherte Molly.

Hörbar atmete Pamela tief ein und richtete den Blick auf den See. Ihre Mundwinkel zuckten leicht, und die Augen schienen sich zu weiten.

Die meisten Menschen würden diesen Ausdruck wohl als eine mentale Vorbereitung ansehen, doch Molly spürte, dass sich mehr dahinter verbarg. *Was hast du vor, Pamela?,* fragte sie sich.

Kapitel 31

Es dauerte eine Weile, bis Molly es geschafft hatte, sich durch die Gäste zu schlängeln und Nat zu erreichen. Er stand gemeinsam mit Tom und Jim an einem der Stehtische, die von dem Cateringservice vor der Veranda weitläufig verteilt worden waren.

Als sie mit Silvana und Logan von der *Maple Creek News Time* ihren Hotelrundgang begonnen hatte, war noch alles leer gewesen. Nun, eine halbe Stunde später, platzte das Haus aus allen Nähten.

»Darf ich dir sagen, wie wunderschön du aussiehst?«, raunte Nat ihr zu.

»Selbst wenn es nicht für meine Ohren bestimmt war, habe ich es gehört und schließe mich an: Molly, du siehst sensationell aus«, fügte Tom hinzu.

Jim nickte eifrig. »Ein herausragendes Gespür dafür, was dir steht, kannst du wahrlich nicht abstreiten.«

»Ich danke euch.« Molly lächelte. Auch sie war mit der Wahl ihres Outfits hochzufrieden. Schon gestern hatte sie überlegt, was sie für den großen Tag anziehen sollte. Letzten Endes war es ein beigefarbenes Kleid geworden, das vor allem durch seine Schlichtheit bestach. Das Besondere daran war der figurbetonte Schnitt. Es lag wie eine zweite Haut am Körper, endete knapp über dem

Knie und besaß einen tiefen Rückenausschnitt. Dazu trug Molly Schuhe mit hohen, schmalen Stöckeln, ebenfalls in Beige.

»Habt ihr Elisabeth gesehen? Der krasse Gegensatz. Womöglich erstickt sie heute noch. In diesem Fall jedoch nicht an ihrer Galle, sondern an den vielen Rüschen um ihren Hals«, bemerkte Nat. »Pamela und Laurie sind übrigens ebenfalls top gekleidet.«

Tom hob den Zeigefinger. »Eben ist Lilly vorbeigehuscht. Zu den blonden Locken passt das helle Rot hervorragend.«

»Das Kleid ist ziemlich gewagt mit dem hohen Schlitz, Lilly neutralisiert das jedoch mit ihrer quirligen Art. Sie wirkt sexy, aber nicht ordinär«, bestätigte Jim.

Molly musterte die Männer der Reihe nach. »Ich fühle mich gerade wie in der Redaktion der *NY Woman*. Bis jetzt war mir nicht bewusst, dass ich von durchaus kritischen Modetestern umgeben bin.«

Tom grinste. »Wir sind vielseitig begabt. Ich zum Beispiel habe vor einer Stunde noch Anweisungen gegeben, wie die Leute vom Cateringservice den Mapleccino zubereiten sollen, nun bewerte ich das Styling der Damen.« Jäh erlosch die heitere Miene, und seine Stirn legte sich in Falten. Er deutete in Richtung der Veranda. »Ich weiß, ihr konntet Charlotte nicht als Einzige ausladen, zumal die Einladung neutral an alle gegangen ist, aber besäße sie so etwas wie Anstand, hätte sie von sich aus darauf verzichtet, hierherzukommen.«

»Wie mir scheint, genießt sie ihren Auftritt.« Nat legte seinen Arm um Molly und zog sie zu sich.

Nat hatte mit seiner Einschätzung wohl recht. Auch Molly fand, dass Charlotte einen Tick zu lang am Treppenabsatz der Veranda stand – offensichtlich mehr als bereit, sich betrachten zu lassen.

»Das gibt es doch nicht!« Laurie war eben aus dem Partyzelt gekommen und blieb in einigem Abstand von dem Stehtisch, wo sich alle versammelt hatten, abrupt stehen. Natürlich hatte auch sie Charlotte sofort gesehen.

Eilig entwand Molly sich Nats Arm und lief zu ihr. »Ärgere dich nicht, es ist unser Tag, und wir sollten ihn genießen.«

»Am liebsten würde ich sie zur Rede stellen oder – am besten – ihr gleich eine reinhauen«, zischte Laurie.

»So habe ich dich noch nie sprechen gehört.«

»Toms dumme Notlüge ist eine Sache, sie aber hat sich an einen verheirateten Mann herangemacht. An meinen Mann! Das wird sie mir früher oder später büßen.«

»Bitte *später.*«

Laurie grinste schief und spähte kurz zu Tom. Dann flüsterte sie: »Manchmal meine ich, ihm bereits verziehen zu haben, dann steigen wieder Enttäuschung und Ärger in mir hoch. Vom ersten Gefühl weiß er nichts, sehr wohl aber vom zweiten.«

»Du lässt ihn also noch leiden?«

»Er hat es verdient.«

Gemeinsam gingen sie zu dem Stehtisch, wo Laurie sich zwischen Nat und Jim stellte.

Ja, er leidet wirklich, dachte Molly, als sie Toms bekümmerte Miene registrierte. Fast tat er ihr mittlerweile leid, nichtsdestoweniger konnte sie Laurie voll und ganz verstehen.

»Gleich ist es so weit«, bemerkte Jim.

Als hätte Pamela auf sein Stichwort gewartet, erschien sie auf der Veranda. Eine Mitarbeiterin des Partyservice reichte ihr ein Mikrophon.

Lilly war ihr gefolgt und sagte etwas zu den Gästen, die auf der Veranda standen. Daraufhin stiegen alle die Treppe hinab und gesellten sich zu den anderen auf dem Vorplatz. Auch Charlotte befand sich unter ihnen.

Lilly verließ ebenfalls die Terrasse, sah sich suchend um und beeilte sich, den Stehtisch von Molly und ihren Freunden zu erreichen. »Darf ich mich zu euch stellen?«, fragte sie.

»Natürlich, komm an meine Seite. Auf meine alten Tage werde ich gern von zwei schönen Frauen flankiert«, antwortete Jim. Kurz legte er seine Arme um Lillys und Lauries Schultern.

»Apropos Frauen, hast du nun eigentlich endlich das erste Date hinter dich gebracht?«, erkundigte sich Nat.

Für einen Moment richtete Jim den Blick zum Himmel. »Nächste Woche habe ich drei Treffen. Könnt ihr euch das vorstellen? Ich fühle mich wie –« Er unterbrach, wies auf die Terrasse und sagte: »Pam! Später erzähle ich euch alles im Detail.«

Pamela hatte sich am Geländer der Veranda postiert und hielt das Mikrophon an die Lippen. »Ich freue mich sehr, dass ihr alle so zahlreich erschienen seid, und möchte euch ganz herzlich zur Eröffnung des Maple Lake Inn begrüßen.«

Die Gäste klatschten.

Als das Geräusch verebbte, sprach sie weiter. »Ich will euch nicht allzu lang vom Feiern abhalten – dazu sind wir schließlich hier –, aber ein paar Worte müsst ihr über euch ergehen lassen. Es liegt mir viel daran, einige Personen namentlich zu erwähnen.«

Pamela zeigte auf Molly. »Molly Jensen kennen mittlerweile alle. Sie ist die Besitzerin des Hotels und meine liebe Freundin. Ich danke ihr von ganzem Herzen, dass sie mir das Vertrauen schenkt, die Geschicke des Hotels lenken zu dürfen.«

Als einige wieder zu klatschen begannen, hob Pamela die Hand. »Applaudieren wir gemeinsam am Schluss, noch bin ich mit der Dankesliste nicht durch.« Sie lächelte einnehmend. »Laurie und

Tom haben mich in besonderer Weise bei den Vorbereitungen unterstützt. Diese delikaten Petits Fours sind eine Kreation von Laurie, und Tom hat die Mühe auf sich genommen, den Mapleccino zu kreieren. Bitte verkostet diesen köstlichen Kaffee! Die sensationelle Idee dazu stammt übrigens von Timothy Williams.« Kurz pausierte Pamela. Man sah förmlich, wie sie tief durchatmete.

»Lilly Summers hat mir mit ihrer Marketingagentur von der ersten Minute an zur Seite gestanden und dafür gesorgt, dass morgen die ersten Gäste anreisen. Wobei, das stimmt nicht ganz, der Allererste erscheint bereits heute.« Sie schaute in die Runde. »Tom? Wann kommt unser Ehrengast?«

Er hob den Arm. »In etwa einer Stunde wird Jack eintreffen.«

Wieder lächelte Pamela. »Zurück zu Lilly Summers … Ich habe lange überlegt, ob ich die Gelegenheit nutzen soll, und bin zu dem Ergebnis gelangt, dass es keinen besseren Zeitpunkt geben könnte, um die Neuigkeit bekannt zu geben: Ich bin nicht nur Lillys Kundin, sie und ich sind auch … ein Paar.«

»O mein Gott.« Lilly griff nach Jims Hand.

Molly bemerkte aus dem Augenwinkel, wie er den Arm um Lilly legte und sie festhielt. Ihr Blick schwenkte weiter durch die Menge. Es war mucksmäuschenstill. Selbst die Natur schien für einen Moment innezuhalten. Nicht einmal ein leiser Windhauch ließ die Blätter der Büsche und Bäume rascheln.

Als Erster erhob Nat die Hände und begann zu klatschen. Sofort folgten Molly, Laurie und Tom seinem Beispiel. Der Reihe nach stimmten die Gäste ein. Das Geräusch wurde immer lauter.

Pamela hielt sich an dem Geländer fest, ihre Augen glänzten, und die Wangen waren gerötet. Als sie sich schließlich räusperte und damit ankündigte, weitersprechen zu wollen, dauerte es noch eine ganze Weile, bis die Gäste wieder zur Ruhe kamen.

»Ich danke euch. Ihr ahnt nicht, was dieser Applaus für mich bedeutet.« Mit einer schnellen Bewegung wischte sie sich über die Augen. »So, und nun lasst uns feiern.«

Kapitel 32

Pamela stieg die Treppe hinunter und gab das Mikrophon der Angestellten des Cateringservice zurück. Einerseits fühlte sie sich ungemein erleichtert, andererseits fürchtete sie sich ein wenig davor zu erfahren, wie Lilly auf ihr Outing reagiert hatte.

Sie hatte mit niemandem im Vorfeld darüber gesprochen. Genau genommen war sie bis gerade eben selbst nicht sicher gewesen, ob sie es über sich bringen würde, die Nachricht zu verlautbaren. Hätte sie Lilly vorab informiert, wären ihr die Hände gebunden gewesen, so aber hatte sie im letzten Augenblick ohne jeglichen Einfluss von außen selbst entscheiden können.

»Pamela?«

»Elisabeth, schön, dass du kommen konntest. Wie geht es deinem Hals?« Pamela bemühte sich um einen neutralen Tonfall. Innerlich jedoch durchflutete sie eine Welle aus Unsicherheit und Ärger. *Natürlich, wie sollte es anders sein?*, dachte sie. *Jetzt geht es los. Sie wird versuchen, Informationen aus mir herauszukitzeln und sie in ihrem Sinne so lang verdrehen, bis etwas Schlechtes dabei herauskommt.*

»Danke der Nachfrage. Das Sprechen strengt mich noch an, aber ich habe zum Glück kaum noch Schmerzen. Der Arzt meint, dass ich in Kürze wieder ganz genesen bin.«

»Das freut mich zu hören. Entschuldige, ich muss weiter …« Pamela wandte sich zum Gehen. Flucht war die beste Reaktion.

»Bitte, ich möchte kurz mit dir reden.«

Pamela sah Elisabeth erstaunt an. In ihrer Stimme fehlte dieser lockende Unterton, und entgegen ihrem sonstigen Verhalten war am Ende ihrer Aussage keine Frage gefolgt.

»Klar, worum geht es?« *Bleib locker,* ermahnte sich Pamela in Gedanken.

Elisabeth wirkte verlegen. »Ich fand es sehr mutig, was du gerade getan hast. Und ich wollte mich für damals … entschuldigen.«

»Als du mir die Schwangerschaft angedichtet hast?«

»Ich wusste ja nicht, dass du Frauen magst. Oder hast du das erst später bemerkt?« Elisabeth verzog die Lippen. »Vergiss meine Frage. Es ist überhaupt nicht wichtig. Du sollst nur wissen, dass es mir wirklich leidtut.«

Für einen Moment schwieg Pamela. Sie wusste einfach nicht, was sie spontan erwidern sollte. Mit einer Entschuldigung, die sogar ehrlich klang, hatte sie nicht gerechnet. Automatisch schoss Pamela Nats Reaktion auf ihr Geständnis durch den Kopf. Auf der Stelle hatte er ihr die jahrelange Lüge, ohne mit der Wimper zu zucken, verziehen. Konnte es tatsächlich so simpel sein?

Sie lächelte leise. Ging es im Leben unter anderem nicht genau darum? Verständnis für die Fehler und Unzulänglichkeiten anderer aufzubringen und vergeben zu können? Wer war sie, um nicht zu gewähren, was Nat ihr von selbst geschenkt hatte?

Pamela ergriff Elisabeths Hand. »Danke für deine Worte. Ich weiß sie sehr zu schätzen. Vielleicht möchtest du mich nachmittags einmal im Hotel auf einen Mapleccino besuchen? Es würde mich freuen.«

»Das mache ich gern, gleich nächste Woche komme ich vorbei. Ich habe seit einiger Zeit eine feste Aushilfe im Kiosk.«

»Ich weiß, Charlotte. Wir haben durch Zufall erfahren, dass sie bei dir arbeitet.«

»Das ist eine längere Geschichte. Ich möchte dich jetzt nicht weiter aufhalten.« Elisabeth drehte sich um und ging.

Pamela schaute ihr nach, bis sie unter den Gästen verschwunden war, dann ließ sie den Blick auf der Suche nach Lilly durch die Menge gleiten. Sie entdeckte sie bei Molly und den anderen. Sofort setzte sich Pamela in Bewegung. Fast hatte sie den Tisch erreicht, als sie aus dem Augenwinkel Charlotte gewahrte, die ebenfalls direkt auf die kleine Gruppe zusteuerte. *Laurie,* schoss es ihr durch den Kopf, und sie beschleunigte ihre Schritte. Als sie endlich ankam, stand Charlotte bereits da. Pamela hörte gerade noch, wie sie sagte: »… euch schnell begrüßen, wie es sich gehört. Das war eine tolle Rede von Pam. Du musst stolz auf deine Schwester sein, Nat.«

»Ja«, entgegnete er lakonisch.

»Und Molly, bist du mit deiner Pächterin zufrieden?«

Bevor Molly etwas erwidern konnte, schaltete sich Laurie ein. »Du bist an diesem Tisch nicht erwünscht, Charlotte. Bitte geh.« Ihre Stimme klang ruhig, aber messerscharf.

»Entschuldige mal, Laurie. Du bist nicht mehr meine Chefin, die mich herumkommandiert. Ich kann stehen, wo ich will, und plaudern, mit wem ich mag.« Charlotte verschränkte die Arme und fixierte Laurie herausfordernd.

»Ganz so ist es nicht«, warf Pamela eilig ein und brachte sich vor Charlotte in Position. Lauries Gesichtsausdruck reichte ihr aus, um zu wissen, dass die Situation zu eskalieren drohte. »Dies ist *meine* Eröffnungsfeier. Und wie du korrekt formuliert hast, bin ich die

Pächterin des Maple Lake Inn. Nicht nur an diesem Tisch bist du unerwünscht. Ich ersuche dich hiermit, das Fest ohne großes Aufsehen zu verlassen. Wir wollen feiern und benötigen keinen Unruhestifter.«

Charlotte starrte Pamela entgeistert an, öffnete den Mund und schloss ihn sogleich wieder, dann drehte sie sich um, warf ihr Haar in den Nacken und stolzierte davon.

Einen Moment lang herrschte betretenes Schweigen.

Schließlich platzte Laurie heraus: »Danke! O Pam, wenn du nicht gekommen wärst, hätte das scheußlich enden können. Ich bin so wütend auf Charlotte.«

»Ja, danke.« Tom stand der Schreck ins Gesicht geschrieben.

Pamela hatte diesen Ausdruck noch nie bei ihm gesehen. »Schon gut. Ob ich Charlotte nun mag oder nicht, so ein provokantes Verhalten dulde ich nicht.«

Nat lachte. »Ich glaube, ich habe die tollste große Schwester auf dieser Welt. Wie du Charlotte gerade elegant und bestimmt fortgeschickt hast. Und deine Rede! Sie war sensationell. Wann hast du dir diese Professionalität angeeignet?«

Seine Worte entspannten die Situation merklich. Jeder pflichtete ihm bei.

»Ich danke euch.« Pamela sah Lilly an, die wie erstarrt dastand. »Hat dir meine Ansprache … auch gefallen?«

Ein Leuchten huschte über Lillys Gesicht. »Sie war das schönste Geschenk, das ich jemals erhalten habe. Ich bin nur noch immer ganz gerührt und komplett konfus.« Nun, da sie zu sprechen begonnen hatte, floss es aus ihr heraus. »Niemals hätte ich gedacht, dass du diesen Schritt wagst, Pam.« Sie ließ den Blick durch die kleine Runde kreisen. »Ihr müsst wissen, wie furchtbar es für mich war, unsere Beziehung geheim zu halten. Anfänglich hat

Pamela mich sogar bewusst von euch und der Tavern ferngehalten. Und obwohl ich ihre Beweggründe verstanden habe, war es doch wahnsinnig schmerzlich für mich. Könnt ihr euch das vorstellen? Jetzt fühle ich mich befreit.« Sie legte die flache Hand auf den Mund. »Das war zu viel des Guten. Lange Rede, kurzer Sinn: Ich bin sehr glücklich.«

»Darauf sollten wir trinken. Keinen Mapleccino, sondern ein Glas Sekt«, antwortete Jim.

»O ja, eine hervorragende Idee.« Pamela winkte einer Kellnerin vom Cateringservice zu und bestellte zwei Flaschen Sekt und Gläser. Dann sagte sie: »Ich muss euch unbedingt etwas Unfassbares berichten. Es ist nämlich ein Wunder geschehen: Elisabeth hat sich bei mir entschuldigt.«

»Elisabeth? Nein. Wofür?«, fragte Nat.

Noch bevor Pamela zu erzählen beginnen konnte, kam die Kellnerin bereits mit einem vollen Tablett zurück.

»Wird da ohne mich gefeiert und getrunken? Das darf doch nicht wahr sein!«, tönte es aus der Menge.

»Jack! Endlich«, rief Tom seinem Bruder zu und streckte die Arme aus.

Kapitel 33

Molly hielt Nat den Löffel entgegen. »Probiere bitte mal, ob noch etwas fehlt.«

Nat kostete und schüttelte den Kopf. »Die Soße schmeckt perfekt.«

»Laurie hat mir den Tipp gegeben, dass ich einen Schuss Sojasoße und einen Esslöffel Ketchup dazugeben soll. Ich finde es zwar eigenartig, ein italienisches Gericht damit zu würzen, aber Lauries Vorschläge setze ich blind um. Ist der Salat fertig?«

»Ja, und genauso mariniert, wie du vorgeschlagen hast. Die Schüssel steht bereits auf dem Tisch.«

»Wir sind also quasi fertig. Die Pasta gebe ich erst ins Wasser, wenn Pamela und Lilly eingetroffen sind. Es war eine gute Idee von dir, die beiden zum Essen einzuladen. Ich freue mich auf den Abend. Und dann auf Laurie, Tom, Jack und Jim.«

»Na ja, Lilly ist so etwas wie meine Schwägerin, und ich möchte sie besser kennenlernen. Schade, dass die anderen erst später nachkommen können. Tom hofft, dass der Abend ruhig verläuft und er die Tavern nicht zu lange geöffnet halten muss.« Nat grinste. »Und wann Jim mit seinem ersten Date fertig ist, steht noch in den Sternen.«

»Ich bin schon gespannt, wie es ihm gefallen hat. Hoffentlich ist sie nett. Hat Tom vielleicht erwähnt, welche Stimmung zwischen ihm und Laurie herrscht?«

»Nein. Wir haben ja nur telefoniert, und du weißt, dass wir lieber von Angesicht zu Angesicht miteinander sprechen. Aber er klang durchaus entspannt. Gibt es von der anderen Seite etwas zu berichten? Ich höre da einen gewissen Unterton in deiner Stimme.«

Molly legte den Finger auf die Lippen. »Laurie gerät bereits ins Wanken. Sie hat es mir bei der Hotelfeier zugeflüstert.«

Nat zuckte mit den Schultern. »Er ist mein bester Freund, diese Sache mit Charlotte hätte er allerdings wirklich sein lassen sollen. Sie ist –«

»Ich möchte jetzt nicht über Charlotte reden, am besten nie wieder«, unterbrach Molly ihn. »Es gibt übrigens News von Dorothy: In zehn Tagen kommt sie mich besuchen. Ihr Flug ist gebucht.«

»Wie schön für dich, dass es nun tatsächlich klappt. Und ich freue mich darauf, sie kennenzulernen.«

Molly schmunzelte. »Ich denke, Jacks Darstellung hat sie zusätzlich motiviert. Jetzt, da ich ihn selbst kennengelernt habe, konnte ich ihn ihr natürlich besser beschreiben.«

»Ja, Jack ist ein smarter Typ.« Nat hob den Kopf. »Ich höre die Eingangstür. Sie sind da.«

Einen Augenblick später betraten Pamela und Lilly die Küche.

Lilly sah sich um und tat einige Schritte auf den Wintergarten zu. »Wow, jetzt weiß ich, was Pam meinte. Dein Haus ist ein Traum, Nat. Ich bin ehrlich begeistert.«

»Wenn du willst, führe ich dich nach dem Essen herum. Habt ihr Lust auf ein Glas Weißwein?«

»O ja, gern.« Pamela und Lilly setzten sich, während Nat die Flasche öffnete und Molly die Gläser bereitstellte.

Nachdem sie ebenfalls Platz genommen hatten, prosteten sie sich zu.

»Fühlen sich die ersten Gäste wohl im Hotel?«, wollte Molly wissen.

»Und wie. Es gehen auch laufend neue Buchungen ein.« Pamela wandte sich an Nat. »Eigentlich wollte ich dein Gästezimmer längst räumen und wie geplant ins Hotel ziehen, ich bin nur noch nicht dazu gekommen. Für nächste Woche habe ich es mir aber fest vorgenommen, dann bist du mich und meinen Kram los.« Sie zwinkerte ihm zu.

Nat tauschte einen schnellen Blick mit Molly aus. »Es eilt wirklich nicht, Pam. Wie du Zeit findest. Die Überlegung ist …« Wieder sah er zu Molly.

Ihr war sofort klar, worauf er hinauswollte, auch wenn er offenbar nicht wusste, wie er es ansprechen sollte. Molly faltete die Hände. »Nat hat mich gefragt, ob ich zu ihm ziehen möchte, und ich habe Ja gesagt. Noch lassen wir uns Zeit, und es wird nicht von heute auf morgen passieren, aber in absehbarer Zukunft stünde Tante Gynnies Häuschen leer. Es nur für meine Schreiberei freizuhalten, wäre schade.«

»Du meinst, ich könnte dort einziehen, ohne die Befürchtung zu haben, dich zu verdrängen? Ich würde das Haus niemals beanspruchen, egal, was in diesem Vertrag steht.« Auf Pamelas Gesicht spiegelte sich eine Mischung aus Erstaunen und Freude wider.

»Das weiß ich doch«, antwortete Molly. Unauffällig beobachtete sie Lilly. Im Gegensatz zu Pamela wirkte sie plötzlich bedrückt.

»Nun, dann nehme ich das Angebot mit Freude an. Vielen

Dank.« Pamela lächelte und ergriff über den Tisch hinweg Nats Hand. »Wie schön, dass du Molly darum gebeten hast. Und ich musste nicht einmal eingreifen, um dir den Kopf zurechtzurücken. Mein kleiner Bruder ist erwachsen geworden, unglaublich.«

Lilly schien indessen immer kleiner zu werden, und Molly überkam das Bedürfnis, sie rasch miteinbeziehen zu müssen. »Das Haus meiner Tante ist nicht groß, aber es ist sehr gemütlich«, erklärte sie ihr.

»Das kann ich mir vorstellen. Es sieht schon von außen sehr hübsch aus und ist malerisch am See gelegen.«

Endlich wurde auch Pamela offensichtlich auf Lillys Zustand aufmerksam. Sie musterte ihre Freundin. Erst wirkte sie erstaunt, schließlich erhellten sich jedoch ihre Züge. »Denkst du gerade daran, was wir unlängst besprochen haben?«, fragte sie.

Lilly nickte. »Ja, du brauchst dir aber keine weiteren Gedanken darüber zu machen. Die Gelegenheit ist toll, du musst sie ergreifen. Und ich habe meine Wohnung.«

»Worum geht es denn?«, erkundigte sich Nat unbekümmert. Ohne Zweifel hatte er nicht das Geringste mitbekommen.

»Lilly und ich haben vor einigen Tagen über unsere Wohnsituation gesprochen. Ich kann nicht zu ihr ziehen, weil ich unbedingt entweder im Hotel oder zumindest ganz in der Nähe wohnen möchte. Es ist kein Job, der abends pünktlich um fünf Uhr endet. Ich muss zumindest theoretisch rund um die Uhr zur Verfügung stehen. Man weiß nie, was geschieht«, erklärte Pamela. »Also haben wir überlegt, hier in Maple Creek im Umkreis des Maple Lake Inn etwas zu suchen. Für Lilly wäre die Fahrt zu ihrem Büro kein Problem. Es liegt nicht so weit entfernt, in fünfzehn bis zwanzig Minuten ist man mit dem Auto dort.«

»Dann müsst ihr also erst gar nicht auf die Suche gehen. Das ist doch wunderbar. Das Haus ist allemal groß genug für zwei Personen«, antwortete Molly.

Lilly neigte den Kopf. »Du hättest nichts dagegen, wenn wir gemeinsam dort einziehen?«

»Natürlich nicht. Wie kommst du auf den Gedanken, es könnte mich stören?«

Auch Pamela blickte Lilly verdutzt an.

»Ach, es tut mir leid. Ich hatte kurz angenommen, es würde nur Pam betreffen. Entschuldigt. Es liegt wohl an einer schlechten Erfahrung, die ich einmal gemacht habe. Ich bin seitdem vorsichtig. Es kann kränkend sein, Ablehnung zu erfahren, ohne etwas Schlimmes getan zu haben.«

»Was ist damals geschehen?«, fragte Molly.

»Es liegt lange zurück. Die Eltern meiner ersten Freundin hatten ihr eine Wohnung organisiert. Wir wollten beide neben dem Studium arbeiten und so die Miete finanzieren. Nach vielen Diskussionen haben mir ihre Eltern aber verboten, dort einzuziehen. Es ging nicht um mich persönlich, nur um die Art von Beziehung. Ein halbes Jahr darauf ist meine damalige Freundin in einen anderen Bundesstaat gezogen. Sie wollte einfach nur weit weg. Irgendwie hat sich dieses Erlebnis in mir festgebrannt.«

»Also bei uns brauchst du nicht –« Die Klingel der Haustür ertönte und unterbrach Nat mitten im Satz. »Wer kann das sein? Für Laurie, Tom und Jack ist es viel zu früh.« Er stand auf und lief in die Diele.

Gleich darauf kehrte er mit Jim im Schlepptau zurück.

»Solltest du nicht eigentlich in einem Restaurant sitzen, Wein trinken und dich angeregt unterhalten?«, wollte Pamela wissen.

Jim nahm Platz und seufzte auf. »So war zumindest der Plan.

Der Spaziergang davor mit dieser Dame hat allerdings völlig ausgereicht.«

»War sie so schrecklich?«, fragte Nat.

»Für mich leider ja, dabei hat das Treffen überraschend positiv begonnen. Sie sieht in natura viel besser aus als auf den Fotos, und ihre Stimme ist sehr angenehm. Meine anfängliche Euphorie wurde aber rasch gedämpft.«

»Und warum?«

»Wir hatten uns via Mail so nett über Hunde unterhalten. Naturgemäß hat sich dieses Thema fortgesetzt. Sie hatte selbst einen Jagdhund, der vor zwei Jahren leider verstorben ist. Man spricht natürlich gern über den geliebten Vierbeiner, das hätte mich auch nicht gestört. Während des ganzen Spaziergangs jedoch zu hören, wie wohlerzogen ihr Hund gewesen ist und was ich alles bei Cicero falsch mache, ist eindeutig zu weit gegangen. Als ich versucht habe, ihr zu erklären, dass ich es genau so will und glücklich mit dem Verhalten meines Hundes bin, hat sie mit völligem Unverständnis reagiert. Ihr werdet es nicht glauben, aber sie hat sogar vorgeschlagen, Cicero für mich zu trainieren. Als ob ich ihn diesem Weibsbild – entschuldigt – jemals anvertrauen würde!«

»Und wie hast du dich vor dem Abendessen gedrückt?«, erkundigte sich Pamela.

»Ich habe ihr gesagt, dass wir ganz offensichtlich nicht harmonieren würden und das gemeinsame Dinner wohl besser nicht stattfinden sollte. Daraufhin hat sie mich als unbelehrbaren, einfältigen Dummkopf bezeichnet, ist in ihr Auto gestiegen und davongefahren. Noch nie in meinem Leben habe ich mich dermaßen über die Rücklichter eines Wagens gefreut.«

»Wenn sie von einem Hund absoluten Gehorsam verlangt, wird auch der Mann an ihrer Seite gewisse Dinge zu befolgen haben, nehme ich an. Sei froh, dass du sie so schnell losgeworden bist.« Nat grinste.

»Nicht auszudenken!« Jim vollführte eine abwehrende Geste. »Reden wir nicht mehr von ihr. Habt ihr schon gegessen?«

Molly stand auf. »Noch nicht. Es gibt genug Soße und Pasta. Ich hole ein Gedeck und ein Glas Wein für dich.«

»Ich helfe dir.« Nat schob seinen Stuhl zurück und folgte Molly in die Küche.

Kapitel 34

Elisabeth fixierte den Kaffee vor sich. Schließlich hob sie den Kopf und blickte Pamela an. »Vielen Dank für die Einladung und besonders dafür, dass du Timothy eine Chance gibst. Bis jetzt hat er nirgendwo Fuß fassen können.«

Seit Elisabeth eingetroffen war, verhielt sie sich zurückhaltend und höflich, und Pamela fragte sich, was ihre unvermutete Veränderung hervorgerufen hatte. Es war beinahe so, als säße Elisabeths netter Zwilling vor ihr.

Pamela nickte. »Lilly und ich sind sehr zufrieden mit Timothy. Er macht sich sowohl im Hotel als auch in der Agentur hervorragend.«

»Ich würde es ihm und meiner Cousine wünschen.«

»Es dauert oft eine Weile, bis man die richtige Aufgabe für sich findet. Timothy ist kreativ und arbeitet gern selbstständig. Die Aufgaben im Hotel sind eher unkomplizierter Art, aber er erledigt sie mit Enthusiasmus. Bei Lilly in der Agentur wird er adäquat gefördert. Es scheint ihm Freude zu bereiten, und er sprüht vor Ideen.«

»Der Mapleccino …«

»Und die *three o'clock coffee time*. Der Mapleccino war die Draufgabe. Wie schmeckt er dir übrigens?«

»Sehr gut. *Tom* hat ihn entwickelt, nicht wahr?«

Warum betonte Elisabeth Toms Namen so seltsam? Pamela beschlich die Vermutung, dass Elisabeth etwas auf dem Herzen hatte. Anders als gewohnt ging es bestimmt nicht um ein Gerücht, das sie loswerden wollte. Dieser Wesenszug schien überhaupt nicht mehr zu existieren.

»Ich möchte nicht neugierig erscheinen, aber geht es dir gut?«, fragte Pamela so sanft wie möglich.

»Ja, hervorragend sogar. Vielleicht erscheine ich nur verlegen, weil ich mit dir über etwas sprechen möchte, jedoch nicht recht weiß, wie ich beginnen soll.«

Pamela öffnete die Hände in einer einladenden Geste. »Sag es einfach.«

»Du musst wissen, dass deine Rede bei der Eröffnungsfeier des Hotels für mich ein Wink Gottes gewesen ist. Ich war zwar erstaunt darüber, warum er ausgerechnet dich erwählt hat – dein Leben entspricht nicht den Regeln –, gleichwohl habe ich die Weisung natürlich angenommen.«

»Ich weiß offen gestanden nicht einmal im Ansatz, wovon du sprichst.«

»Als ich krank wurde und meine Stimme verloren habe, war ich voller Angst. Ich hatte das Empfinden, von einer höheren Instanz für meine Vergehen bestraft worden zu sein. Also bin ich, als ich mich etwas erholt hatte, in die Kirche gegangen. Ich habe gebeichtet und ein langes Gespräch mit unserem Reverend geführt. Nun besuche ich ihn öfter, und er hilft mir dabei, ein besserer Mensch zu werden.«

Pamela brauchte eine Weile, um Elisabeths Worte zu verarbeiten. »Ich wusste nicht, dass du gläubig bist.«

»Ich bin getauft und wurde von meinen Eltern in diesem Sinne erzogen. Unzählige Jahre habe ich der Kirche keine Beachtung geschenkt, aber der Herr hat mich zurückgeholt.« Elisabeth beugte sich vor. »Ich habe viele Dinge gesagt und getan, die in Gottes Augen als Sünde gelten.«

»Nun, ich muss zugeben, du hast wegen deiner Neugierde und so mancher Geschichte häufig für gewissen Aufruhr gesorgt, aber ob das eine Sünde ist?«

»Ich weiß um meine Vergehen und halte Einkehr. Auch du, Pamela, solltest das tun. Ich habe mich mit dem Reverend über deine und Lillys Partnerschaft unterhalten. Er meinte, ich dürfte gnädig über die Gepflogenheiten der neuen Welt hinwegsehen.«

Pamela starrte Elisabeth mit immer größerem Erstaunen an. Was sollte sie darauf antworten? Einerseits wollte sie Elisabeth mitteilen, dass es ihr egal war, ob sie sich *gnädig* zeigte, andererseits fand sie in ihren Aussagen keine Hinterlist oder Falschheit. Was Elisabeth von sich gab, wirkte echt und überzeugt. Dennoch war ihr die Wendung des Gesprächs unangenehm, und sie wollte so rasch wie möglich von sich ablenken.

In Gedanken bat sie Tom um Verzeihung und erwiderte: »Du hast vorhin Tom in besonderer Weise betont …«

»Ich habe von ihm und Charlotte gehört. Mein Fehler ist es gewesen, diese Frau einzustellen und darüber hinaus niemandem etwas davon zu erzählen. Aber Tom hat sich dem Begehren hingegeben. Er muss seine Sünde ebenfalls erkennen und Buße tun. Dann wird mit Laurie wieder alles in Ordnung kommen. Gott sorgt dafür.«

»Ja, sie werden das hoffentlich durchstehen.«

»Wir müssen uns unserer Handlungen bewusst werden. Charlotte habe ich übrigens nach deiner Eröffnungsfeier gekündigt. Ich habe gesehen, wie sie sich verhalten hat, und kann mit solch einer

Person nicht mehr unter einem Dach arbeiten.« Elisabeth schlug ein Kreuzzeichen.

Langsam wurde Pamela unruhig. Was war bloß mit Elisabeth geschehen? Es schien, als wäre sie einer Gehirnwäsche unterzogen worden. Selbst ihre Wortwahl war äußerst eigentümlich. Pamela achtete den Glauben eines jeden Menschen, das hier ging jedoch wahrhaft zu weit. Fast sehnte sie sich nach der neugierigen und klatschsüchtigen Elisabeth. Sie war zwar ein Biest gewesen, aber in keiner Weise unheimlich.

»Timothy hat heute Vormittag den Vorschlag gemacht, für die Gäste kleine Ausflugstouren anzubieten. Ich finde seine Idee sehr gut. Was meinst du dazu?« Auf die Schnelle fiel Pamela nichts Besseres ein, um Elisabeth nochmals umzuleiten.

Elisabeth faltete die Hände. »Er ist bei dir und Lilly bestens aufgehoben. Das freut mich aufrichtig.«

Das Gespräch wurde immer verstörender. Normalerweise hätte Elisabeth sofort versucht, das Ruder an sich zu reißen und ihre Vorschläge dargebracht; an erster Stelle hätten ihr Kiosk und eine Bootstour gestanden.

Verstohlen sah Pamela auf die Uhr, es war fünf Minuten nach drei.

Aus dem Aufenthaltsraum des Hotels drangen Stimmen. Gleich darauf betrat eine Gruppe von fünf Frauen die Veranda. Pamela kannte sie vom Sehen. Sie stammten aus einem Nachbarort Maple Creeks.

»Elisabeth, ich muss mich entschuldigen und die Gäste bedienen. Noch habe ich keine Angestellte für die *three o'clock coffee time*.«

»Natürlich, ich sollte ebenfalls zurück zum Kiosk. Ohne Charlotte muss ich die meiste Zeit anwesend sein. Ich habe nur noch zwei stundenweise Aushilfen.« Sie stand auf und reichte Pamela die Hand. »Vielen Dank für den Kaffee und das Gespräch. Es würde mich sehr freuen, dich und Lilly einmal in der Kirche zu sehen. Auch *ihr* seid herzlich willkommen.« Elisabeth drehte sich um und verließ die Terrasse.

Mit offenem Mund sah Pamela ihr nach, dann wandte sie sich ab und begrüßte ihre Gäste.

Kapitel 35

Die meisten Gäste hatten die Sycamore bereits verlassen. Laurie war mit ihren Erledigungen in der Küche fertig und stand bei Molly, Pamela, Lilly und Nat an der Bar.

»Tom und Jack sind gleich fertig. Sie haben nur kurz im Kühlhaus zu tun. Bevor er kommt, muss ich euch schnell etwas erzählen. Er hat mich heute mit einem Frühstück im Bett überrascht, inklusive der dritten weißen Rose in dieser Woche.« Laurie lächelte verschmitzt. »Nun sind wir wieder vollständig ausgesöhnt.«

Molly ergriff Lauries Hand. »Ich bin so froh und erleichtert. Was meinst du denn mit *vollständig?* Gibt es ein Mittelding?«

Lauries Lächeln wurde breiter. »Ich habe es etappenweise durchgezogen: erst das Verzeihen selbst und dann die Rückkehr ins Schlafzimmer. Und ich kann euch sagen, so eine Pause bringt wirklich einen gewissen Kick mit sich.«

Lilly kicherte. »Versöhnungssex ist doch noch immer der beste.«

»Ach kommt schon. Stopp! Ihr seid nicht unter euch. Ich will nichts davon hören.« Nat hielt sich die Ohren zu und drehte sich zur Seite.

»Nun hab dich nicht so.« Pamela gab ihm einen Schubs. »Ich

bin Gast in deinem Haus und habe ein hervorragendes Gehör.« Sie bedachte Nat und anschließend Molly mit einem vielsagenden Blick.

Nat stöhnte auf. »Wenn wenigstens Jim hier wäre.«

»Ich bin gespannt, ob sein zweites Date besser verlaufen ist. Es dauert auf jeden Fall länger als das erste«, bemerkte Laurie.

Wie auf Befehl öffnete sich die Tür, und Jim betrat die Tavern.

Alle blickten ihm gespannt entgegen.

»Habt ihr extra auf mich gewartet?«, fragte er, nachdem er es sich auf einem Barhocker bequem gemacht hatte.

»Das zwar nicht, aber neugierig sind wir trotzdem«, antwortete Pamela.

Jim wartete, bis sich Tom und Jack, die gerade am Ende der Bar aufgetaucht waren, zu ihnen gesellten, und sagte: »Ich will euch nicht auf die Folter spannen: Es war sehr nett, und ich habe mich bestens unterhalten. Diese Ann ist eine toughe und sympathische Frau. Und ihr werdet es nicht glauben, sie ist nicht nur passionierte Reiterin, der Pferdehof, wo wir uns getroffen haben, befindet sich sogar in ihrem Besitz. Anhand ihrer Infos via Mail dachte ich, sie hat dort nur ihr Pferd eingestellt.«

»Wirst du sie wiedersehen?«, erkundigte sich Molly. Das Leuchten in Jims Augen war ihr nicht entgangen. Sie freute sich darüber und atmete zudem aus ganz persönlichen Gründen erleichtert auf. Nach dem misslungenen ersten Treffen hatte sie nämlich einen leisen Hauch von schlechtem Gewissen verspürt. Immerhin war die Idee, Jim auf einer Dating-Plattform anzumelden, von ihr gekommen.

»Morgen hat sie viel zu tun, aber am Sonntag besuche ich sie wieder. Cicero nehme ich auch mit. Sie hat selbst drei Hunde, die frei auf dem Hof herumlaufen und hervorragend ohne Befehle im

Ein-Minuten-Takt auskommen. Einige niedliche Katzen tummeln sich ebenfalls in den Ställen herum.«

Jack schüttelte den Kopf. »Kaum bin ich eineinhalb Jahre fort, hat sich alles verändert. Maple Creek scheint zum Leben erwacht zu sein. Es tut sich hier fast mehr als in Toronto.«

Molly schmunzelte. »Warte ab, bis meine Wirbelwind-Freundin anreist. Dann wird es erst recht turbulent.«

»Dorothy kommt nun wirklich?«, fragte Laurie. »Endlich lernen wir sie kennen. Lang genug haben wir gewartet. Ich freu mich schon auf sie.«

»Du liebe Güte!« Pamela schlug sich mit der flachen Hand auf die Stirn. »Ich muss euch etwas schier Unglaubliches erzählen. Lilly weiß es natürlich bereits, aber sie kann mit der Tragweite nichts anfangen, weil sie die Geschehnisse nur aus meinen Berichten kennt. Elisabeth hat mich doch heute Nachmittag im Hotel besucht. Ihr Auftritt war noch weitaus skurriler als bei der Eröffnungsfeier.« Sichtlich unzufrieden mit ihrer Aussage schüttelte sie den Kopf. »Wohl eher merkwürdiger und tragischer.«

»Und bestimmt hat sie versucht, dich über Lilly auszuhorchen. Wahrscheinlich wird sie auch etwas über unsere geplanten Umzüge gehört haben, und Jim war sicherlich ebenfalls Thema. Nicht zu vergessen Laurie und Tom.« Nat streckte der Reihe nach vier Finger hoch.

»Nichts dergleichen – keine Fragen, keine Neugierde, keine Überrumpelungsversuche. Sie hat die ganze Zeit von Gott geredet, von Sünden, Sühne und Vergebung. Es war richtig gruselig, als hätte eine völlig fremde Person vor mir gesessen.« Pamelas Blick fixierte Tom. »In einem Punkt hat Nat recht, du bist in diesem Gespräch aufgetaucht, aber anders, als du wahrscheinlich vermutest.«

»Ich? In welchem Zusammenhang?«, erkundigte sich Tom.

»Wegen Charlotte.« Pamela zuckte entschuldigend mit den Schultern. »Elisabeth hat sie übrigens entlassen.«

»Ich hatte gestern eine Besprechung mit Morris. Er wirkt wie ein Schatten seiner selbst. Ob das in Zusammenhang mit Elisabeths Verhalten steht?«, überlegte Jim. »Ich konnte ihn leider nicht danach fragen, weil er einen Kunden dabeihatte. Und Elisabeth war wirklich nicht dabei, etwas über die aktuelle Lage herauszufinden? All die Ereignisse wären doch normalerweise ein gefundenes Fressen für sie. Merkwürdig, sehr merkwürdig.«

»Mit keinem Wort, ich schwöre es«, bekräftigte Pamela.

»Bei erster Gelegenheit werde ich versuchen, mit Morris zu reden. Vielleicht braucht er Unterstützung. Wann plant ihr eigentlich eure Wohnungsrochade?«, wollte Jim wissen und wechselte damit das Thema.

»Endgültig nach dem Sommer, wobei Molly jetzt schon beginnt, ihre Sachen sukzessive zu mir zu bringen. Im Augenblick haben wir alle zu viel zu tun, um auch noch diesen riesigen Brocken auf einmal in Angriff zu nehmen.«

Pamela nickte. »Vorerst ziehe ich wie geplant ins Hotel, nehme aber nur die wichtigsten Dinge mit. Der Rest bleibt einstweilen bei Nat.«

»Ist meine Habe weitgehend bei Nat untergebracht, fangen Pam und Lilly an, sich in Tante Gynnies Häuschen einzurichten«, führte Molly weiter aus.

»Das finde ich sehr vernünftig. Ihr startet keine Großaktion, sondern bewerkstelligt das Vorhaben Schritt für Schritt.«

»Zum Glück können wir das durch die Gegebenheiten so arrangieren. Andernfalls wäre es im Moment für uns alle eine große Belastung.«

»Das Ganze klingt nach einer klassischen Maple-Creek-Lösung. Darauf sollten wir anstoßen«, sagte Tom. »Ich mixe uns eine Runde Tom's Maple.« Bevor er sich hinter die Bar begab, umarmte er Laurie und küsste sie.

Jack sah seinem Bruder nach, dann schlang auch er seinen Arm um Laurie und drückte sie an sich. »Schon immer habe ich meine Besuche in Maple Creek genossen, aber dieses Mal ist mein Gefühl noch viel intensiver und inniger. Ihr wisst gar nicht, welch besonderes Gut ihr mit eurer Freundschaft in Händen haltet. Ich beneide euch.«

Kapitel 36

»Ich bin so aufgeregt.« Molly knetete ihre Finger und ließ den Blick durch die kleine Runde gleiten, die sich auf der Veranda des Maple Lake Inn versammelt hatte, um Dorothy zu begrüßen.

Molly machte sich keine Gedanken darüber, ob sich ihre Freunde *von hier* mit ihrer besten Freundin *von dort* verstehen würden, aber auf anderer Ebene hatte dieses Aufeinandertreffen eine besondere Bedeutung für sie: Zwei wichtige und verschiedene Lebensabschnitte würden nun zusammenkommen und letztlich ineinanderfließen. Die Vergangenheit verband sich mit ihrer Gegenwart und der Zukunft.

Eigentlich hatte Molly Dorothy unbedingt vom Flughafen abholen wollen, aber ihre beste Freundin hatte einen anderen Plan forciert. »Ich habe doch nicht unbewusst den Sonntag für meine Anreise gewählt. Alle deine Freunde haben Zeit, und ich will sie sofort auf einen Schlag kennenlernen, am besten in deinem Hotel. Wir handhaben es so: Du sorgst dafür, dass ihr gemeinsam auf mich wartet, und ich nehme mir am Flughafen einen Mietwagen. Ich werde ohnehin ein Auto brauchen, denn ich möchte mir auf eigene Faust die Gegend ansehen«, hatte sie gesagt.

Nat griff nach Mollys Hand und drückte sie. »Deine Finger

können nichts dafür. Wenn du noch länger an ihnen ziehst und sie verdrehst, werden sie bald zu schmerzen beginnen.«

»Ich an deiner Stelle wäre genauso hibbelig«, bemerkte Lilly. »Es ist ein großer Moment, wenn die beste Freundin das neue Zuhause erstmals sieht, den Liebsten und dazu auch gleich die neuen Freunde kennenlernt. Ihr Männer seid einfach zu cool, um so etwas zu verstehen.«

»Wer ist zu cool?«, tönte es vom Absatz der Treppe.

Molly sprang sofort auf und eilte zu den Stufen. »Dorothy!«

»Nehmt mir doch bitte einer die Flaschen ab, damit ich meine Freundin drücken kann«, bat Dorothy, nachdem sie die Stufen erklommen hatte. Mit beiden Armen hielt sie vier Champagnerflaschen umklammert.

»Das ist wohl mein Metier.« Tom stand auf, befreite Dorothy von ihrer Last und stellte die Flaschen auf dem Tisch ab.

Sofort fielen sich Molly und Dorothy in die Arme. Als sie sich nach einer geraumen Weile wieder voneinander lösten, sagte Dorothy: »Du darfst mir niemanden vorstellen, Molly, ich möchte es selbst versuchen. Wenn Flaschen *dein Metier* sind, musst du Tom sein. Es freut mich, dich endlich kennenzulernen.«

Ihr Blick glitt weiter. »Laurie?«

Laurie nickte und stand auf. Die beiden umarmten sich kurz.

»Pamela und Lilly. Du liebe Güte, deine Locken sind wirklich ein Traum, Lilly. Ich habe von ihrer Pracht gehört.«

»Du würdest nicht ins Schwärmen geraten, wenn du sie täglich bändigen müsstest.«

»Das kann ich mir gut vorstellen.« Dorothy machte einen Schritt auf Jim zu. »Ohne Zweifel: Jim Ryder. Molly hat mir schon viel von dir und ebenso von Cicero erzählt. Wie geht es der Dame mit den Pferden?« Sie zwinkerte ihm zu.

Jim lachte auf. »Ich weiß bereits jetzt, dass Maple Creek wie geschaffen für dich ist. Herzlich willkommen.«

Dorothy umrundete den Tisch. »Und du bist also der Mann, dem meine liebste Freundin ihr Herz geschenkt hat.« Ungeniert musterte sie Nat. »Molly beweist ihren guten Geschmack. Mach sie nur bloß nicht unglücklich, sonst kriegst du es mit mir zu tun.«

»Das wird nicht geschehen. So viel kann ich dir versichern.« Auch Nat umarmte Dorothy.

»Und was ist mit mir?« Jack brachte sich in Position.

»Das Beste hebe ich mir immer bis zum Schluss auf. Jack, Toms Bruder, habe ich recht?« Sie legte ihre Hände auf seine Oberarme und küsste ihn zur Begrüßung sanft auf beide Wangen.

Jack zog den Stuhl neben sich für sie zurück, und Dorothy setzte sich. Sie schlug die Beine so übereinander, dass ihr Knie in Richtung Jack zeigte.

Molly beobachtete jede kleinste Bewegung und unterdrückte ein Schmunzeln. Sie kannte ihre Freundin gut. Schon als Dorothy die Stufen hochgestiegen war und einen ersten Blick auf die Runde geworfen hatte, waren ihre Augen einen Tick länger an Jack hängen geblieben.

Aber auch Jack schien durchaus angetan von Dorothy zu sein. Molly konnte nur nicht einschätzen, ob es sich um ein rein freundschaftliches Interesse oder mehr handelte.

»Ich habe die Flaschen am Flughafen gekauft. Sie müssten eigentlich noch kalt genug sein. Ich habe extra welche aus dem Kühlbereich genommen. Deshalb sind mir im Wagen die Papiertüten aufgeweicht.« Dorothy wandte sich an Tom. »Kannst du mir behilflich sein?«

Er griff nach einer Flasche und nickte. »Die anderen sollten wir allerdings kalt stellen. Bleib sitzen, Dorothy, ich erledige das schon.«

»Und ich hole Gläser«, sagte Pamela und verdrehte die Augen. »Zum Glück muss heute keiner mehr arbeiten. Bis auf mich, wenn die Gäste dann von ihren Ausflügen zurückkehren. Erinnert mich bitte nach dem zweiten Glas Champagner daran.«

»Ich trinke auch nur zwei und unterstütze dich«, erwiderte Lilly und lächelte Pamela zu.

Kapitel 37

Molly kniete sich nieder und hob einen flachen Stein auf. »Tante Gynnie hat mir beigebracht, wie man sie über das Wasser springen lassen kann. Ich weiß noch, wie ich am Ufer herumgelaufen bin und nach passenden Steinen gesucht habe. Es ist eine meiner ersten klaren Kindheitserinnerungen an meine Zeit bei Tante Gynnie. Sie hat damals gesagt, ich solle nicht zu verbissen suchen, der Richtige werde kommen.«

»Das klingt mehrdeutig«, antwortete Dorothy.

»Und es war bestimmt genau so gemeint, das habe ich natürlich erst viel später herausgefunden.«

»Du hast deinen Stein entdeckt, nicht wahr?«

Molly nickte. »Ja, das habe ich. Und das Gefühl ist schlichtweg einzigartig. Ich erinnere mich nicht, je zuvor so glücklich gewesen zu sein.«

»Nat ist wirklich ein toller Mann. Ich bin seit drei Tagen hier und meine, es mittlerweile halbwegs beurteilen zu können. Jetzt zeig mir, wie das mit dem Springen funktioniert.«

Molly drehte sich zur Seite, holte mit Schwung aus und warf den Stein. Er traf flach auf die Wasseroberfläche auf und sprang viermal, bevor er versank.

Dorothy fixierte den Boden. »Das muss ich ebenfalls versuchen. Ich sehe keinen …«

»Du musst genau schauen, dann wirst auch du fündig.«

»Reden wir noch über Steine, oder sind wir inzwischen bei Männern angelangt?« Dorothy lächelte. »Ich für meinen Teil gehe gern zu Zweitem über. Jack ist ein überaus ansprechender Mann. In ihn könnte ich mich auf der Stelle verlieben. Ehrlich.«

»Seid ihr beide gestern eigentlich noch lang in der Tavern geblieben?«

»Bis Tom uns schließlich hinauskomplimentiert hat. Wie ein Liebespaar sind wir in der Dunkelheit Hand in Hand zum Hotel zurückgegangen. Es war sehr romantisch.«

Abrupt blieb Molly stehen. »Hat er in deinem Zimmer übernachtet … oder du in seinem?«

»Nein, das ist ja das Seltsame. Wir haben uns nicht einmal geküsst. Du kennst mich. Meinem Naturell entsprechend gehe ich üblicherweise offensiver vor. Und er scheint mir im Normalfall ebenfalls forscher zu sein. Plötzlich liegt etwas Achtsames in meinem Verhalten, und offensichtlich genauso in seinem. Ich kann es dir nicht besser erklären.«

»Worüber habt ihr euch unterhalten?«

»Über unsere Berufe – die Vorteile, aber auch die Schattenseiten –, vergangene Beziehungen, Vorstellungen, Wünsche, Träume; ein buntes Potpourri jenseits der Oberflächlichkeit.«

»Wenn ich dich so reden höre, muss ich dir leider mitteilen, dass du dich nicht in Jack verlieben könntest, du hast dich bereits in ihn verliebt.«

»Bis über beide Ohren, befürchte ich. Hast du sein verschmitztes Lächeln bemerkt? Und wie er sich durchs Haar fährt, wenn er eine für ihn wichtige Aussage tätigt? Als ich gestern im Bett gelegen habe, konnte ich erst gar nicht richtig einschlafen, so aufgewühlt war ich. Dabei war es wirklich spät. Normalerweise schlummere ich auf der Stelle wie ein Stein, egal, ob ein flacher oder ein runder.«

Molly schmunzelte. »Deine anfängliche Euphorie ist legendär.«

»Dieses Mal ist es irgendwie anders.«

»Auch dieser Spruch ist nicht neu für mich. Nichts für ungut, Dorothy, du weißt, wie ich das meine.«

»Ach herrje, du kennst mich einfach zu gut. Aber es ist mit Jack echt nicht so wie sonst. Wie könnte ich es dir am besten erklären? Ich bin nicht nur enthusiastisch, sondern zugleich unsicher und weiß nicht, wie ich es angehen soll. Im Normalfall setze ich meine Schritte, ohne großartig darüber nachzudenken, bei ihm überlege ich und bin vorsichtig.«

»Das ist in der Tat ein neuer Zug an dir.«

»Ich bin immer gleich Feuer und Flamme und kann es nicht erwarten, mich in die jeweils neue Beziehung zu stürzen. Jetzt würde ich mir gern Zeit lassen und Jack zuerst kennenlernen. Auf einmal habe ich es nicht eilig, was paradox ist, weil unsere Uhr gnadenlos tickt. In drei Wochen minus drei Tage fliege ich wieder zurück nach New York. Vielleicht fährt Jack sogar noch früher heim nach Toronto.«

»In diesem Punkt kann ich dich beruhigen. Was ich von Laurie gehört habe, denkt er bereits daran, seinen Aufenthalt zu verlängern.«

Dorothy seufzte. »Ich habe gegrübelt, ob es womöglich nur an der Situation liegt, die doch deutlich vom normalen Ablauf abweicht. Ich besuche dich, und er ist ebenfalls hier. Die Zeit, die wir gemeinsam verbringen, beruht allein auf der Tatsache, dass außer uns alle arbeiten müssen.«

»Du machst dir erstaunlich viele Gedanken über ihn und die ganze Situation.«

»O ja, jede Menge. Wenn ich nur an ihn denke, bekomme ich schon weiche Knie. Ach Molly, was soll ich tun?«

»Da du die Beziehungsratgeberin von uns beiden bist, fällt es mir schwer, dir etwas vorzuschlagen.«

»Sehr diplomatisch, Frau Journalistin. Das hilft mir aber keinen Deut weiter.«

»Wir sehen uns doch alle heute Abend in der Tavern, und sicherlich bleibt ihr beide wieder länger sitzen. Lerne ihn besser kennen – wie du es ohnehin vorhast – und achte auf deine Empfindungen. Er ist von dir begeistert. Um das zu erkennen, braucht man keine besondere Empathie.«

»Das habe ich dir noch gar nicht erzählt. Ich kann heute nicht in die Tavern kommen. Jack hat mich nämlich zum Abendessen eingeladen, irgendwohin außerhalb von Maple Creek.«

»Das ist ja noch besser! Dann habt ihr den ganzen Abend für euch allein.« Molly zeigte auf das Hotel. »Wir müssen leider langsam wieder zurückgehen. Ich habe ein Treffen mit Franklin in der Redaktion vereinbart.«

Unvermittelt umarmte Dorothy Molly und drückte sie an sich. »Es ist so wunderschön hier, und ich fühle mich sehr wohl. Ich kann mir gut vorstellen, öfter bei dir zu Gast zu sein. Möglicherweise schreibe ich mein nächstes Buch in Kanada – eine neue Inspiration.«

»Ich würde mich wirklich darüber freuen. Im Augenblick bin ich aber erst einmal glücklich, dass du bei mir bist.«

Sie drehten um und machten sich auf den Weg zurück zum Hotel.

Kapitel 38

Jack griff nach dem Weinglas und trank einen Schluck. »Möchtest du ein Dessert oder einen Kaffee?«

»Das Thunfischsteak war hervorragend. Ich will die Erinnerung an den Geschmack durch nichts Süßes trüben lassen. Aber einen Espresso nehme ich gern. Der passt besser, finde ich.«

Jack hob den Arm, und als der Kellner an den Tisch trat, bestellte er zwei Espressi. Nachdem der Mann wieder gegangen war, sagte Jack: »Das ist ein wunderbarer Abend.«

»Ich empfinde genauso.«

»Wie kann eine dermaßen interessante und schöne Frau wie du Single sein?«

»Das Thema hatten wir doch bereits gestern Abend in der Tavern.«

»Noch habe ich aber keine Details von dir erfahren. Und ich bin neugierig.«

»Nun, wenn du die volle Wahrheit wissen willst … Ich vermag nicht mehr zu zählen, wie viele Beziehungen ich hinter mich gebracht habe. Anfänglich bin ich begeistert und male mir ein Leben mit dem betreffenden Mann aus, dann lerne ich ihn besser kennen, und seine Fassade beginnt Tag für Tag mehr zu bröckeln.

Ich entdecke Unwichtigkeiten, die ich nicht leiden kann, zumeist sogar zu hassen lerne. Ist diese Phase eingetreten, gibt es kein Zurück mehr. Die Spirale dreht sich unweigerlich nach unten. Ich finde weitere Dinge, die mich stören, verliere meine Freude an der Zweisamkeit und schließlich beende ich die Partnerschaft, weil ich keinen Ausweg sehe.« Dorothy betrachtete Jack nachdenklich. »Detailliert genug? Ich hoffe, meine Ehrlichkeit verschreckt dich nicht. Es liegt mir fern, dir irgendwelche falschen Geschichten aufzutischen, nur damit ich entspreche.«

»Weder verschreckst noch erschreckst du mich. Um ehrlich zu sein, finde ich dich nur noch bemerkenswerter und anziehender.« Mit einem versonnenen Ausdruck ließ er seine Fingerspitze über den Rand des Glases gleiten. »Vielleicht sollten wir uns zunächst mit einem gewissen Abstand kennenlernen und erst dann einen Schritt nach vorne machen, sofern wir keine negativen Eigenheiten aneinander entdecken.« Energisch schüttelte er den Kopf. »Andererseits … Das ist kompletter Schwachsinn, was ich gerade von mir gegeben habe. Sich etwas aufzuerlegen, nur weil die Vergangenheit in einem bestimmten Muster verlaufen ist. Sie hat doch nichts mit dem Heute, mit dir und mir zu tun.«

Dorothy nickte. »Ob du es glaubst oder nicht, Vergleichbares habe ich am Vormittag mit Molly erörtert. Ich war nicht fähig, meine Empfindungen für dich in verständliche Worte zu fassen, weil etwas ganz Neues mitschwingt.« Sie beugte sich vor und stützte die Ellbogen auf dem Tisch ab. »Du sprichst von uns, als würden wir direkt darauf zusteuern, uns näherzukommen.«

Der Kellner brachte die Espressi, und Jack wartete, bis der Mann wieder gegangen war. »Liegt das nicht auf der Hand? Oder möchtest du lieber um den heißen Brei herumreden?«

Dorothy warf ihr Haar zurück und lachte. »Du bist ein richtiger Mistkerl, mein lieber Jack.«

»O nein, du verkennst mich. Ich bin keiner, aber ich spiele gern einen.«

»Gut gebrüllt, Löwe«, antwortete Dorothy betont neutral. Sie wollte nicht zeigen, dass eine glühend heiße Welle durch ihr Inneres jagte.

Auf Basis von Mollys Erzählungen war sie neugierig auf Jack gewesen, das musste sie zugeben. Dass er sie allerdings schlichtweg vom Stuhl fegen würde, war in ihrer Vorstellung nicht vorgekommen. Sie hatte sich ein prickelndes Geplänkel, eventuell sogar einen intensiven Flirt ausgemalt, aber dieses Aufwallen der Gefühle brachte sie völlig aus dem Konzept. Es war genau das, was sie versucht hatte, Molly heute zu vermitteln.

»Was tun wir nun mit uns?«, erkundigte sie sich leise.

»Ich bezahle, wir machen einen Spaziergang am Seeufer und betrachten die Sterne. Womöglich erhalten wir von ihnen eine Antwort.« Abrupt erhob sich Jack. »Unseren Kellner sehe ich gerade nicht. Ich gehe zur Empfangsdame; sie soll mir die Rechnung ausstellen.« Er tat einige Schritte und drehte sich um. »Ich will nicht sitzen und warten.«

Dorothy blickte ihm nach. Die Aufregung floss durch ihren Körper, und sie spürte, wie sie erbebte. Sie wusste, was geschehen würde, es war unausweichlich, und doch stand es noch als allumfassende Frage im Raum. Die Anspannung zerriss sie förmlich.

Als Jack zurückkam und ihr bereits aus einiger Entfernung zunickte, stand sie sofort auf. Sie verließen das Lokal und gingen zu Jacks Wagen.

Auf der Fahrt zum Hotel sprachen sie kein Wort miteinander. Es war wie eine stille Vereinbarung, diesen besonderen Moment durch kein falsches Geräusch und keinen einzigen Satz zu durchbrechen.

Dorothy konnte sich nicht daran erinnern, wann sie das letzte Mal so entflammt gewesen war. Kerzengerade saß sie auf dem Beifahrersitz und starrte durch die Windschutzscheibe. Die nächtliche Landschaft zog an ihr vorbei, aber sie registrierte kaum etwas.

Endlich erreichten sie das Hotel, und Jack parkte den Wagen. Er stieg aus, öffnete die Beifahrertür und reichte ihr seine Hand. Sie umrundeten das Hotel und gingen auf den See zu. Dabei hielten sie ausreichend Abstand, um sich nicht zu berühren.

Jack legte den Kopf in den Nacken und sagte leise: »Wir haben eine sternenklare Nacht und zunehmenden Mond.« Er drehte sich ihr zu. »Das sieht nach einem guten Omen für uns aus, findest du nicht?«

In der Dunkelheit konnte Dorothy sein Lächeln mehr erahnen, als dass sie es tatsächlich sah. »Könnten die Sterne je lügen?«, flüsterte sie.

Anstatt einer Erwiderung machte er einen Schritt auf sie zu und brachte damit den bisher eingehaltenen Abstand zu Fall. Er legte seine Arme um sie, zog sie zu sich, und seine Lippen berührten ihre.

Ihr erster Kuss war sanft und vorsichtig, aber Dorothy spürte deutlich, wie sich sein Körper anspannte. Er schien förmlich zu vibrieren. *Die Ruhe vor dem Sturm,* dachte sie und bemerkte, wie sie selbst erzitterte.

Kurz gab Jack sie frei und murmelte kaum hörbar: »Heute werde ich nicht ›Gute Nacht‹ sagen und auf mein Zimmer gehen.«

Als Antwort presste Dorothy nun ihre Lippen auf seine.

Kapitel 39

Ihr habt was?« Laurie sprang auf. Bis jetzt hatte sie als unbeteiligte Dritte vor dem Gemüsebeet gekniet, welke Blätter von den Tomatenstauden entfernt und dabei Tom und Jacks Gespräch verfolgt, als würde sie einer Radiosendung lauschen. Nun konnte sie nicht länger die Desinteressierte mimen.

Sie zog ihre Gartenhandschuhe aus, eilte auf die Terrasse und ließ sich in einen Stuhl fallen.

Tom grinste. »Wusste ich doch, dass du uns aufmerksam zuhörst.«

»Natürlich! Was dachtest du denn?« Laurie streckte sich und küsste Tom auf die Wange.

Jack betrachtete die beiden eine Weile lang. »Seit meiner Trennung von Samantha denke ich vermehrt über Beziehungen nach. Warum sind so viele zum Scheitern verurteilt? Was machen wir falsch? In meinem Bekanntenkreis in Toronto sind allein im vergangenen Jahr inklusive Sam und mir sechs Paare auseinandergegangen.« Er schüttelte den Kopf. »Dann komme ich nach Maple Creek, sehe meinen verheirateten Bruder, der nach all den Jahren so verliebt ist in seine Frau wie am ersten Tag – und umgekehrt. Und Nat, den ich immer als beziehungsunfähig eingestuft habe, strahlt vor Glück. Pamela ist auf einmal sesshaft geworden und plant eine Zukunft mit Lilly. Selbst Jim befindet sich auf Freiersfüßen. Es scheint, als wäre Maple Creek von Liebe erfüllt. Und ich treffe unvermutet auf Dorothy. Warum sollte es nicht auch mich erfassen?«

»Dorothy dürfte eine spontane Frau sein«, gab Laurie zu bedenken.

»Wir sind in unseren Gesprächen weit genug in die Tiefe vorgedrungen. Ich kann sie, denke ich, bereits gut einschätzen. Sie ist eine Suchende, wie so viele andere ebenfalls. Der Unterschied liegt darin, dass sie sich nicht verkriecht, sondern den sprichwörtlichen Stier bei den Hörnern packt – wieder und wieder.«

»Aber es scheint mir so rasch zu gehen.« Noch wollte Laurie nicht lockerlassen. Sie fand Dorothy überaus sympathisch und hatte sie auf Anhieb gemocht, Jack jedoch war ihr Schwager, und in ihr regte sich der Beschützerinstinkt. Er sollte nicht leiden müssen, nur weil er sich aufgrund der Situation blindlings in etwas verrannte.

»Laurie, ich glaube, du verkennst mich ein wenig. Kann das sein?«

»Inwiefern?«

»Wie soll ich dir schonend –«

Tom unterbrach Jack. »Ich bringe es schneller und besser auf den Punkt: Mein Bruder ist nicht der schutzbedürftige, fragile Mann, der Gefahr läuft, in die Fänge einer Femme fatale zu geraten. In Wahrheit benötigt er eine selbstbewusste und offensive Frau, sonst ist nämlich sie diejenige, die an ihm zerbricht.«

Jack lachte auf. »Ich hätte mich in aller Kürze als tendenziell geläuterten Schwerenöter bezeichnet, aber deine Erklärung war um einiges treffender.«

»Das weiß ich«, antwortete Laurie. »Ich möchte nur verhindern, dass aus einer wunderbaren Zeit eine tragische wird.«

»Du brauchst dich nicht zu sorgen. Ich habe nämlich das Gefühl, in Dorothy womöglich endlich eine ebenbürtige Partnerin gefunden zu haben. Du hast Samantha doch kennengelernt. Sei ehrlich – findest du, dass sie zu mir gepasst hat?«

»So wenig wie Lydia, und wie hat die davor noch schnell geheißen?« Laurie legte den Kopf schief. »Wenn ich darüber nachdenke, bist du immer mit demselben Frauentyp zusammen gewesen. Hübsch, lieb, brav, dich anhimmelnd und – versteh mich nicht falsch – einfach gestrickt. Damit meine ich nicht dumm.« Sie drehte sich Tom zu. »Du hattest mit deiner Aussage völlig recht.«

Jack schmunzelte. »Siehst du. Dorothy hat mit meinen Ex-Freundinnen definitiv nichts gemein. Lieb und brav sind de facto nicht ihre Attribute, von Anhimmeln sind wir meilenweit entfernt, und ich vermute, dass sie zudem über einen hochkomplexen Charakter verfügt.«

»Du willst dir also bewusst die Zähne ausbeißen?« Laurie lehnte sich zurück. »Nun, vielleicht wird dir die Erfahrung guttun.«

Jacks Blick schwenkte zu Tom. »Möchtest du Lauries Beschützerinstinkt nicht endlich umleiten und mich damit zum Onkel machen?«

Tom brauchte kurz, um zu erfassen, was Jack meinte. »Ob du es mir nun glaubst oder nicht, ich fände es schön, eine Familie zu gründen.«

»Ich verstehe dich gut. Es kommt die Zeit im Leben eines Mannes, wo er …« Jack lachte auf. »… einen Baum pflanzen muss und einen Sohn zeugen will.«

Laurie sah von einem zum anderen. »Hallo, könnt ihr mich sehen? Ich sitze hier und habe vielleicht – nur ganz am Rande – auch ein Wort mitzureden.«

»Ach, Laurie, ich scherze doch nur«, erwiderte Jack. »Wobei ich mir keine besseren Eltern als euch beide vorstellen kann. Das meine ich ernst.«

»Die Tavern nimmt uns nahezu rund um die Uhr in Beschlag. Wer würde kochen, wenn ich durch eine Schwangerschaft ausfalle? Wo wäre das Baby, während wir arbeiten? Das Lokal ist unsere Existenz«, antwortete Laurie.

Trotz aller Bedenken hatte sich Toms Satz bereits fest in ihren Gedanken eingebrannt: *Ich fände es schön, eine Familie zu gründen.* Unmerklich schüttelte sie den Kopf. »Was macht eigentlich Dorothy gerade?«, erkundigte sie sich, um wieder auf neutralen Boden zu geraten.

»An und für sich dasselbe wie ich. Sie sitzt bei Molly und erzählt ihr von uns. Ich lasse euch jetzt aber wieder allein. Wir wollen uns mittags im Hotel treffen und dann etwas unternehmen. Habt ihr eine Idee?«

»Ihr könntet zu Elisabeths Kiosk am anderen Seeufer fahren und euch ein Boot mieten. Elisabeth ist sicherlich beschäftigt und wird keine Zeit haben, euch mit ihrer neuen seltsamen Denkweise einzuhüllen.« Laurie zeichnete einen Kreis in die Luft.

»Ich werde es Dorothy vorschlagen.« Jack stand auf. »Am Abend in der Tavern?«

»Wir werden da sein«, antworteten Laurie und Tom wie aus einem Mund und grinsten sich an.

Laurie wartete, bis Jack das Haus verlassen hatte, und fragte: »Würdest du wirklich gern Vater werden wollen?«

Tom lehnte sich zurück. »Ein kleines Wunder, erschaffen von uns beiden? Und ob ich das möchte.«

»Dann sollten wir beginnen, darüber nachzudenken. Was meinst du?«

Tom nickte. »Nichts lieber als das. Gerade jetzt, wo doch die Liebe in Maple Creek Einzug gehalten hat.«

Kapitel 10

Cicero sprang aus dem Wagen und blieb neben Jim stehen, der ihn anleinte. Wenngleich Anns Hunde frei auf dem Reiterhof herumliefen, war es nicht selbstverständlich, dass ein fremder Hund das ebenso durfte. Jim hätte es als unhöflich empfunden, sich dieses Privileg, ohne zu fragen, herauszunehmen, zumal er außerdem nicht wusste, wie Cicero auf Pferde reagierte.

»Nun, mein Junge, dann wollen wir einmal sehen, ob du Pferde magst … und Ann.« Jim blickte sich um und entdeckte Ann in dem mit Holzstangen begrenzten Viereck auf einem – für seine Begriffe – viel zu langbeinigen, rotbraunen Pferd.

Er mochte Pferde, wie fast alle Tiere, hatte aber einen enormen Respekt vor ihnen. Mit einem gewissen Sicherheitsabstand zwischen ihm und einem Pferd fühlte er sich allerdings durchaus wohl.

Auch Cicero schien zur Vorsicht zu neigen. Zwar reckte er den Kopf interessiert hoch, wich Jim jedoch nicht von der Seite. Die Leine war unnötig; während sie auf das Viereck zuschritten, spannte sie sich kein einziges Mal.

Als Ann sie kommen sah, winkte sie und rief ihnen ein »Hallo« zu. Erst als sie die Runde vollendet hatte und bei ihnen angelangt war, hielt sie das Pferd an. »Ich brauche noch etwa zehn Minuten. Ist das in Ordnung für dich?«

»Mach dir bitte keinen Stress. Ich schaue dir gern zu. Es sieht sehr elegant aus, wenn du reitest.«

»Ich habe dir schon beim letzten Treffen vorgeschlagen, es auch zu versuchen. Ramires hier ist heißblütig und benötigt eine strenge Hand. Er wäre nicht geeignet für dich, aber auf Bella zum Beispiel könntest du es probieren. Sie ist geduldig und hat einen ruhigen Trab. Außerdem weiß sie besser als die meisten Reiter, wie es gerade richtig ist. Es würde dir bestimmt gefallen.«

Jim schüttelte den Kopf. »Vielen Dank für dein Angebot, aber ich bleibe mit meinen Beinen lieber auf dem festen Boden.«

»Irgendwann werde ich dich noch dazu bringen, auf ein Pferd zu steigen.« Sie nahm die Zügel wieder auf und trieb Ramires an.

Jim setzte sich auf einen Holzbalken und beobachtete Ann, wie sie das Pferd angaloppieren ließ. Sie und das Tier schienen eine Einheit zu bilden. Es war ein Genuss, ihr zuzusehen, und er musste sich eingestehen, dass Ann ihm wirklich gut gefiel.

Ihre Sportlichkeit und Tierliebe stellte sie gerade unter Beweis, sie verfügte jedoch über einige weitere Attribute, die er sehr sympathisch fand. Sie hatte ein fröhliches Naturell und wirkte unkompliziert. In keiner Weise hatte sie bisher versucht, ihm ihre Meinung aufzudrängen, obwohl sie ihre Ansichten klar und deutlich formulierte.

Mittlerweile hatte er sich auch mit den beiden anderen Frauen auf einen Kaffee am Nachmittag getroffen. Die erste Erfahrung hatte ihn gelehrt, sich kein abendfüllendes Programm auszudenken, sondern erst ein kurzes Kennenlernen vorzuschlagen. In beiden Fällen war er dankbar für seinen Entschluss gewesen.

Während die Erste mit verbitterter Miene durchgehend über

ihren Ex-Mann hergezogen war, hatte die Zweite an seinen Lippen gehangen und ihm ständig Komplimente gemacht, als wäre er kein alternder Anwalt, sondern ein Rockstar. Die Höflichkeiten hatten ihm zwar geschmeichelt, doch konnte er sich nicht vorstellen, ständig so umgarnt zu werden.

Weitere Damen hatten ihm Treffen vorgeschlagen, es war sogar ein unverblümtes Angebot dabei gewesen. Vorerst wollte er sich allerdings nicht weiter verabreden.

Gerade als er sich fragte, ob dieser Umstand an Ann liegen könnte, klingelte sein Handy. Er zog das Telefon aus der Brusttasche und warf einen Blick auf das Display, dann nahm er das Gespräch an. »Hallo Pam!«

»Hi Jim. Bist du vielleicht gerade in deinem Büro und hast ein paar Minuten Zeit für mich?«

»Nein, leider. Ich bin unterwegs. Was hättest du denn gebraucht?«

»Eine tolle Möglichkeit hat sich aufgetan. *Happybus Tours*, das ist ein Anbieter für organisierte Urlaube mit dem Bus, möchte das Maple Lake Inn in sein Programm aufnehmen und es auch sofort anbieten. Den Vertrag habe ich gerade gemailt bekommen und wollte dich bitten, ob du ihn dir ansehen könntest. Ich denke, alles passt, aber sicher bin ich mir natürlich nicht.«

»Selbstverständlich. Kommst du heute in der Tavern vorbei?«

»Ja, Timothy hat Abenddienst, und ich freue mich schon auf ein bisschen Abwechslung. Ich drucke den Vertrag aus und nehme ihn mit. Ist dir das recht? Es sind nur wenige Seiten.«

»Perfekt. Ich freue mich. Bis später.« Jim steckte das Handy wieder zurück in die Tasche und sah auf.

Ann hatte das Pferd angehalten und schaute auf ihn herunter. »Wer war das?« Ihre Miene wirkte ernst.

»Pamela. Ich habe dir von ihr erzählt. Sie ist die Pächterin des Hotels in Maple Creek.«

Augenblicklich erhellten sich Anns Züge. »Ach ja, die Lesbe.« Sie saß ab und ergriff Ramires' Zügel. »Ich bin fertig, er muss nur noch gestriegelt und versorgt werden. Du kannst mir helfen. So näherst du dich endlich einem Pferd.«

In gebührendem Abstand zum Hinterteil des Tieres folgte Jim ihr zu den Ställen. Seit Anns Reaktion auf sein Telefonat mit Pamela verspürte er ein unbehagliches Gefühl, und mit jedem Schritt, den er machte, wurde es stärker.

Höflich und doch eindeutig hatte er bereits mehrfach klargestellt, dass er Pferde mochte, ihnen aber definitiv nicht zu nahe kommen wollte. Überdies hatte ihm ihre Bezeichnung für Pamela nicht gefallen: *die Lesbe*. Er empfand sie als plump und unangebracht. Und zu allem Überfluss klang Anns beißende Stimme noch in seinem Ohr, als sie ihn nach der Person am Telefon gefragt hatte.

Konnte es sein, dass er sich in Ann irrte? Als Anwalt wusste er am allerbesten, wie unbekümmert sich manche Menschen Masken aufsetzten und den anderen mit Leichtigkeit etwas vorspielten. Bis auf wenige Ausnahmen hatte er es im Gegenzug oft gesehen, wie diese Masken genauso rasch wieder fielen. Die meisten schafften es nicht, ihr wahres Ich über längere Strecken zu verbergen.

Nachdenklich strich Jim über Ciceros Kopf. »Wir wollen vorsichtig und achtsam sein, mein Junge«, murmelte er leise.

Kapitel 41

Molly betrat die Tavern und sah sich nach Dorothy um. Sie war noch nicht hier, auch Jack nicht, aber Pamela und Jim saßen an der Bar. Jim hielt ein Schriftstück in der Hand und las. Sicherlich handelte es sich um den Vertrag des Reisebusveranstalters. Pamela hatte ihr am Telefon kurz davon erzählt.

Als Molly bei ihnen Platz nahm, legte Jim die dünne Mappe zur Seite. Schnell hob sie die Hand zum Zeichen, nicht stören zu wollen.

Pamela lächelte ihr zu und nickte. »Und, ist er in Ordnung, Jim?«, fragte sie.

»Einwandfrei. Im Rahmen dieser Vereinbarung kannst du zwar nicht den normalen Zimmerpreis verlangen, das ist allerdings üblich und wird durch die Anzahl der vergebenen Zimmer wettgemacht. Mit einem großen Reisebus ist das Hotel auf einen Schlag ausgebucht.«

»Der Veranstalter richtet sein Angebot vorrangig an Rentner, Vereine und sonstige Gruppen, die gemeinsam Urlaub verbringen wollen. Es kann also durchaus mal eine größere Personenanzahl zusammenkommen. Sobald ich zusage, beginnen sie mit einer gesonderten Kampagne«, erklärte Pamela.

»Wie sieht es denn überhaupt mit der Auslastung aus?«, wollte Jim wissen.

Pamela wiegte den Kopf. »Teils, teils. Generell nicht übel, vor allem in der Vorweihnachtszeit und dann nach Silvester. Aber bald tut sich eine fast dreiwöchige Lücke auf. Da habe ich nur Dorothy und Jack als meine Gäste. Eine Reisegruppe wäre phantastisch, und ich werde dem Veranstalter diesen Zeitraum morgen explizit mit einem zusätzlichen Rabatt anbieten. Obwohl es kurzfristig ist, will ich die Chance nicht verstreichen lassen.«

»Das ist eine gute Idee. Ich setze dir ein kurzes Schreiben auf, wo sowohl der Preisnachlass als auch dieser Gültigkeitszeitraum in korrekter Form definiert sind. Du kennst das Unternehmen nicht, und Vorsicht ist besser als Nachsicht, heißt es.«

Tom, der offenbar mitgehört hatte, machte einen weiten Schritt auf sie zu und hob den Zeigefinger. »Weise Worte, Jim. Erinnerst du dich an den Getränkehändler vor einigen Jahren? Wärst du nicht gewesen, hätte ich gehörig draufgezahlt.« Sein Blick schwenkte zu Molly und fixierte sie erwartungsvoll. »Was möchtest du trinken? Und hast du Hunger?«

Natürlich wusste sie sofort, worauf Tom eigentlich hinauswollte. Auch sie brannte darauf, sich über Dorothy und Jack auszutauschen. »Erst mal nur ein Ginger Ale, mit dem Essen warte ich auf Nat … und *Dorothy*.«

Ihr Name reichte Tom als Stichwort. »Was sagst du dazu? Jack ist auf jeden Fall überglücklich. Und ich denke, ich verstehe, warum er sich so fühlt. Dorothy ist endlich eine Frau auf seiner Augenhöhe.«

»Dorothy strahlt ebenfalls über das ganze Gesicht. Ich muss ehrlich zugeben, dass ich mich nicht erinnere, sie je so erlebt zu haben. Vielleicht haben sie sich wirklich gefunden.«

»Sagt bloß! Ist zwischen Dorothy und Jack etwas geschehen?«, fragte Jim.

»*Etwas geschehen* ist milde ausgedrückt! Bei den beiden hat eine Bombe eingeschlagen«, antwortete Tom.

Molly nickte eifrig. »Jack ist offiziell zu Tom gegangen, um zu berichten, und Dorothy zu mir. Das drückt einiges über die Ernsthaftigkeit der Sache aus. Hätten sich die beiden einer Momentaufnahme hingegeben, würde ich zwar ebenfalls davon erfahren, aber auf ganz andere Weise: als Geheimnis, leise ins Ohr getuschelt.«

»Sie wirken auf mich wie ein wahrhaft verliebtes Paar«, bemerkte Pamela.

»Du weißt auch schon davon?«, erkundigte sich Jim.

»Also bitte, ich führe das Hotel, in dem die beiden zu Gast sind. Es wäre traurig, wenn mir so etwas entgehen würde.«

Kaum dass Pamela ausgesprochen hatte, öffnete sich die Eingangstür. Gespannt sahen alle hin.

Morris betrat die Tavern und gesellte sich zu ihnen.

Sofort fielen Molly die dunklen Ringe unter seinen Augen auf. Auch dieses dezente, kaum merkliche Schmunzeln, das er sonst immer auf den Lippen trug, war verschwunden.

Jim musste es ebenfalls aufgefallen sein, denn er fragte ihn geradeheraus: »Was ist mit dir los, mein Freund? Du siehst aus, als wärst du entweder krank oder hättest einen Geist gesehen.«

Morris rieb sich über die Augen. »Einen Geist nicht, aber Gott. Versteht mich nicht falsch, ich bin ein guter Christ, was sich allerdings gerade in meinem Zuhause abspielt, ist nicht mehr normal. Ich weiß nicht mehr, was ich tun soll.«

»Elisabeth?«, antwortete Tom. »Sie hat mich kürzlich auf dem Weg in die Tavern abgefangen und mir gesagt, ich solle Buße tun für mein Fehlverhalten mit Charlotte. Ich war zum Glück in Eile und konnte dem Gespräch entfliehen.«

»Ihr wisst von ihrem Besuch bei mir«, fügte Pamela hinzu.

Morris seufzte tief auf. »Ich habe keine Ahnung, was mit ihr geschehen ist. Von uns beiden war immer ich der Gläubige. Sie hat sich sogar manches Mal lustig über mich gemacht, wenn ich selten, aber doch manchmal die Kirche besucht habe.« Er blies die Wangen auf und ließ die Luft langsam entweichen. »So eigenartig es klingt, mir fehlt *meine Elisabeth*. Oft habe ich mich über ihre Art geärgert, jetzt sehne ich sie zurück.«

»Und das alles wegen dieser Kehlkopfentzündung?« Pamela zuckte mit den Schultern.

Auf Morris' erstaunten Blick erklärte sie ihm: »Als wir uns im Hotel auf einen Kaffee getroffen haben, hat sie kurz über ihre Einsicht gesprochen. Versteh mich nicht falsch, in Elisabeths Fall finde ich eine Einkehr grundsätzlich in Ordnung, sie hat einigen Menschen wirklich wehgetan, aber gleich dermaßen in ein anderes Extrem zu kippen, ist bedenklich.«

»Versuche ich mit ihr zu sprechen, erhalte ich nur Floskeln, und sofort bezieht sie sich auf die Kirche. Ich bin ehrlich verzweifelt.«

»Hast du daran gedacht, mit dem Reverend Kontakt aufzunehmen? Offenbar führt Elisabeth erschöpfende Gespräche mit ihm. Eventuell kann er dir einen Hinweis geben. Du müsstest ihn doch kennen, wenn du manchmal in die Kirche gehst«, überlegte Pamela.

Morris nickte. »Reverend Christian. Es ist mir natürlich in den Sinn gekommen, ihn aufzusuchen. Noch scheue ich mich aber davor. Erste Schritte einzuleiten, bedeutet, dass das Problem gegenständlich wird. Ich hoffe noch immer auf eine selbsttätige Lösung.«

»Dass Elisabeth von selbst wieder *normal* wird?«, fragte Jim.

»Das wäre mein Traum, ja.« Morris' Kopf ruckte hoch. »Reden wir von etwas anderem. Eigentlich bin ich nämlich hergekommen, um mich abzulenken. Ich brauche dringend eine gewöhnliche und angenehme Unterhaltung.«

»Die können wir dir allemal bieten«, antwortete Jim. »Hast du schon von Dorothy, Mollys Freundin aus New York, und Jack gehört? Die beiden haben sich in Maple Creek gefunden und sind nun so richtig ineinander verliebt. Wer kann wissen, was noch geschehen wird? Eine Verbindung über die Grenzen hinweg hat es bereits geschafft – nicht wahr, Molly? –, womöglich erleben wir das Wunder bald ein zweites Mal.« Es lag auf der Hand, dass Jim dem Wunsch seines Freundes ohne viel Aufhebens entsprach und mit seinen Worten genau auf eine solche unbeschwerte Unterhaltung abzielte.

Gerade wollte Morris etwas erwidern, als sich die Tür erneut öffnete. Und wieder drehten alle die Köpfe in Richtung des Eingangs.

Dorothy und Jack betraten die Tavern – und sie hielten sich an den Händen.

Kapitel 42

Molly machte es sich vor Jims Schreibtisch auf einem Stuhl bequem und streichelte Ciceros Kopf. Schon bei ihrem allerersten Besuch in seinem Büro hatte Cicero neben ihr gesessen, und er tat es bis heute ohne Ausnahme.

»Was kann ich für dich tun?«, fragte Jim.

»Du weißt, dass ich zu Nat ziehe und Pamela mit Lilly Tante Gynnies Häuschen übernehmen wird. Ich wollte mich nur bei dir erkundigen, wie wir das vertraglich festhalten sollen. Auch wenn wir quasi verwandtschaftlich verbunden und zudem Freundinnen sind, fände ich es gut, das Rechtliche vom Privaten zu trennen.«

»Und damit liegst du völlig richtig. Es handelt sich um zwei Paar Schuhe, und sie gehören getrennt geputzt. Eine zusätzliche Miete wirst du nicht verlangen, oder?«

Molly schüttelte den Kopf. »Das Haus gehört – wie ursprünglich geplant – zum Hotel. Es geht rein um die Mietvereinbarung.«

»Das ist einfach. Im Hauptvertrag des Hotels mit Pamela habe ich den Passus vermerkt, dass sie das Haus nicht in Anspruch nehmen wird. Ich erstelle einen Anhang, nehme Bezug auf diesen Punkt und dokumentiere die Veränderung. Zu deiner Sicherheit würde ich es allerdings nicht mit der Laufzeit der Hotelverpachtung verknüpfen, sondern die Standards eines Mietvertrages heranziehen.«

»Was bedeutet das?«

»Die Länge des Pachtvertrages ist unabhängig vom Wohnhaus. Dort zählen die normalen Kündigungsfristen.«

»Ist das nicht unfair Pamela gegenüber?«

»Aber nein. Sie kann gegebenenfalls genauso davon profitieren. Was geschieht, wenn sie und Lilly in einem Jahr in ein größeres Haus umziehen wollen? Ansonsten würden sie die offiziellen Mieter bleiben und müssten sich um die Instandhaltung des Häuschens kümmern. So fällt die Verantwortung wieder an dich zurück.« Jim lächelte versonnen. »Ist es nicht schön, mit anzusehen, wie alle ihrem Glück entgegensteuern? Du und Nat, Pamela und Lilly, nun deine liebe Freundin Dorothy und Jack. Ganz offensichtlich scheint in Maple Creek die Liebe in der Luft zu liegen – bei den meisten zumindest.«

»Und du?« Molly meinte, einen Hauch von Wehmut in Jims letzten Worten bemerkt zu haben.

»Es ist nicht so leicht.«

Ihr Gespür hatte sich also nicht getrübt. »Ich dachte, du verstehst dich sehr gut mit dieser Reitstallbesitzerin?«

»Ann. Ich bin durchaus angetan von ihr und forciere deshalb im Augenblick keine weiteren Dates. Unlängst allerdings gab es einen Moment, der mich zweifeln ließ. Vielleicht reime ich mir auch lediglich etwas zusammen. Du darfst nicht vergessen, seit wie vielen Jahren ich allein lebe. Ich muss auf niemanden achten, nur auf mich, Cicero und die Arbeit.«

»Was ist geschehen?«

»Zwei Dinge, eigentlich drei. Das erste ist prinzipieller Natur. Obwohl ich mit ihrem Umfeld kein Problem habe, will ich einem

Pferd nicht zu nahe kommen und keinesfalls zu reiten beginnen, aber Ann versucht nachhaltig, mich *aufs Pferd* zu bringen.«

»Ich verstehe, worauf du hinauswillst. Dich stört es in keiner Weise, dass sie einen Reitstall besitzt, ihr soll es im Gegenzug nichts ausmachen, wenn du bei den Pferden auf Sicherheitsabstand bleibst.«

»Besser könnte ich es nicht zusammenfassen. Diesen Punkt verstehe ich sogar irgendwie. Sie möchte mir ihre Leidenschaft näherbringen. Der zweite Punkt gibt mir auch fast mehr zu denken.« Jim bewegte seine Hand hin und her. »Ann hat ein Telefonat von mir mit Pamela bewusst belauscht und äußerst unwirsch reagiert. Ich schwöre dir, sie ist eifersüchtig gewesen. Richtig schnippisch hat sie mich gefragt, wer Pamela ist. Und als ich es ihr erklärt habe, hat sie eine abfällige Bemerkung gemacht. Es war nicht nur der Ausdruck selbst, sondern die Art, ihn auszusprechen. Verstehst du?«

»Was hat sie denn gesagt?«

»Sie hat Pamela als *die Lesbe* bezeichnet.«

Kurz hielt Molly den Atem an. Jeder in Maple Creek ging achtsam mit Pamela und ihren Empfindungen um – genau so, wie es sich gehörte. Es war in der Tat nicht richtig, sich über einen Menschen, den man noch nicht einmal kannte, in dieser Form zu äußern.

»Hast du sie zur Rede gestellt?«

»Nein. Ich war zu verblüfft und musste mich zudem wenige Minuten darauf einem Pferd in der Box stellen.« Jim seufzte auf. »Meine geliebte Lucy war eine komplizierte Frau, musst du wissen. Sie war lebendig und widerspenstig, überaus intelligent und hat ihre Meinung bis ins Letzte vertreten. Du ahnst nicht, welch feurige Diskussionen wir geführt haben. Aber auch das bedeutete für uns Harmonie. Wir waren uns geistig ebenbürtig, ich hätte meine Zeit nicht mit einer Jasagerin verbringen wollen. Genauso war Lucy überaus empathisch und von einem Zeitgeist mit dem Wunsch nach Frieden beseelt. Ich kann mich nicht erinnern, dass sie je über einen Menschen schlecht geurteilt hätte, außer es war verdient. In vielerlei Hinsicht ist sie wie deine Tante gewesen: ein gemäßigter Freigeist.«

»Ich erinnere mich noch, wie du Tante Gynnie genau mit diesen Worten beschrieben hast, als ich nach ihrem Tod nach Maple Creek gekommen bin.« Molly lächelte gedankenvoll. »Nun, was Ann betrifft … Du willst deine Zeit nicht mit einem Menschen verbringen, der andere respektlos behandelt und dich zu kontrollieren versucht. Treffe ich ins Schwarze?«

»Mitten hinein.«

»Und du hast vorerst keine weiteren Dates geplant?«

»Im Augenblick nicht. Hin und wieder kommuniziere ich mit drei verschiedenen Frauen, die sehr nett erscheinen. Erst möchte ich sie auf diesem schriftlichen Weg besser kennenlernen, bevor ich eventuell ein weiteres Treffen versuche. Außerdem sollte ich allen voran die Angelegenheit mit Ann klären.« Jim hob die Hände. »Zuerst dachte ich, es wird sich keine melden, dann waren es zu viele.«

»Heißt es nicht, man muss viele Frösche küssen, ehe man den Prinzen findet? Das lässt sich ebenso auf den Prinzen umlegen, der die verzauberte Prinzessin sucht.«

Jim lachte. »Offen gestanden hatte ich noch nicht die Gelegenheit, einen dieser weiblichen Frösche zu küssen. Aber ich gebe nicht auf, das verspreche ich dir. Ich muss gestehen, auch wenn ich meine Herzensdame nicht finden sollte, bereichert diese Plattform doch mein Leben. Mit deiner Idee hast du mich aus meinem Trott herausgeholt. Allein das ist unbezahlbar.« Jim strich sich über das Kinn. »Hast du etwas von Nora gehört?«

»Natürlich. Es geht ihr gut, aber sie hat viel zu tun – wie immer. An ihren Urlaubsplänen hat sich zeitmäßig nichts geändert.« Molly schob ihren Stuhl zurück. »Ich muss leider weiter. Franklin wartet in der Redaktion auf mich. Wir haben mit den Vorbereitungen begonnen, die *Maple Creek News Time* ein wenig aufzupolieren. Im neuen Jahr startet sie dann mit einem neuen Design. Franklin will dabei um ein Vielfaches offensiver vorgehen als ich. Ein Relaunch ist eine heikle Angelegenheit. Ich wäre für eine schrittweise Umsetzung gewesen, er will allerdings alles auf einmal ändern, was mich ehrlich gesagt erstaunt. Die meisten würden versuchen, ihr *Baby* so weit wie möglich zu erhalten.«

»In Franklin steckt ein Revolutionär. Hat er dir schon etwas aus seinem Leben erzählt? Als junger Mann ist er ein waschechter Enthüllungsreporter gewesen und hat für einige brisante Artikel recherchiert. Aber das soll er dir selbst erzählen. Wie verstehst du dich generell mit ihm?«

»Wunderbar. Er ist ein erfahrener Redakteur und Zeitungsmacher. Ich werde bestimmt viel von ihm lernen.«

»Das freut mich, lass ihn herzlich grüßen von mir.«

»Das mache ich gern.« Obwohl Jim deutlich abgewinkt hatte, konnte Molly nicht anders. Sie musste einfach nachhaken. »Enthüllungsreportagen?«

Jim zeichnete mit dem Zeigefinger einen Strich quer über seinen Mund. »Ich weiß nicht viel darüber, frag ihn bitte selbst danach.«

Das werde ich mit Sicherheit, dachte Molly, kniete sich hin und streichelte Cicero ausgiebig zum Abschied, dann verließ sie Jims Büro.

Kapitel 43

Jack nahm am Bettrand Platz und strich Dorothy über das Haar. »Sollten wir uns anziehen und etwas unternehmen? Irgendwie habe ich das Gefühl, wir müssen hinaus, andererseits möchte ich dieses Zimmer am liebsten nie wieder verlassen.«

Dorothy ergriff seine Hand. »Meinst du das metaphorisch?«

»Sowohl als auch, denke ich.«

»In der Realität erwartet uns momentan niemand. Dein Bruder und Laurie bereiten in der Tavern wie üblich alles für den Abend vor, Molly und Nat arbeiten ebenfalls. Solange uns der Hunger nicht übermannt, läuft uns nichts davon.«

»Und im übertragenen Sinn?«

Dorothy setzte sich auf. »Im Augenblick bin ich so erfüllt von Glück, dass ich nicht daran denken möchte, was in einem Monat sein wird. Aber die Zeit vergeht rasch, und schon bald werden wir darüber sprechen müssen, was dann mit uns passiert – sofern wir beide überhaupt wollen, dass es ein Danach gibt. Jetzt ist alles unbeschwert und einfach, später hätten wir wohl einige Hürden hinter uns zu bringen.«

»Ich will es. Mit uns ist etwas Besonderes geschehen, und das werde ich nicht wegen einiger Hindernisse beiseiteschieben. Es mag vielleicht alles überstürzt erscheinen, aber ich möchte die Chance auf ein Leben mit dir ergreifen. Wie denkst du darüber?«

Dorothy lächelte. »Als ersten Schritt könnten wir unseren Urlaub etwas ausdehnen. Was meinst du? Ich muss nicht zu einem bestimmten Stichtag nach New York zurück. Das Einzige, was ich tun sollte, ist, erste Überlegungen für ein neues Buch anzustellen, und das kann ich hier genauso wie in New York. In Maple Creek womöglich sogar noch besser als sonst irgendwo.«

»Nach der Abwicklung dieses großen Bauprojekts, von dem ich dir erzählt habe, hatte ich sowieso vor, mir eine längere Auszeit zu gönnen. Aktuell habe ich nur zwei Baustellen, die ich als externer Berater betreue. Dafür brauche ich grundsätzlich nicht vor Ort zu sein. Es geht hierbei ausschließlich um die Koordination und Feinheiten bei der Planung. Und sollte ich deshalb kurzfristig für zwei oder drei Tage nach Toronto müssen, nehme ich dich einfach mit. Die Stadt hat einiges zu bieten, es würde dir gefallen.«

»Wie lange könntest du deine Auszeit denn in die Länge ziehen?«, fragte Dorothy.

»Realistisch betrachtet bis Ende September. Und du?«

»Im Oktober beginnt der Rummel für das Weihnachtsgeschäft. Der Verlag plant einige Specials und ein *Best of* meiner Bücher. Das vermarkten sie wie ein neues Werk.«

»Dann verlängern wir bis Ende September! Und für die Zeit danach werden wir Pläne erstellen. Es ist wunderbar, in den Tag hineinzuleben und zu sehen, was geschieht. So einfach verhält es sich bei uns aber nicht.«

»Es stört mich nicht, eine Struktur zu entwerfen. Immerhin geht es um dich, um uns. Ich fliege zu dir nach Toronto, du kommst nach New York, außerdem haben wir Maple Creek.«

»Wir müssen nur Pamela rechtzeitig Bescheid geben, dass wir die

Zimmer länger in Anspruch nehmen werden. Wie sie mir erzählt hat, könnte es sein, dass bereits im September die erste Reisebusgruppe ankommt.« Jack zog die Mundwinkel hoch. »Im Grunde bräuchten wir nur ein Zimmer. Zwei kosten unnötig Geld.«

»Hast du … diesbezüglich Probleme?«

»Überhaupt nicht. Meine finanzielle Lage ist mehr als stabil. Es war nur so dahingesagt. Geht es dir gut? Unsere Liebe wird allein wegen der Entfernung einiges an Flugkosten verschlingen. Solltest du je einen Engpass haben, musst du es mir mitteilen, dann springe ich ein. Du brauchst dir darüber keine Gedanken zu machen.«

Dorothy schmunzelte. »Mein Bankkonto ist prall gefüllt. Ich muss nur immer für Büchernachschub sorgen.« Sie zeigte zur Decke. »Schade, dass Pamela übergangsweise in diese größere Einheit unter dem Dachboden gezogen ist. Sie wäre perfekt für uns.«

»Ist Molly nicht längst dabei, ihre Sachen bei Nat unterzubringen?«

»Ja, aber sie wollen sich aufgrund ihrer vielen Arbeit nicht hetzen. Wiederum können es beide kaum erwarten. Vielleicht klappt es ja doch, dass wir zumindest unsere letzten Tage in Maple Creek da oben verbringen.«

»Selbst wenn es bei Molly und Nat schneller gehen sollte, muss Pamela erst in das Häuschen umziehen. Du vergisst, dass der September schon vor der Tür steht. Und um ganz ehrlich zu sein, ist es mir total egal, ob wir in diesem Zimmer bleiben oder ein wenig mehr Platz zur Verfügung haben. Ohnehin benötigen wir nur das Bad und … das Bett.«

Jack beugte sich über Dorothy und küsste sie.

Sofort schlang sie die Arme um seinen Hals und flüsterte: »Meinst du, wir könnten das Thema *Verlängerung* auf mehrere Bereiche ausdehnen?«

Jack grinste verwegen. »Fragst du mich das ernsthaft? Ich glaube, ich muss da etwas unter Beweis stellen.«

Abermals presste er seine Lippen auf ihre.

Kapitel 44

Morris betrat die Kirche, machte einige Schritte und verharrte. Er schlug das Kreuzzeichen und sah sich um. Schon länger hatte er keine Messe mehr besucht, aber die Atmosphäre des Gebäudes war ihm dennoch zutiefst vertraut: das gedämpfte Licht, es war kühl und still, die flackernden Kerzen auf dem Opfertisch, der Hauch von Weihrauch in der Luft.

Außer ihm befand sich niemand in der Kirche. Morris war froh darüber. Obwohl er den Schritt gewagt und Reverend Christian angerufen hatte, war er sich seiner Sache nicht sicher.

Elisabeths Wandlung hatte ihn in einen Zwiespalt geführt. Es störte ihn keineswegs, wenn seine Frau zu Gott fand und damit ihre maßlos übertriebene Neugierde gezügelt wurde. Mit ihren Geschichten hatte sie in der Vergangenheit tatsächlich einiges angerichtet.

Es war die Intensität, mit der sie sich in den neu gefundenen Glauben hineinstürzte, die ihm Sorgen bereitete. Versuchte er, die Situation aus einer neutralen Perspektive zu betrachten, musste er sich eingestehen, dass Elisabeth schon immer extrem gehandelt hatte und nun wieder so reagierte.

Hinter dem Altar bewegte sich etwas.

Morris ging einige Schritte weiter und räusperte sich. »Reverend Christian?«, rief er verhalten.

Ein Kopf erschien, gleich darauf richtete sich der Priester ganz auf. »Mister Morris, herzlich willkommen. Entschuldigung, ich habe Sie nicht hereinkommen gehört. Gerade versuche ich herauszufinden, warum mein Mikrophon manchmal diese lästigen Aussetzer hat.«

»Vielleicht kann ich Ihnen behilflich sein?«

»Vielen Dank, aber das ist nicht notwendig.« Der Reverend verließ den Altarbereich und kam auf Morris zu. »Sie haben mich um ein Gespräch gebeten. Geht es um Ihre Beichte?«

»Nein. Ich möchte mit Ihnen über meine Frau sprechen, Elisabeth.«

Der Reverend öffnete die Arme. »Dann schlage ich vor, wir begeben uns in die Kammer. Dieser Ort scheint mir geeignet. Ich darf Sie bitten ...«

Morris folgte Reverend Christian zu einer Tür, die er noch nie bemerkt hatte. Sie war im Seitentrakt der Kirche in die Holztäfelung integriert.

Der Reverend öffnete die Tür und machte eine einladende Handbewegung. »Bitte, treten Sie ein und nehmen Sie Platz.«

Morris tat, wie ihm geheißen, und sah sich um. Es handelte sich um einen kleinen Raum, der mit einem Besprechungstisch für sechs Personen, einem Schrank und einer Kommode ausgestattet war. Darauf standen eine Kaffeemaschine und einige Tassen sowie Wassergläser auf einem Tablett. An der Wand hing ein großes Kreuz.

Nachdem sie sich gesetzt hatten, sagte Reverend Christian: »Ich muss Sie darauf hinweisen, dass ich den Inhalt der Gespräche mit Ihrer Frau nicht mit Ihnen erörtern darf.«

»Das Beichtgeheimnis, ich weiß. Es liegt mir fern, Sie auszufragen, vielmehr möchte ich Sie bitten, mir Ihren Eindruck von Elisabeth mitzuteilen.«

Der Reverend faltete die Hände. »Ihre Frau hat zu Gott gefunden und versucht, die begangenen Fehler gutzumachen. Daran ist nichts Verwerfliches, Mister Morris. Ich würde mir wünschen, mehr Menschen fänden ihren Weg zum Glauben. Sind Sie gegen ihren Entschluss?«

»Aber nein, überhaupt nicht.«

»Nun, dann müssen Sie bitte deutlicher werden und mir Ihre wahren Gedanken anvertrauen, sonst kann ich Ihnen nicht weiterhelfen.«

Kurz schwieg Morris. Wenn er seine tief im Inneren vergrabene Befürchtung jetzt ausspräche, würde sie unweigerlich in die Realität übergehen. Infolgedessen wäre es nicht mehr nur ein Gefühl, sondern würde zu einem gegenständlichen Thema. Er hüstelte. »Elisabeth hat Ihnen ohne Zweifel einiges über ihre Vergangenheit berichtet. Sie wissen also, dass ihr Verhalten mitunter drastisch gewesen ist. Plötzlich kippt sie in das andere Extrem. Auch Sie, Reverend, müssen bemerkt haben, dass Elisabeth völlig übertrieben handelt.«

Reverend Christian rieb sich über die Stirn. »Ich möchte nicht leugnen, dass Ihre Frau –« Er seufzte auf. »Ja, Sie haben recht, Mister Morris. Mir ist aufgefallen, dass sich Elisabeth innerhalb kürzester Zeit eklatant in den Glauben hineingesteigert hat. Ich muss zugeben, selbst schon überlegt zu haben, ob ich mit Ihnen Kontakt aufnehmen soll. Ihre Frau wirkt wie … besessen.«

Automatisch ruckte Morris' Oberkörper zurück. »An Geister, Dämonen und Exorzismus glaube ich nicht, das möchte ich vorausschicken.« Fest stellte er die Beine auf den Boden und griff nach der Tischkante. Sollte das Gespräch in diese Richtung verlaufen, würde er sofort aufstehen und gehen.

»Aber nein. Bitte bleiben Sie, Mister Morris. Ich denke vielmehr an ein psychisches Problem.«

Morris atmete durch. Er war froh, das Wort nicht als Erster ausgesprochen zu haben. *Psychisches Problem* stand genau für jenes Mahnmal, das er zu umschiffen gehofft hatte. »Das vermute ich ebenfalls«, erwiderte er schließlich leise.

»Sie wirken verstört, wenn ich das sagen darf. Wie kann ich Ihnen helfen?«

Morris zuckte mit den Schultern. »Wohl gar nicht. Es fällt mir nur sehr schwer, zu akzeptieren, dass meine Frau womöglich krank ist.«

»Darf ich Ihnen einen Vorschlag unterbreiten, Mister Morris?«

»Bitte ...«

»In Northville gibt es ein hervorragendes psychologisches Diagnoseinstitut. Ich habe schon einige Menschen dorthin geschickt, und es konnte ihnen geholfen werden.« Der Reverend senkte den Kopf. »Meine Tür steht für alle offen, und ich bin für jeden da. In manchen Fällen kann ich jedoch leider nichts weiter ausrichten, dann sollten Fachkräfte eingreifen.« Abrupt stand er auf. »Ich hole Ihnen die Kontaktdaten des Instituts.«

Nachdem Reverend Christian den Raum verlassen hatte, legte Morris die Hände vor das Gesicht. Hatte er es nicht seit jeher geahnt? Elisabeth war anders. Er hatte nur stets die Augen davor verschlossen.

Kapitel 45

Pamela eilte von der Veranda in die Küche und flitzte, nachdem sie sich davon überzeugt hatte, dass hier alles ordnungsgemäß vonstattenging, zurück ins Foyer.

»Bist du bereit, Timothy? Sie müssen jeden Augenblick eintreffen.« Es fiel ihr selbst auf, wie schrill ihre Stimme klang.

Lilly, die hinter der Rezeption stand, vollführte eine beschwichtigende Geste. »Wie oft hat sie dich das in der vergangenen halben Stunde gefragt, Timothy? War es viermal, fünfmal?«

Er drehte sich Lilly zu und grinste. »Es war nur dreimal. Ich habe extra mitgezählt.«

Pamela zupfte an ihrem Kleid. »Ihr beide habt leicht reden. In Kürze ist das Maple Lake Inn zum ersten Mal für eine ganze Woche ausgebucht.« Obwohl sie natürlich akribisch Buch führte, hatte sie sämtliche Reservierungen der nächsten Zeit im Kopf.

Gleich bei dieser ersten Reisegesellschaft handelte es sich um eine große Gruppe, die bis auf zwei Zimmer das ganze Hotel belegte. Sie blieben sieben Tage und reisten nächsten Samstag wieder ab. Mit einer Woche Pause folgte eine etwas kleinere Gesellschaft. Und so ging es weiter.

Die ruhige Woche zwischen den beiden Gruppen würden Lilly

und sie nutzen, um – früher als ursprünglich geplant – in das Häuschen zu ziehen. Es hatte sich ergeben, weil Molly und Nat viel schneller waren, als sie eigentlich angenommen hatten. Letztlich lag es wohl daran, dass sie sich einfach zu sehr nach dem gemeinsamen Leben sehnten, um länger als zwingend notwendig auszuharren. Auch Lilly und sie freuten sich auf ihr eigenes Heim und fieberten dem Zeitpunkt entgegen.

Lilly stützte sich an dem Pult der Rezeption ab und lehnte sich vor. »Ich für meinen Teil rede *so leicht*, weil ich genau weiß, dass du an alles gedacht hast und bestens vorbereitet bist: vom Aushilfspersonal bis zu den kleinen Schokoladen auf dem Kopfkissen in jedem Zimmer. Du hast sogar das Geschirr gezählt, ob ausreichend zur Verfügung steht. Eine Reserve hast du ebenfalls hinzugerechnet, wie ich dich kenne.«

»Und eigens für diese Gruppe haben Sie auch noch ein gesondertes Infoblatt zusammengestellt, damit sich die Gäste besser in der Gegend zurechtfinden. Darüber hinaus bieten Sie ihnen kleine organisierte Ausflüge an«, warf Timothy ein.

»Es handelt sich um eine Gesellschaft von Naturfreunden. Ein gutes Hotelmanagement nimmt Bezug auf die speziellen Wünsche und Vorlieben der Gäste und überlegt, wie es diese zufriedenstellen kann. So bindet man sie an sich, und möglicherweise kommt der eine oder andere wieder zu Besuch. Ich bin schon am Grübeln, was wir für die Rentner übernächste Woche anbieten könnten. Und vergiss nicht, Timothy, die Grundidee mit den Ausflügen stammt sozusagen von dir.«

»Für die Senioren fiele mir Folgendes ein: ein gemächlicher Morgen-Walk am Ufer mit Bewegungsübungen – ein Freund von mir ist Fitnesstrainer, den könnte ich fragen –, oder ein Kartenspielturnier, das sich über mehrere Tage hinzieht, vielleicht ein

Tanzabend, die *three o'clock coffee time* ist ohnehin fester Bestandteil«, zählte Timothy auf.

Pamela musterte ihn. »Du sprühst wirklich vor Ideen. Ich sollte dir diesen Part überlassen. Du unterbreitest mir Vorschläge und stellst zusammen, wie du sie bewerkstelligen würdest. Die Infoblätter kannst du ebenfalls gleich mit übernehmen. Was hältst du davon?«

Timothy straffte die Schultern. »Unabhängig von diesen Reisegruppen habe ich zu Hause einiges zusammengeschrieben, was man den Gästen als kleine Zusatz-Feature anbieten könnte. Würden Sie es sich ansehen wollen?«

»Unbedingt, warum hast du es mir nicht längst gezeigt?« Pamela schüttelte den Kopf und drehte sich Lilly zu. »*Zusatz-Feature* also … man merkt, dass er auch bei dir in der Agentur arbeitet.«

Lilly grinste. »Natürlich! Der Werbejargon gehört dazu. In Kürze beginne ich mit der grafischen Einschulung am Computer. Ich bin überzeugt, Timothy wird schon bald perfekte Infoblätter zaubern.«

Bevor Pamela etwas erwidern konnte, sagte Timothy: »Es ist so weit. Ich höre ein Geräusch. Der Bus kommt die Einfahrt entlang.«

Pamela klatschte in die Hände. Ihre Aufregung schien mit einem Schlag wie weggeblasen. »Timothy, du übernimmst wie besprochen das Gepäck. Alles muss ruhig und geordnet vonstattengehen. Frag höflich nach dem Namen, schau auf die Liste und bring die entsprechenden Aufkleber auf den Koffern an. Ich begrüße die Gäste und organisiere den Check-in. Lilly, bei dir füllen sie die Anmeldungen aus, und dann übergibst du die Zimmerschlüssel.«

Kapitel 46

Molly und Franklin saßen vor dem großformatigen Layouting-Bildschirm und betrachteten die letzte Ausgabe der *Maple Creek News Time*.

»Möchtest du wirklich das Logo verändern?«, fragte Molly.

»Nur ein wenig modernisieren. Du gehst viel zu zurückhaltend vor. Es wird den Lesern gefallen, vertrau mir. Dein Vorschlag war völlig richtig, dass wir die *Maple Creek News Time* unbedingt auch online anbieten sollten. Die gedruckte Ausgabe muss dem Internet-Layout angepasst werden. Ich arrangiere nicht das eine neu und belasse das andere auf dem alten Stand. Die Gestaltung muss harmonieren und zeitgemäß sein.«

Molly zuckte mit den Schultern. »Du bist der Boss.«

»Und der sagt dir, dass du in die Vollen greifen kannst. Wir machen Nachrichten. Die Interessen der Leser sind breit gefächert, nutzen wir das aus. Ich denke nur an deine Ideen mit dem Wetter und der Astrologie.«

»Ach, das sind doch nur Kleinigkeiten.«

»Also mir wäre nicht eingefallen, auf den Pollenflug Bezug zu nehmen, auf spezielle Wetterkapriolen in Form von Berichten einzugehen und eine eigene Seite mit *Unsere Sterne* inklusive

Rahmeninfos, Mondphasen und so weiter einzubauen, die von einer echten Astrologin bestückt wird. Ich finde das grandios.«

»Vergiss nicht, ich arbeite seit Jahren für eine Frauenzeitschrift. Gerade die Astrologie ist ein immerwährendes Thema.«

»Deshalb bin ich ja so glücklich, dass du hier bist. Unser Newsbereich ist top, der Sportteil gut und längst modernisiert, aber an vielen Stellen hinkt die *Maple Creek News Time* hinterher, ich meine nicht nur optisch.« Franklin tippte sich an die Stirn. »Zum Thema Wetter gibt es übrigens eine interessante Prognose. Ich frage mich, ob man daraus nicht einen ersten umfassenden Bericht machen sollte, nicht bloß eine kurze Meldung abdrucken.«

»Ich hoffe, du sagst mir jetzt, dass es noch lange warm und sonnig bleiben wird.«

»Nein, leider genau das Gegenteil. Es braut sich etwas zusammen, und wenn es uns tatsächlich trifft, haben wir mit einigem Chaos zu rechnen.«

»Worum handelt es sich?«

»Ich zeige dir die Entwicklung dann drüben auf meinem Computer. Dort habe ich den direkten Link zur Wetterstation geöffnet. Meine persönliche Prognose basiert auf langjähriger Erfahrung. Wenn sich an dieser Stelle eine Front bildet und einige Faktoren zusammenkommen, kann es für unsere Gegend wirklich unangenehm werden. Ich habe schon ältere Ereignisse aus meinem Fundus zusammengesucht. Den Lesern in Erinnerung zu rufen, welche Maßnahmen sie zur Sicherheit ergreifen sollen, finde ich relevant. Auch das ist Aufgabe einer Zeitung. Im Übrigen möchte ich den Artikel selbst schreiben.«

Molly betrachtete Franklin aufmerksam. »Du klingst echt besorgt.«

»Vor allem wachsam. Ich habe diese sogenannten *Flash Floods* selbst hautnah erlebt. Die enormen Wassermengen des Regenfalls können von den Flüssen, Bächen und Seen nicht mehr aufgefangen werden, und innerhalb kurzer Zeit tritt das Wasser über die Ufer. Es geschieht blitzartig und ist unberechenbar. Das macht es so gefährlich. Die Menschen können nicht rechtzeitig reagieren.«

Sofort musste Molly an das Hotel und Tante Gynnies Häuschen denken. »Das Maple Lake Inn …«

»Es war noch nie direkt betroffen. Es steht weit genug vom Ufer des Sees entfernt. Zudem ist das Gelände zum Wasser hin leicht abschüssig. Das stellt eine natürliche Barriere dar.«

Franklin musste ihre ängstliche Miene registriert haben, weil er beschwichtigend hinzufügte: »Hab keine Furcht, Molly. Meine Erfahrungswerte beziehen sich nicht auf Maple Creek. Hier ist noch nie etwas Ernsthaftes geschehen. Manche Orte liegen günstiger als andere. Ich bin weiter oben direkt am Fluss aufgewachsen und habe dort meine Erfahrungen gesammelt.«

Molly nickte, spürte aber deutlich den Knoten, der sich in ihrem Hals gebildet hatte. Franklin versuchte sie zu beruhigen, seine Miene zeigte jedoch echte Sorge. Sie würde später mit Nat und auch Pamela darüber sprechen. Die beiden waren hier aufgewachsen und wussten über die Wetterverhältnisse in der Gegend Bescheid. Sie selbst hatte bis jetzt nur den Frühling und den Sommer in Maple Creek miterlebt. Sehr wohl kannte sie aber das Chaos, das ausbrach, wenn es in New York übermäßig schneite oder ein Unwetter hereinbrach.

Eigentlich hatte Molly das Beisammensein mit Franklin nutzen wollen, um ihn nach seiner Vergangenheit als Journalist zu fragen. Nun beherrschten plötzlich diese Wetterereignisse aus früheren Zeiten ihre Gedanken und trübten die Neugierde.

Kapitel 47

»Ich habe es schon in den Nachrichten gehört.« Nat ließ sich in den Stuhl auf der Terrasse fallen und streckte die Beine aus.

»Bist du überhaupt nicht nervös deswegen?«, wollte Molly wissen. »Nach meinem Termin mit Franklin habe ich bei Pamela vorbeigesehen und ihr von dem möglichen Unwetter erzählt. Sie hat ebenfalls nicht einmal mit der Wimper gezuckt. Allerdings geht es im Hotel hoch her, und sie hat alle Hände voll zu tun. Drohende Regenfälle scheinen im Augenblick ihre letzte Sorge zu sein.«

»Du musst es von einer anderen Warte aus betrachten. Wir sind daran gewöhnt. Der eigentliche Sommer ist hier relativ kurz, dafür haben es die Herbst- und Wintermonate in sich. Es beginnt mit Stürmen und Regen, die einmal stark und dann wieder gemäßigt ausfallen. Fängt es zu schneien an, sind wir darauf eingestellt. Wir wissen mit Schneemassen, Verwehungen und Eiseskälte umzugehen. Es gehört zu unserem Leben.«

»Franklin wirkte auf mich ernsthaft alarmiert.«

»Wie du erwähnt hast, hat er seine eigenen Erfahrungen gesammelt. Und wenn er direkt am Fluss gewohnt hat, kennt er diese *Flash Floods* zur Genüge. Ich will die Gefahr wirklich nicht ignorieren, das zeigen die Opferzahlen, aber jede Gegend ist anders von solchen Katastrophen betroffen. In Maple Creek sind wir sicher.«

»Gegen einen Sturm ist man jedoch auch hier nicht gefeit.«

»Man kann hinreichende Vorkehrungen treffen. Die Bauweise der Häuser etwa ist darauf ausgerichtet. Nimm dieses Gebäude als Beispiel. Du siehst im wahrsten Sinn nur die Fassade. Dahinter verbirgt sich eine massive Substanz, die allen Witterungen standhält. Das Glas des Wintergartens ist ein spezielles Sicherheitsglas. Das Dach ist entsprechend verstärkt.« Er neigte den Kopf. »Kannst du dich an unsere Diskussion erinnern, als ich die Veranda des Maple Lake Inn fertig renoviert hatte?«

»Meinst du diese hässlichen Zusatzbalken?«

Nat lächelte. »Die meine ich. Sie dienen genau diesem Zweck: Schutz vor äußeren Einflüssen. Du müsstest schon eine Bombe zünden, um die Veranda zu zerstören.«

Molly seufzte auf. »Deine Erklärung beruhigt mich. Ich glaube, meine Sorge ist auch nicht ursächlich wegen dieser Schlechtwetterfront, die uns möglicherweise trifft. Ich bin rundum glücklich und alles verläuft so wunderbar. Es darf einfach nichts Schlimmes geschehen.«

»Das wird es nicht. Eine einzige Befürchtung habe ich: Wenn das Unwetter tatsächlich über uns herzieht, werden wir den endgültigen Umzug vielleicht verschieben müssen. Der Regen kann wirklich stark sein, und die Herbststürme sind nicht zu unterschätzen. Man sollte sich zu dieser Zeit sehr wohl in seinem Haus aufhalten und nicht im Freien herumlaufen.«

»So viel befindet sich nicht mehr in Tante Gynnies Haus. Und ohnehin verbringe ich mittlerweile die meiste Zeit bei dir. Es ist nicht schlimm für mich, wenn wir den offiziellen Stichtag verschieben müssen.« Sie wiegte den Kopf. »Wobei ich mir den Moment schon wie verrückt herbeiwünsche.«

»Eigentlich hatte ich eine kleine Überraschung an diesem Tag geplant. Nun, sie verschiebt sich dann ebenfalls.« Nat zwinkerte ihr zu.

»O nein, so etwas darfst du mir nicht sagen. Nun denke ich die ganze Zeit darüber nach, was es sein könnte, und bange erst recht, dass das Unwetter kommt.«

Kurz schwieg Nat. Ihm schien etwas eingefallen zu sein. »Weißt du, wie das Hotel in der nächsten Woche ausgelastet sein wird?«

»Nach der ersten Reisebusgruppe ist es einige Tage ruhig. Nur eine Großfamilie hatte vier Zimmer reserviert. Die musste aber gestern wegen eines Krankheitsfalls ihren Aufenthalt verschieben. Es bleiben also nur Dorothy und Jack. Warum fragst du?«

»Ach, nur so …«

»Sag es mir bitte.«

»Ich will nicht nochmals mit dem Unwetter beginnen und dich damit unnötig aufregen. Würden sich Gäste im Hotel aufhalten, sollte man sie informieren. Man weiß nie, was Menschen einfällt, die die Gegend nicht kennen – unter Umständen ein wildromantischer Spaziergang bei Regen am Ufer des Maple Lake oder ein kurzer Trip in die Wälder.« Nat winkte ab. Zweifellos war die Thematik »Unwetter« für ihn damit abgeschlossen. »Auf dem Nachhauseweg habe ich Jim getroffen. Er war gerade mit Cicero unterwegs, und ich habe angehalten. Die Situation mit dieser Reitstallbesitzerin setzt ihm immer mehr zu, habe ich den Eindruck«, schwenkte er über.

Molly wollte genauso nicht weiter über Regen und Stürme reden. »Hat er Genaueres erwähnt?«

»Wir haben nur kurz geplaudert, aber es dürfte eine neue Sache vorgefallen sein, die ihm weniger behagt. Er war echt mieser Laune, das ist bei Jim selten.«

»Du hättest ihn auch zu uns einladen sollen.«

»Was hältst du von mir? Selbstverständlich habe ich ihm erzählt, dass Dorothy und Jack abends auf einen Drink zu uns kommen, und ihm vorgeschlagen, sich anzuschließen. Er hat abgelehnt und gemeint, dass er heute zu Hause bleiben würde. Ich glaube, er will niemandem die Laune verderben. Apropos, wann werden Dorothy und Jack hier sein?«

»So gegen acht Uhr.«

»Bestimmt verspäten sie sich wieder. Ich habe den Eindruck, sie verlassen ihr Zimmer im Maple Lake Inn nur, wenn sie unbedingt müssen. Hättest du gedacht, dass sich die beiden dermaßen ineinander verlieben?«

Molly schüttelte den Kopf. »Mit einem Flirt habe ich gerechnet, aber das? Niemals. Irgendwie geht das so schnell. Ich kenne Dorothy, und sie stürzt sich schon mal blindlings in eine Liebelei. Diese Intensität ist mir jedoch fremd.«

»Auch Jack kenne ich so nicht. Tom ist ebenfalls erstaunt darüber. Vielleicht ist es bei den beiden die sprichwörtliche Liebe auf den ersten Blick.«

»Ich würde es ihnen von ganzem Herzen wünschen.«

»Du klingst skeptisch.« Nat musterte Molly. »Hat Dorothy etwas zu dir gesagt, das dich so reagieren lässt?«

»Nein, sie schwebt auf Wolke sieben und meint, sie hätte so etwas noch nie gefühlt. Ich bin diejenige, die zweifelt und überlegt, obwohl ich mit ihr jubilieren sollte. Fast habe ich ein schlechtes Gewissen wegen meiner zwiespältigen Empfindungen.«

»Man muss kein Hellseher sein, um rasch zu bemerken, wie unterschiedlich ihr seid. Dorothy ist ein Wirbelwind, sie handelt intuitiv und spontan. Du hingegen gehst bedächtig vor, weißt Harmonie und Sicherheit zu schätzen.«

Molly lachte. »Womöglich schlittern die beiden in eine legendäre Beziehung à la Liz Taylor und Richard Burton, nur ohne Alkohol.«

Nat stimmte in Mollys Lachen ein. »Wenn dem wirklich so ist, können wir uns auf einiges gefasst machen. Spannung pur.«

Molly senkte den Kopf und sagte leise: »Ich bin unbestreitbar tatsächlich so ziemlich das genaue Gegenteil von meiner besten Freundin. Ist dir meine Art zu langweilig?«

Nat sah Molly erstaunt an. »Wie kommst du auf diese absurde Idee? Du bist mein wahr gewordener Traum.« Er stand auf. »Ich gehe schnell noch duschen. Möchtest du mich nicht begleiten? Danach trockne ich dich auch ab, und wir können uns über *langweilig oder doch rasend interessant* unterhalten.«

Molly schmunzelte und erhob sich.

Kapitel 18

Ann stand vor der Sattelkammer und blickte zum Himmel hoch. »Die Wolkenwand da gefällt mir nicht. Sie ist ein Vorbote. Im Radio haben sie gesagt, dass übermorgen ein gewaltiges Unwetter bei uns stattfindet, sofern der Wind nicht abdreht. Ich hoffe, es zieht vorbei. Blitz und Donner machen die Pferde irre.«

Jim räusperte sich. Fest hatte er sich vorgenommen, mit Ann zu reden. Sie gefiel ihm außerordentlich gut, und er unterhielt sich gern mit ihr. Auch würde er es grundsätzlich wagen, einen Schritt weiterzugehen, doch diese kontroversen Punkte mussten erörtert werden. »Können wir uns unterhalten, Ann?«, fragte er.

»Tun wir das nicht gerade?«

»Ich meine ernsthaft unterhalten. Wir müssen ein Gespräch über gewisse Dinge führen.«

Sie musterte ihn. »Du willst mich nicht mehr sehen, habe ich recht? Bitte kurz und schmerzlos, ich finde dich nämlich sehr nett und würde mich gern weiterhin mit dir treffen. An einer langwierigen Erklärung, warum es nichts mit uns werden kann und dass es nicht an mir liegt, bin ich allerdings nicht interessiert.«

»Nein, das ist es nicht. Komm, machen wir es uns gemütlich.«

Jim zeigte auf das kleine Tischchen, das neben dem Eingang zum Wohnbereich stand.

»Nun gut, wenn du meinst.« Ann nickte und setzte sich in Bewegung.

Nachdem sie Platz genommen hatten, kam Jim sofort zum Punkt. Noch nie hatte er es gemocht, um den heißen Brei herumzureden, und würde auch jetzt nicht damit beginnen. »Versteh mich bitte nicht falsch, ich mag Pferde, und dein Hof ist kein Hinderungsgrund für mich, es gefällt mir bei dir, aber ich betrachte die Tiere lieber aus der Entfernung und möchte keinesfalls zu reiten beginnen.«

»Ich muss mich wohl damit –«

Jim unterbrach sie: »Entschuldige, ich möchte alles auf einen Schwung loswerden. Außerdem ist mir aufgefallen, dass du auf Pamelas Anruf unlängst nicht gut reagiert hast. Ich bin mir kontrolliert vorgekommen, und deine verächtliche Bemerkung *die Lesbe* fand ich unangebracht. Es gibt einige Menschen in meinem Leben, die ich sehr gern habe und die ich meine Freunde nenne. Du musst sie nicht mögen, du darfst sie allerdings bitte auch nicht schlechtmachen.«

Geräuschvoll atmete Ann aus und fuhr sich mit dem Handrücken über die Stirn. »Du bringst die Dinge auf den Punkt.« Sichtlich musste sie sich erst fangen, bevor sie weitersprach. »Ich komme mir vor wie ein dummer Teenager. Eifersucht auf die Freunde des Angebeteten, der Versuch, über sein Leben zu bestimmen und ihm zu allem Überfluss die eigene Leidenschaft aufzwingen zu wollen. Ich kann nicht mehr, als mich aufrichtig bei dir zu entschuldigen. Es war nicht mein Ansinnen, dich zu verärgern, und schon gar nicht, Pamela herabzuwürdigen. Ich kenne sie noch nicht einmal.« Sie hob die Brauen. »Was geschieht nun mit uns?«

Jim lächelte etwas verlegen. »Wir könnten uns zum ersten Mal küssen, wenn du das willst.«

»Ich finde, das ist eine wunderbare Idee.« Ann senkte die Lider. »Und weil ich definitiv kein Teenager mehr bin, würde ich dich dazu in mein Haus, genau genommen in mein Schlafzimmer, bitten.«

Jim stand sofort auf und ergriff ihre Hand. »Ein wahrer Gentleman folgt der Dame auf all ihren Wegen.«

Kapitel 49

Die Möbel sind zu schwer für dich, sie sind aus massivem Holz, lass mich sie hineintragen.« Nat hatte bereits einen Teil der Garnitur, die auf der Terrasse stand, in den Wintergarten gebracht und trat eben wieder ins Freie.

»Ich helfe dir zumindest beim Tisch. Allein kannst du ihn nicht hochheben, er ist zu sperrig.« Molly ergriff die beiden Ecken auf ihrer Seite.

Sie hievten den Tisch hoch und trugen ihn hinein, dann gingen sie wieder auf die Terrasse hinaus.

»Sieht ziemlich bedrohlich aus«, sagte Molly und zeigte auf die dunkelgraue Wolkenwand am Himmel. Als antworte die Natur, kam eine starke Windbö aus Richtung des Sees und zerzauste ihr Haar. Sie strich es hinter die Ohren. »Und der Maple Lake wirkt plötzlich wie ein riesiger schwarzer Schlund. Beängstigend, jedoch auch irgendwie schön und faszinierend.«

»Für mich hat diese Stimmung etwas Besonderes an sich. Am besten passt wohl das Wort *bombastisch.*« Nat legte seinen Arm um Mollys Schultern. »Spürst du, wie es abkühlt?«

Sie schmiegte sich an ihn. »Ja, aber in deiner Nähe friere ich nicht.«

Erste große Tropfen fielen auf den Boden und gaben ein klatschendes Geräusch von sich. Rasch wurde es lauter.

»Komm, wir gehen hinein. Es beginnt sicherlich binnen Sekunden zu schütten.« Nat ließ Molly den Vortritt und verriegelte die Tür. »So, alles ist verstaut und gesichert. Willst du es dir im Wintergarten gemütlich machen?«

»Ja, gern.« Molly setzte sich auf die Couch, während Nat in die Küche ging und gleich darauf mit zwei Gläsern Rotwein zurückkam.

»Es wird immer dunkler draußen. Fast scheint es, als würde die Nacht bereits hereinbrechen«, bemerkte Molly und nippte an dem Glas, das Nat ihr gegeben hatte.

Er nahm neben ihr Platz. »Der Regen wird stärker, und auch der Sturm nimmt zu.«

»Es lässt sich nicht überhören. Meinst du, mit den anderen ist alles in Ordnung? Sie sind doch hoffentlich zu Hause.«

»Alle haben sich verbarrikadiert, selbst die Tavern hat geschlossen. Du musst dir wirklich keine –«

Etwas krachte gegen das Glas des Wintergartens. Das Geräusch war ohrenbetäubend.

Molly fuhr hoch. »Was war das?«

Nat stand auf, lief zur Fensterfront und sah hinaus. »Nur ein größerer Ast.« Er kam zurück zur Couch, kniete sich vor Molly hin und griff nach ihren Händen. »Warum rufst du nicht einfach der Reihe nach alle durch? Ich denke, es würde dich beruhigen.«

Sie nickte.

»Bleib, ich hole dein Handy. Liegt es auf der Küchentheke?«

Schnell erhob sich Molly. »Ich gehe selbst. In der Küche fühle ich mich wohler, glaube ich. Da ist es auch sicher leiser.« In der Tat empfand sie es als bedrohlich, das Unwetter so hautnah vom Wintergarten aus zu betrachten. Sie hatte weder Furcht vor Gewitter noch war sie generell übertrieben ängstlich. Wahrscheinlich hatte sie Franklins Besorgnis zu sehr alarmiert. Sie eilte in die Küche und setzte sich auf einen Barhocker.

Zuerst wählte sie Dorothys Nummer. Als diese endlich abhob, vernahm Molly anfangs nur ein Kichern. Im Hintergrund hörte sie Musik.

»Molly! Entschuldige, warte kurz … So, nun passt es.«

»Ich wollte nur wissen, ob es euch gut geht.«

»O ja, natürlich. Warum fragst du?«

»Da draußen wütet ein Sturm, und es schüttet wie aus Kübeln.«

»Ist es so schlimm? Wir haben die Musik etwas aufgedreht, damit Pamela und Lilly uns nicht …« Wieder kicherte sie.

Molly hörte Geräusche. Dorothy musste zum Fenster gegangen sein.

»Wow! Tatsächlich. Da draußen geht förmlich die Welt unter«, sagte sie schließlich. »Das ist richtig unheimlich.«

Unwillkürlich musste Molly trotz der Situation schmunzeln. »Geh vom Fenster weg und spring wieder ins Bett. Es tut mir leid, ich wollte euch nicht stören.«

»Ich bin froh, dass du angerufen hast. Jetzt bin ich nämlich doch etwas nervös. Jack und ich haben mittags im Fernsehen zwar einen Bericht über die nahenden Unwetter gesehen, aber ich habe die Warnungen offen gestanden nicht weiter ernst genommen. Nun weiß ich, was der Sprecher gemeint hat. Wie fühlst du dich?«

»Ich werde mich entspannen, wenn es vorbei ist«, entgegnete Molly wahrheitsgetreu.

»Ich ziehe mich jetzt an und klopfe bei Pam und Lilly. Die beiden sorgen sich bestimmt ebenfalls. Telefonieren wir etwas später noch einmal? Das würde mich beruhigen.«

»Eigentlich wollte ich mich als Nächstes bei Pam melden, aber wenn du nach ihr und Lilly siehst, lasse ich das, und ihr ruft später mich an, okay?«

»Genau so machen wir es. Bis dann.«

Molly legte das Handy zur Seite und seufzte. »Jetzt ist Dorothy unruhig. Das war nicht mein Ansinnen.«

Nat streichelte über ihre Wange. »Du hast das Richtige getan. In solchen Situationen sollte man immer wachsam sein und auf seine Freunde schauen.«

Kapitel 50

Während Dorothy mit Molly telefoniert hatte, war Jack bereits in seine Jeans und ein T-Shirt geschlüpft. Nun beobachtete er Dorothy, wie sie sich hastig ein Freizeitkleid überwarf.

»Ich bin ziemlich aufgewühlt. Das ist kindisch, nicht wahr?«, fragte Dorothy.

»Nein, überhaupt nicht. Ich liebe deine unbekümmerte Seite, genauso wie diese ernsthafte. Sie macht dich in meinen Augen noch wunderbarer.«

Jack küsste sie, dann verließen sie das Zimmer und stiegen die Treppe hoch.

Dorothy klopfte und wartete. »Pam? Lilly?« Noch einmal klopfte sie und schüttelte den Kopf. »Hier sind sie nicht.«

»Lass uns unten nachsehen«, sagte Jack, ergriff Dorothys Hand und ging mit ihr zur Treppe. Obwohl er es zu verbergen versuchte, stieg auch seine Besorgnis.

Als sie das Foyer erreichten, rief Dorothy sofort nach Pamela und Lilly.

»Hier sind wir!«, erklang Pamelas Stimme aus einiger Entfernung.

Dorothy und Jack liefen sofort weiter und fanden Pamela und

Lilly im Aufenthaltsraum. Sie saßen zusammengekauert vor zwei Kaffeetassen.

»Seid ihr auch aufgeregt? Kommt, setzt euch zu uns.« Pamela zeigte auf die beiden freien Stühle.

»Erst haben wir gar nicht richtig mitbekommen, was da draußen los ist, aber dann hat Molly angerufen und gefragt, wie es uns geht. Und jetzt verspüre ich sehr wohl Angst«, antwortete Dorothy. »Das ist nicht einfach nur ein Unwetter?« Sie blickte Pamela fragend an.

»Wir sind einiges gewohnt, und ich erlebe das nicht zum ersten Mal, dieser Ausbruch allerdings ist gewaltig. Ich darf gar nicht daran denken, was sich weiter oben am Fluss abspielt. Bei diesen Wassermassen, die vom Himmel kommen, ist er bestimmt bereits über die Ufer getreten.«

»Seit ich aus dem Fenster gesehen habe, scheine ich die Geräusche des Regens und vor allem des Sturms doppelt so laut zu hören. Ich habe es in der Dunkelheit nicht genau ausmachen können, aber die Bäume werden wie Grashalme im Wind gebeutelt«, erwiderte Dorothy.

»Morgen wird uns kein hübscher Anblick erwarten.« Kurz legte Pamela die Hände vor das Gesicht. »Selbst dickere Stämme knicken bei diesem Sturm wie Zahnstocher ab, Äste werden abgerissen und durch die Luft gewirbelt. Ganz zu schweigen davon, was vom See angespült wird. Und die Sträucher werden aussehen, als hätte ein wild gewordenes Monster an ihnen herumgerissen.«

»Euer Umzug in das Häuschen wird warten müssen, nehme ich mal an«, bemerkte Jack.

»Das haben wir bereits vorläufig abgehakt.« Lilly wirkte entgegen ihrer sonst so fröhlichen Art richtiggehend traurig.

»Man kann nicht einschätzen, wie lang die Regenfälle andauern werden, außerdem sind Molly und Nat wegen des Unwetters auch nicht fertig geworden.« Für einen Moment schloss Pamela die Augen. »Als Erstes sind auf jeden Fall die Aufräumarbeiten an der Reihe.«

»Jack und ich haben nichts zu tun und werden euch helfen. Acht Hände schaffen mehr als vier. Und wenn wir damit fertig sind, packen wir auch beim Umzug mit an. Vielleicht schaffen wir es irgendwie.« Dorothy lächelte Pamela und Lilly aufmunternd zu. »Als Gegenleistung will ich euch beide dafür in meinem nächsten Buch – natürlich ohne Namen – erwähnen dürfen.«

Lilly schluchzte verhalten auf. »Danke. Und selbstverständlich darfst du über uns schreiben. Als Gegenleistung will ich ein Exemplar mit persönlicher Widmung, das du mir persönlich nach Maple Creek bringst.«

»Deal! Ich bin –«

Ein markerschütterndes Krachen unterbrach Dorothy mitten im Satz. Alle vier sprangen auf.

»Da ist etwas aufs Haus gefallen«, schrie Pamela und riss den Kopf herum. »Die Veranda?«

Noch einmal gab es ein dumpfes Geräusch, als würde Holz splittern, dann hörten sie ein lautes Poltern. Darauf herrschte – bis auf den Klang des Sturms und des Regens – Stille.

»Der Lärm ist von oben gekommen. Pam, du hast doch sicherlich eine Taschenlampe«, sagte Jack.

»Da kannst du jetzt nicht hinaus. Egal, was geschehen ist. Auf keinen Fall begibst du dich in Gefahr«, antwortete sie mit bebender Stimme.

»Keine Sorge, ich bin vorsichtig. Ihr bleibt aber auf jeden Fall hier. Die Taschenlampe …«, wiederholte er.

Pamela nickte. »Unter dem Pult der Rezeption. Ich gehe mit dir.«

»Nein! Ihr setzt euch und wartet. Ich bin gleich wieder hier.«

Eilig verließ Jack den Raum, eilte ins Foyer und holte die Taschenlampe. Inständig hoffte er, dass sich sein Verdacht nicht bestätigen würde. Er vermutete, dass etwas auf das Dach gefallen war, und sofort hatte er sich an die beiden hohen Tannen erinnert, die am Ende der Einfahrt zum Hotel neben dem Parkplatz standen.

Erst öffnete er die Eingangstür einen Spaltbreit und spähte hinaus, dann trat er ins Freie. Darauf achtend, dicht an der Mauer des Gebäudes zu bleiben, machte er einige Schritte zur Seite. Als er weit genug gegangen war, richtete er den Lichtkegel auf die Tannen. Der Regen verschleierte die Sicht, doch Jack sah genug.

»Verdammt«, flüsterte er.

Tatsächlich hatte der Sturm einen der beiden riesigen Bäume entwurzelt. Die Spitze musste sich am Dach des Hotels verfangen haben, denn der Stamm mit seinen weitverzweigten Ästen hing schräg über den Weg, der um das Maple Lake Inn herumführte.

Jack ließ das Licht der Taschenlampe über den Parkplatz gleiten. Die Autos waren unversehrt geblieben. Mit einem tiefen Seufzer trat er den Rückzug an. Wie sollte er Pamela am schonendsten beibringen, was geschehen war?

Als er schließlich den Aufenthaltsraum betrat, blickten ihn alle drei erwartungsvoll an. Unverhohlene Angst spiegelte sich auf ihren Gesichtern wider.

Er setzte sich. »Eine der Tannen vor dem Eingang wurde entwurzelt. Ihre Spitze hängt offensichtlich am Dach fest.«

Pamela riss eine Hand hoch und presste sie auf ihren Mund. »O nein, der Dachstuhl!«

Jack zuckte mit den Schultern. »Ich konnte leider nicht ausmachen, wie schlimm es ist. Die Dunkelheit und der Regen behindern die Sicht. Wir müssen das Tageslicht und vor allem das Ende des Unwetters abwarten.«

Pamela ließ den Kopf nach vorne fallen. Sie brauchte eine Weile lang, bis sie auf Jacks Aussage reagierte. Mit tonloser Stimme sagte sie: »Dorothy, rufst du bitte Molly an und gibst ihr Bescheid?« Sie fixierte ihre zitternden Hände. »Ich kann gerade nicht.«

Kapitel 51

Molly stand auf dem Parkplatz vor dem Hotel und starrte auf die Tanne, die quer über den Weg hing. Sie wollte nicht losweinen und Pamela noch mehr in Verzweiflung stürzen, doch wusste sie nicht, wie sie sich beherrschen sollte.

»Es erinnert mich so sehr an meinen ersten Besuch in Maple Creek nach Tante Gynnies Tod. Nicht dieser Baum da, sondern der Anblick der Wege. Überall liegen Äste herum und …« Ihre Stimme versagte.

Nat, der sie bereits eng umschlungen hielt, drückte sie noch fester an sich. »Die Verwüstungen rund um das Hotel lassen sich leicht beseitigen. Es ist nur Unrat. Wir helfen alle zusammen, und in wenigen Tagen ist wieder alles in Ordnung.«

»Und das Dach?« Molly hob den Kopf. Man konnte sehen, dass die Spitze der Tanne einen Teil der Konstruktion eingedrückt hatte.

»Noch kann ich es nicht genau sagen. Jack und ich gehen jetzt erst einmal auf den Dachboden, und mittags lasse ich einen Bagger mit Arbeitsbühne kommen. Mit dieser Gerätschaft können wir den Schaden von außen begutachten. Vergiss nicht, ich habe einen Zimmereibetrieb, und Jack ist Architekt. Wir kennen uns aus und wissen, was zu tun ist.«

Pamela erschien im Türrahmen des Hotels. Kurz verharrte sie, dann kam sie direkt zu ihnen. Ihre Wangen waren gerötet und die Augen feucht, sie musste schon wieder geweint haben.

»Dorothy hat sich hingelegt. Ich habe ihr eine Schlaftablette gegeben; sie ist komplett durcheinander. Jack bleibt noch bei ihr und stößt zu uns, sobald sie eingeschlafen ist«, sagte sie mit schleppender Stimme.

»Wo ist Lilly?«, fragte Molly.

»Auf der anderen Seite des Hotels. Sie hat bereits begonnen, vor der Veranda aufzuräumen. Ich glaube, sie muss etwas tun, um sich zu beruhigen.«

Molly nickte. »Das sollten wir ebenfalls. Das Herumstehen bringt uns nicht weiter. Als Erstes muss ich Morris anrufen wegen der Versicherung. Jim auch, ich hätte ihn zur Unterstützung gern hier.«

»Und ich muss wohl mit dem Reisebusunternehmen und den anderen Gästen, die für die nächsten Wochen reserviert haben, telefonieren und ihnen absagen.« Pamela rieb sich über die Augen. »Es ist alles so gut angelaufen. Wie soll es nun weitergehen?«

Nat hob beschwichtigend die Hand. »Warte mit den Anrufen, bis wir das Dach begutachtet haben.«

Pamelas Schultern klappten nach vorn. »Siehst du den Baum nicht? Ich kann doch so keine Gäste empfangen.«

»Der Baum ist das geringste Übel. Er ist in einem Tag zusammengeschnitten und abtransportiert. Das Dach selbst muss ich mir ansehen. Es hängt davon ab, was und wie viel zerstört worden ist. Dann lege ich fest, wie lange die Reparatur dauert.«

Von der Hoteleinfahrt her erklang ein Motorengeräusch. Einen Moment darauf erschien Jims Wagen. Er hielt an und sprang aus dem Fahrzeug.

»Ich bin an der Tavern vorbeigefahren und habe Tom getroffen. Er hat von Jack gehört, was hier geschehen ist. Die beiden haben frühmorgens miteinander telefoniert. Laurie und Tom werden euch unterstützen, sobald sie bei sich fertig sind. Aber das wisst ihr sicher«, rief Jim schon von Weitem.

Er eilte auf sie zu, hielt jedoch auf halbem Weg abrupt inne und betrachtete die Tanne. »Du liebe Güte. Habt ihr Morris angerufen?«

»Das wollte ich gerade tun, Morris und dich. Danke, dass du von selbst gekommen bist, um nach uns zu sehen«, antwortete Molly.

Jim schenkte ihr ein herzliches Lächeln. »Das ist doch selbstverständlich. Ich muss dann nur gleich weiter zu Ann. Die Nacht war anstrengend für sie, die Pferde dürften sehr nervös gewesen sein. Aber alles ist in Ordnung. Sie ist nur fix und fertig, weil sie kein Auge zugetan hat.«

»Und bei dir?«, fragte Nat.

»Alles okay. Meine Rosen im Garten sind etwas in Mitleidenschaft gezogen. Sie sehen aus wie Trauerweiden. Das lässt sich verschmerzen.«

Molly stieß einen Schluchzer aus. Sie konnte sich einfach nicht mehr zurückhalten.

Sofort zog Nat sie abermals in seine Arme. »Es wird alles gut werden. Ich verspreche es dir«, flüsterte er ihr zu. Er hob den Kopf und blickte seine Schwester an, die ebenfalls wieder zu weinen begonnen hatte. »Du kannst dich auf mich verlassen, Pam, ich werde dir helfen. Wir sind eine Familie.«

»Ich weiß. Danke«, brachte sie tränenerstickt hervor.

Jim räusperte sich und zog sein Handy aus der Gesäßtasche. »Ich rufe Morris für euch an. Wir haben ohnehin noch gestern in der Nacht vereinbart, am Vormittag zu telefonieren.«

»Habt ihr während des Unwetters miteinander gesprochen?«, fragte Nat.

Jim nickte. »Er hat einiges mit Elisabeth durchgemacht. Sie ist in Panik geraten und wollte in die Kirche laufen. Morris hatte alle Hände voll zu tun, um sie aufzuhalten. Mehr weiß ich noch nicht, er konnte nicht frei reden. Aber das soll jetzt nicht eure Sorge sein.« Er machte einige Schritte zur Seite und aktivierte das Handy-Display.

Molly, die sich wieder etwas beruhigt hatte, löste sich aus Nats Armen. Sie straffte die Schultern und wischte sich die Tränen von den Wangen. Das, wovor sie am meisten Angst gehabt hatte, war nun tatsächlich eingetreten: Mitten in ihr umfangreiches Glück hinein war etwas Schlimmes geschehen.

Ihr Blick schwenkte von dem Baum über das Hotel und weiter über den Weg, dabei nahm sie die Menschen um sich in besonderer Weise wahr: Pamelas tiefe Verzweiflung, Nats Kraft und Zuversicht, Jims Fürsorge. Sie dachte an Lilly, die bereits mit dem Aufräumen begonnen hatte, und an Dorothy, die von Jack betreut wurde, auch an Laurie und Tom, die gerade bei sich alles erledigten und dann zu ihnen stoßen wollten, um zu helfen. Selbst der junge Timothy hatte sich gemeldet und seine Unterstützung zugesichert.

Es werden immer Steine auf meinem Weg liegen, sinnierte sie. *Um weitergehen zu können, müssen sie fortgeschafft werden. Doch ich trage sie nicht mehr allein, meine Freunde unterstützen mich dabei. Genauso wie ich mithelfe, die Steine auf anderen Wegen zu entfernen.*

Automatisch erschien ein Lächeln auf ihren Lippen, als ihr der Leitspruch der *Drei Musketiere* einfiel: Einer für alle, alle für einen.

»Lasst uns mit der Arbeit beginnen. Wir haben ein Hotel herzurichten«, sagte sie laut.

Pamela und Nat nickten ihr zu.

Claire Kingsley
Faking Ms. Right
Deutsche Ausgabe
Roman
Aus dem Amerikanischen von Juna-Rose Hassel
384 Seiten. Klappenbroschur
ISBN 978-3-98751-001-4
Auch als E-Book lieferbar

Sorry – als ich dich letzte Nacht geküsst habe, habe ich nicht nur so getan.

Mein Liebesleben ist eine komplette Katastrophe. Ein schlimmes Date nach dem anderen und kein Traumprinz in Sicht. Dafür läuft es in meinem Job umso besser. Keine Assistentin hat es je so lange bei meinem Boss Shepherd Calloway ausgehalten. Er sieht gut aus und besitzt ein eigenes Firmenimperium, ist aber schrecklich übellaunig. Dann bringt ihn seine geldgierige Ex in Schwierigkeiten, und Shepherd bittet mich um einen Gefallen: Ich soll ein paar Wochen bei ihm einziehen und seine neue Freundin spielen. Wir verbringen ohnehin den ganzen Tag im Büro miteinander, und er weiß, wie professionell ich bin. Klingt nach einem guten Plan, und sein Vorschlag kommt mir gerade recht, denn auch ich möchte Shepherd um einen Gefallen bitten … einen sehr besonderen …

Regelmäßige Informationen erhalten Sie über unseren Newsletter.
Jetzt anmelden unter: www.aufbau-verlage.de/newsletter

more

Claire Kingsley
Marrying Mr. Wrong
Deutsche Ausgabe
Roman
Aus dem Amerikanischen von Madita Elbe
381 Seiten. Klappenbroschur
ISBN 978-3-98751-004-5
Auch als E-Book lieferbar

What Happens in Vegas, stays in Vegas – oder etwa nicht?

Ich hätte dieses Kleid niemals anziehen dürfen, denn es hat mir immer nur Ärger eingebracht. Und wer war Zeuge meiner Blamage? Natürlich wieder er – Camden Cox. Er war der Schrecken meiner Kindheit und hat damals keine Gelegenheit ausgelassen, mich zu ärgern. Heute ist er reich und wahnsinnig gutaussehend. Aber ich kenne diese Typen, die nichts anderes im Sinn haben, als jede Frau ins Bett zu kriegen. Camden hat bei mir keine Chance, da kann er so charmant sein, wie er will. Ich wäre jedoch nicht Sophie Abbott, wenn ich nicht wieder das absolute Chaos verursachen würde. Denn nach einer wilden Nacht in Vegas wache ich nackt in einem Hotelzimmer auf – neben Camden, und ich bin mir ziemlich sicher, dass wir geheiratet haben …

Regelmäßige Informationen erhalten Sie über unseren Newsletter.
Jetzt anmelden unter: www.aufbau-verlage.de/newsletter

more